Vente des 16, 17, 18 et 19 Juin 1909

HOTEL DROUOT — SALLE Nº 2

CATALOGUE

DE LA

BIBLIOTHÈQUE

DE

Feu Mr P. M***

SECONDE PARTIE

Livres Illustrés du XIXᵉ Siècle

Éditions de Luxe

Collection des Œuvres de Töpffer

Éditions de William Morris

PARIS

SAINT-JORRE · A. DUREL

Libraire · *Libraire*

91, Rue Richelieu, 91 · 21, Rue de l'Ancienne-Comédie, 21

1909

CATALOGUE

DE LA

BIBLIOTHÈQUE

DE

Feu Mr P. M***

SECONDE PARTIE

LA VENTE AURA LIEU

LES 16, 17, 18 et 19 JUIN 1909

A deux heures précises de l'après-midi

HÔTEL DES COMMISSAIRES-PRISEURS, 9, RUE DROUOT

au premier étage

Par le Ministère de Mᵉ Lucien VÉRON, Commissaire-Priseur

14, Quai de la Mégisserie, 14

et de Mᵉ André DESVOUGES, Commissaire-Priseur

Successeur de Mʳ Maurice Delestre

26, Rue de la Grange-Batelière, 26 (IXᵉ)

Assistés de M. A. DUREL, Libraire-Expert,

21, rue de l'Ancienne-Comédie, 9 et 11, passage du Commerce (VIᵉ)

et de M. SAINT-JORRE, Libraire

91, Rue Richelieu (IIᵉ)

☞ *Voir l'ordre des Vacations à la fin du Catalogue*

CONDITIONS DE LA VENTE

La Vente se fera au comptant.

Les acquéreurs payeront **10 p. 100** en sus des enchères.

Les livres devront être collationnés dans les vingt-quatre heures de l'adjudication. Passé ce délai, ils ne seront repris pour aucune cause.

MM. A. DUREL et SAINT-JORRE rempliront, aux conditions d'usage, les commissions des Personnes qui ne pourraient assister à la vente.

Ils se réservent la faculté, dans l'intérêt de la vente, de réunir ou de diviser les numéros du Catalogue.

CATALOGUE

DE LA

BIBLIOTHÈQUE

DE

Feu Mr P. M***

>—<

SECONDE PARTIE

Livres Illustrés du XIXe Siècle

Éditions de Luxe

Collection des Œuvres de Töpffer

Éditions de William Morris

PARIS

SAINT-JORRE	A. DUREL
Libraire	*Libraire*
91, Rue Richelieu, 91	21, Rue de l'Ancienne-Comédie, 21

1909

CATALOGUE

DE LA

BIBLIOTHÈQUE

DE

Feu Mr P. M***

SECONDE PARTIE

1. **About** (Edmond). L'Homme à l'oreille cassée. Édition illustrée de 61 compositions par Eug. Courboin. *Paris, Hachette et Cie*, 1884, gr. in-8, pap. vél., titre r. et n., demi-rel. dos et coins de mar. rouge, dos orné, fil. sur les plats, tête dor., non rog (*Dupré*).

2. **About** (Edmond). Le Roi des Montagnes, cinquième édition, illustrée par G. Doré. *Paris, Hachette et Cie*, 1861, in-8, br., couv.

   Premier tirage des illustrations de Gustave Doré.

3. **About** (Edmond). Le Roman d'un brave homme. Édition illustrée de 52 compositions par Adrien Marie. *Paris, Hachette et Cie*, 1882, gr. in-8, pap. vél., titre r. et n., en livraisons, couv.

   Premier tirage des illustrations d'Adrien Marie.

4. **ABOUT** (Edmond). **Tolla,** avec les illustrations de Félicien Myrbach, les ornements typographiques composés par Adolphe Giraldon, et un portrait d'après Paul Baudry. *Paris, Hachette et Cie*, 1889, in-4, br., couv., emboîtage en velours de Gênes.

   Exemplaire sur **papier du Japon,** renfermant 3 suites des planches hors-texte, sur Japon, sur Chine et sur papier vélin blanc (n° 86).

5. **About** (Edmond). Tolla. Avec les illustrations de Félicien Myrbach, les ornements typographiques exécutés par Adolphe Giraldon et un portrait d'après Paul Baudry. *Paris, Hachette et Cie*, 1889, gr. in-4, br., couv.

   L'un des **140** exemplaires tirés sur **papier du Japon** (n° 129), avec les planches hors-texte en triple épreuves, sur papier du Japon, sur papier de Chine volant et sur papier vélin.

6. **About** (Edmond). Trente et Quarante, avec les illustrations de H. Vogel et les ornements de A. Giraldon, gravés à l'eau-forte typographique et au burin par Verdoux, Ducourtioux et Huillard. *Paris, Hachette et Cie*, 1891. gr. in-8, pap. vél. teinté, veau fauve, dos et plats ornés, tête dor., non rog. (*Rel. de l'éditeur*).

Édition ornée de 1 frontispice sur papier de Chine, 16 grandes compositions et de nombreuses illustrations dans le texte par Vogel, en-têtes de chapitres et ornements par A. Giraldon.
Exemplaire sur papier vélin glacé.

7. **Académie Française**. Discours prononcés pour la réception de M. Dufaure, le 7 avril 1864. — De M. D'Haussonville, le 31 mars 1870. — De M. Jules Simon, le 22 juin 1876. — De M. Maxime Du Camp, le 23 décembre 1880. — De M. Lavisse, le jeudi 16 mars 1893. *Paris, Firmin-Didot et Cie*, 1864-1893, 5 fasc. in-4, br., couv.

8. **AFFICHES ETRANGÈRES** illustrées (Les), par MM. M. Bauwens, T. Hayashi, La Forgue, Meier-Graefe, J. Pennell. *Paris, G. Boudet*, 1897 in-4, titre r. et n., br., couv. impr. en couleurs.

Ouvrage orné de 62 lithographies en couleurs et de 150 reproductions en noir et en couleurs, d'après les affiches originales des meilleurs artistes.
L'un des **25 exemplaires** numérotés sur **papier de Chine**, avec double épreuve des lithographies.

9. **Afrique**. 6 vol. in-12 et in-32, br., couv.

Bérard (Victor). L'Affaire Marocaine. Le Maroc. — La France et le Maroc, etc. *Paris*, 1906. — Casalis (E.). Les Bassoutos, ou vingt-trois années d'études et d'observations au Sud de l'Afrique. *Paris*, 1860. — Christol (Frédéric). Au Sud de l'Afrique. Avec 150 dessins et croquis de l'auteur. *Paris*, 1897. — Chamageran (J.-J.). L'Algérie. Impressions de voyage (17 mars-4 juin 1873.) — *Paris*, 1874. — Hess (Jean). La Vérité sur l'Algérie. *Paris, s. d.* — Daumas (le Général E.). La Kabylie. *Paris*, 1857, in-32.

10. **Aicard** (Jean). Don Juan, ou la comédie du siècle. Compositions hors texte de Jean-Paul Laurens et E. Vidal, dessins dans le texte de L. Montégut gravures de Champollion, Delavallée Baud *Paris, E. Dentu. s. d.* (1893), in-4, br., couv.

Exemplaire tiré sur papier vélin, contenant l'état terminé avec la lettre de toutes les grandes compositions hors texte tirées en taille-douce et toutes les gravures dans le texte.

11. **Ailes et Fleurs**. Compositions de Hector Giacomelli. Poésies de Victor Hugo, Théophile Gautier, A. Theuriet, A. Piedagnel... *Paris, s. d.*, in-fol., dans le cart. de l'éditeur.

20 planches tirées en phototypie.

12. **Albert-Lévy** et G. **Pinet**. L'Argot de L'X, illustré par les X. Préface d'Armand Silvestre. Eau-forte originale de Bracquemond. *Paris, E. Testard*, 1894, in-8, nombreuses illustrations dans le texte, demi-rel. mar. vert, tête dor., non rog., couv. (*Dupré*).

On y joint : L'Argot de Saint-Cyr. *Paris, P. Ollendorff*, 1893 in-32, br., couv.

13. **Album** chromolithographique, ou Recueil d'essais du nouveau procédé d'impression lithographique en couleurs. Inventé par Engelmann père et fils à Mulhouse (Brevet d'invention), 1837. *A Leipzig, chez Del Vecchio*, pet. in-fol. de 7 planches en couleurs, dans une couverture impr. or et coul.

14. **Album** de la Décoration. 1er volume. *Paris, Librairie des Arts décoratifs. A. Calhavas, Editeur, s. d.*, in-4, de 60 planches en couleurs, en portefeuille.

15. Album de la Gazette des Beaux-Arts. Cinquante Gravures, d'après les maîtres anciens et modernes. Raphael, Ingres, Michel-Ange, Delacroix, Rembrandt, Meissonier, Léonard de Vinci, Paul Delaroche, Velasquez, Fromentin, Poussin, Baudry, Bellin, Corot, Prud'hon, Breton, Albert Durer, Donatello, Boucher, Hemling, Reynolds, etc. (Notice par Emile Galichon). *Paris, Bureau de la Gazette des Beaux-Arts, s. d.*, in-fol. de 50 planches tirées sur Chine collé, en feuilles, dans un carton.

16. Albums Etrangers. 5 plaq. in-4, br., couv.

> Simplicissimus-Album. Neununddreissigstes Heft (Oktober bis Dezember 1905). — Simplicissimus-Album. Vierzigstes Heft (Januar bis März 1906). — 12 Af Vore Samtidige ved Chr. Krohg. *Kristiania, Forlagt af Feilberg et Landmark*, 1895. — 24 Karikaturer af olafgulbransson. Forlagtaf olaf norli. Pris 1 Krone. *Kristiania, Nikolai Olsens Bogtrikkeri, s. d,* — Oscar Laerum : Norske skuespiller-Karrekaturer. *Kristiania, St. Olafs Gade, s. d.*

17. Album Genevois. Dessins originaux de Ed. Vallet, G. de Beaumont, Ed. Baud, H.-C. Forestier, D. Estoppey, G. Guibentif, H. Armand-Delille, Ed.-G. Reuteur, A. Silvestre. Préface de Jacques Maspar. *Genève. Société d'Affiches artistiques*. 1901. gr. in-4 de 32 planches, cart., toile, fers spéciaux, de l'éditeur.

18. Albums, 5 plaq. gr. in-4, br., couv. illust.

> Entre Femmes. Album inédit par Lami. Préface de François Coppée. *Paris, H. Simonis Empis, s. d.* — Madame est servie. Album inédit en couleurs, par Albert Guillaume. Préface de Grosclaude. *Paris, H. Simonis Empis, s. d.* — Mes Campagnes. Album Militaire inédit et en couleurs, par Albert Guillaume. Préface de Georges Courteline. *Paris, H. Simonis Empis, s. d.* — Album Crafty. — Les Chiens. *Paris. E. Plon, Nourrit et Cie, s. d.* — Album Crafty. Croquis Parisiens. *Paris, E. Plon, Nourrit et Cie, s. d.*

19. Albums Vanier, 8 plaq. gr. in-8, br., couv. illust.

> L'Autruche, par Yveling Rambaud. Illustré par H. de Sta. *Paris. 1882.* — Le Chat du bord. Histoire Maritime. Texte et Dessins par Paul Léonnec. *Paris. 1882.* — Comic Salon, par H. de Sta, précédé de Notes critiques du célébre Timoléon. *Paris. 1882.* — Comic Salon, par H. de Sta. *Paris. 1883.* — La Pêche à la Ligne. Texte de Léo de Marck. Illustré par Baric. *Paris. 1882.* — Le Petit Faust. Chœur des Soldats. Paroles d'H. Cremieux et Ed. Jaime. Musique d'Hervé. Illustré par H. de Sta. *Paris, s. d.* — Un Tour au Bois. Fantaisie Equestre, par Vanier. Illustré par H. de Sta. *Paris, 1883.* — Une Journée de Garnison, par H. de Sta. *Paris, 1883.*

20. Album Vénitien, dessiné d'après nature par les plus habiles Artistes. *Venise. J. A. Habnit. s. d.,* in-4 obl., cart. de l'éditeur.

> 1 titre, et 8 planches en couleurs. — Déchirures à une planche.

21. Alexandre (Arsène). Jean Carriès, imagier et potier. Etude d'une OEuvre et d'une Vie. *Paris. Librairies-Imprimeries réunies.* 1895. in-4 carré, br., couv.

> Ouvrage orné de 80 gravures dans le texte, 6 photogravures hors texte et 12 héliogravures en couleurs.
> L'un des **100** exemplaires tirés sur **papier du Japon** (n° 47), avec double épreuve des planches hors texte.

22. Alexandre (Roger). Le Musée de la Conversation, répertoire de citations françaises, dictons modernes, curiosités littéraires, historiques et anecdotiques. Avec une indication précise des sources. Troisième édition, revue et augmentée de nombreux articles. *Paris, E. Bouillon, 1897,* in-8, br., couv.

23. **Allemagne** (Henry-René d'). Les Cartes à jouer du XIVe au XXe siècle. *Paris. Hachette et Cie.* 1906, 2 forts vol. in-4, pap. vél., titres r. et n., br., couv. illust. en couleurs.

> Ouvrage contenant 3.200 reproductions de cartes dont 956 en couleurs, 12 planches hors texte coloriées à l'aquarelle, 25 phototypies, 116 enveloppes illustrées pour jeux de cartes et 340 vignettes et vues diverses.

24. **Allers** (T. W.). Unter deutscher Flagge, von T. W. Allers. Mit 9 Kunstberlagen und 170 Illustrationen. Text von Graf Bernstorff. Korv.-Kapt. a. D., und T. W. Allers. *Union Deutsche Verlagsgesellschaft. Stuttgart-Berlin-Leipzig.* 1890. gr. in-4, avec illustrations dans le texte et hors texte, cart. toile, de l'éditeur, fers spéciaux, tr. dor.

25. **Almanach du Bibliophile**. Années 1898-1902. *Paris. Edouard Pelletan,* 5 vol. pet. in-8, fig., br., couv.

> Compositions de Bellery-Desfontaines, Florian, Louis Dunki, gravées par Froment, Florian et Léon Perrichon, et des bois originaux du docteur P. Colin, etc., etc.

26. **Almanach** des Gourmands. 1904. Fondé par Grimod de la Reynière en 1803. Continué sous la direction de F.-G. Dumas. *Paris. Nilsson.* 1904, gr. in-8, nombreuses illustrations, br., couv. illust. en coul.

27. **Almanach** des Spectacles, contenant l'ancien Almanach des Spectacles (1752 à 1815). Publié par Albert Soubies (Années 1874 à 1906). *Paris. Librairie des Bibliophiles.* 1875-1907. 33 vol. Plus 1 vol. Coup d'œil d'ensemble (1871-1894) et 2 vol. de tables (1874-1901). Ens. 36 vol. in-16, pap. vergé, titres r. et n., portraits à l'eau-forte par Gaucherel et Lalauze, br., couv.

> Envoi autographe de Albert Soubies, sur plusieurs volumes, nom gratté.

28. **Anet** (Claude). Les Roses d'Ispahan. La Perse en automobile à travers la Russie et le Caucase. Ouvrage illustré de nombreux hors-texte. *Paris. F. Juven. s. d.,* in-4, br., couv. illust.

29. **Anglo-Saxon Rewiew** (The) ; a Quarterly Miscellany. Edited by Lady Randolph Spencer Churchill. *London and New-York. John Lane. — G. P. Putnam's sons. — Mrs George Cornwallis-West.* 1899-1901. 10 vol. gr. in-8, nombr. portr. et pl. hors-texte ; cart. cuirs div. coul., armes. mosaïq., fers spéciaux, têtes dor., non rog. (*Cart. des Edit.*).

30. **Anthologie** des Poètes Français du XIXe siècle. 1762 à 1817 et 1842 à 1851. *Paris, A. Lemerre. s. d.,* 2 vol. gr. in-8, avec portraits, demi-rel., dos et coins de mar. bleu, dos ornés, tête dor., non rog. (*Dupré*).

31. **Aquarellistes Français** (Société d'). 1879 à 1896. Première à dix-huitième Exposition. Catalogues. *Paris.* 1879-1896. 17 fasc. gr. in-8, nombreuses planches, br., couv.

> Manque l'année 1884.

32. **Arène** (Paul). Le Secret de Polichinelle. Enluminé par A. Robida. *Paris. H. Floury,* 1897. in-4, br., couv. impr. en couleurs.

33. **Arène** (Paul). La vraie tentation du Grand Saint-Antoine. Contes de Noël, racontés par Paul Arène et illustrés par Vollon, Bastien-Lepage, Léonce Petit, Sahib, G. Rochegrosse, Forain, etc., etc. *Paris. Charpentier.* 1880, in-4, br., couv.

34. **Arène** (Paul) et G. **Gœtchy**. La Fleur de Coca, pantomime. Musique de Léop. Gangloff. — Décors de Ch. Toché. — Costumes de P. Donny. — Mise en scène par L'Evesque. Représentée pour la première et unique fois sur le Théâtre Angelo Mariani, le 29 juin 1892. *Paris, Imprimerie glyptographique Silvestre et Cie, s. d.,* in-4 de 12 planches en glyptographie, br., couv.

35. **Argot**. 3 vol. demi-rel., mar. vert, tête dor., non rog. (*Dupré*).

La Langue Verte. Dictionnaire d'Argot et des principales locutions populaires par Jean La Rue, précédé d'une histoire de l'argot par Cl. Casciani. — *Paris, s. d.,* in-32. — Boutmy. Dictionnaire de la langue verte typographique. *Paris,* 1878, in-18 (tiré à 500 exempl.). — Ambroise Macrobe. La Flore pornographique. Glossaire de l'Ecole naturaliste extr. des œuvres de M. Emile Zola et de ses disciples. *Paris,* 1883, in-12, br., couv.

36. **ARIOSTE**. Roland furieux, poème héroïque, traduit par A.-J. Du Pays, et illustré par Gustave Doré. *Paris, Hachette et Cie,* 1879, in-fol., nombr. fig. dans le texte et planches hors-texte, en feuilles.

Premier tirage des illustrations de G. Doré.
L'un des **40** exemplaires tirés sur **papier de Chine**.

37. **Aristophane**. Fragments d'Aristophane, avec des notes explicatives par E.-A. Bétant. — Les Nuées. — Plutus. *Genève, impr. de J.-G. Fick,* 1858-59. Ens. 2 vol. in-8, de 95 et 99 pp., br., couv.

38. **Armée**. 5 vol. in-12 et in-8, br., couv.

L'Armée et les Forces morales, par le Capitaine Richard. *Paris,* 1902. — Duruy (George). L'Officier éducateur. (Leçons faites à l'Ecole Polytechnique). *Paris,* 1904. — Questions de la Défense Nationale, par le Général Langlois. *Paris,* 1906. — Klotz (L.-L.). L'Armée en 1906. Considérations générales à propos du budget de la guerre. Préface du Général H. Langlois. *Paris, s. d.* — L'Armée Française en 1867 (par le général Trochu). *Paris,* 1870, in-8, demi-rel. v. f.

39. **Arnold** (John-Georg.-Daniel). Der Pfingsmontag Lustspiel in Strasburger Mundart in funf Aufzugen und in Versen, von Joh.-Georg.-Daniel Arnold, weiland Decan der Rechtsfacultat in Strasburg ; zweite Ausgabe ausgestattet mit 40 Original Zeichnungen, von Theophile Schuler, etc. *Strasburg, bei dem Herausgeber E. Simon. Lithograph. und in den Buchhandlungens Treuttel und Würtz und C. F. Schmidt,* 1850, gr. in-4, port., front. et 42 planches hors-texte, cart. illust. des Editeurs, non rog.

40. **Art** (L') ancien à l'Exposition nationale Suisse. Album illustré composé de 70 planches, servant de supplément au Catalogue du Groupe 25. *Publié par le Comité du Groupe 25. Genève,* 1896, gr. in-4 en feuilles, dans un carton.

41. **Asselineau** (Charles). L'Enfer du Bibliophile. Six pointes sèches (en couleurs), par Léon Lebègue. *Paris, Librairie L. Conquet, L. Carteret et Cie, Successeurs,* 1905, in-8, br., couv.

Exemplaire sur papier vélin (Offert par l'Editeur), contenant 2 états des gravures, dont le tirage à part en noir avant la lettre.

42. **Assiette au Beurre** (L'). De l'origine (avril 1901 — no 1) au no 352 (28 décembre 1907). *Paris,* 1901-1907, 7 années ; en fascicules in-4, ill. en noir et en coul., 4 emboîtages.

43. **Assiette au Beurre** (L'). (No 105 — 4 avril 1903 au no 156 — 26 mars 1904). 52 nos, in-4, couv.

44. **Aubigné** (Théodore-Agrippa d'). OEuvres complètes publiées pour la première fois d'après les manuscrits originaux. Accompagnées de

notices biographique, littéraire et bibliographique, etc., par Eug.
Réaume et F. de Caussade. (Tomes 1 à 5). *Paris, A. Lemerre,*
1873-1877, 5 vol. in-8, titres r. et n., br., couv.

L'un des 150 exemplaires tirés sur papier de Hollande (n° 70).

45. **Aubrey Beardsley**. A Book of fifty Drawings, by Aubrey Beards-
ley, with an inconography by Aymer Vallance. *London, Léonard
Smithers*, 1907, in-4, cart. vélin blanc, illust. or, tête dor., non rog.
(Cart. de l'Editeur).

Portrait de l'auteur et 50 planches.
L'un des **50** exemplaires tirés sur **papier du Japon** (n° 32).

46. **Aucassin et Nicolette**, chantefable du douzième siècle, traduite
par A. Bida, révision du texte original et préface par Gaston Paris.
Paris, Hachette et Cie, 1878, pet. in-4, pap. vélin, texte encadré
de fil. r., br., couv.

47. **Aumale** (le duc d'). Les Zouaves et les Chasseurs à pied. Esquisses historiques (par le duc d'Aumale). *Paris, M. Lévy frères*, 1855,
in-12, br. couv.

Edition originale in-12, avec la couverture.

48. **Bac** (F.). Les Maîtresses, comprenant 100 dessins de Ferdinand
Bac, préface par F. Champsaur. *Paris, Simonis Empis*, 1897, in-12,
héliogravure en couleurs, br., couv. illust.

Premier tirage, avec la couverture.
Exemplaire sur papier de Chine.

49. **Bailly** (A.). Dictionnaire Grec-Français. Rédigé avec le concours
de M. E. Egger, à l'usage des Elèves des Lycées et des Collèges, par
M. A. Bailly, 4e édition revue. *Paris, Hachette et Cie*, 1903, gr.
in-8 à 3 col. de xxxii et 2227 pp., br., couv. papier.

50. **BALADES DANS PARIS**, Au Moulin de la Galette — A
l'Hôtel Drouot — Sur les Quais — Au Luxembourg. Notes inédites
par MM. E. R. [Rodrigues], Paul Eudel, B.-H. Gausseron et Adolphe
Retté. *Paris, Imprimé pour les « Bibliophiles Contemporains »
Académie des Beaux-Livres*, 1894, pet. in-4, Illustrations de A.
Bertrand, texte avec cadres lithographiques polychromes, composés
et mis sur pierre par Alexandre Lunois, br., couv. illust. en couleurs.

Tiré à **180** exemplaires, avec deux états des planches en *noir et coloriées.*

51. **Baldwin** (W.-C.). African Hunting from Natal to the Zambesi,
including lake Ngami, the Kalahari desert, etc., from 1852 to 1860 ;
by William Charles Baldwin, Esq. F. R. G. S. : with illustrations by
James Wolf and J.-B. Zwecker. *New-York, Harper and brothers,*
1863, in-12, carte et nombr. fig., cart. toile noire.

52. **Ballu** (Roger). L'OEuvre de **Barye**. Précédé d'une introduction
par M. Eugène Guillaume. Ouvrage accompagné de **24** grandes
planches hors texte en héliogravure et de nombreuses vignettes
dans le texte. *Paris, Quentin*, 1890, gr. in-fol., cart., non rog.
(Rel. de l'éditeur).

53. **Balzac**. La Belle Impéria, conte drôlatique. Illustré par Edmond
Malassis. *Paris, L. Conard*, 1903, in-8 carré, caractères gothiques.

Edition illustrée de 29 compositions de Edmond Malassis, dont 15 gravées sur cuivre

en couleurs par Louis Mortier et rehaussées d'or et 14 gravées sur bois par Tony Bertrand, dont 8 tirées en noir et 7 en couleurs. Lettrines et bouts de lignes en couleurs.
Tiré à 170 exemplaires par l'Imprimerie Nationale. L'un des 150 sur papier vélin (n° 108).

54. BALZAC. Les Contes drolatiques, colligez ez abbayes de Touraine, pour l'esbattement des Pantagruelistes et non aultres. Cinquiesme édition, illustrée de **425** dessins par G. Doré. *Se trouve à Paris. ez bureaux de la Société générale de librairie.* 1855, in-8. br., couv.

Premie. tirage des illustrations de Gustave Doré.
La Couverture est au millésime de 1857. *Paris, A. Delahays.*

55. Balzac. Histoire de l'Empereur, racontée dans une Grange par un Vieux Soldat et recueillie par M. de Balzac. Vignettes par Lorentz, gravures par MM. Brevière et Novion. *Paris, Dubochet.* 1842, in-32, br.

Édition originale, avec la couverture.

56. Balzac. La Maison du Chat-qui-pelote. Préface de F. Sarcey. Quarante compositions de Louis Dunki, gravées sur bois par Maurice Baud. *Paris, L. Conquet. — L. Carteret et Cie, succrs,* 1899. in-8, br., couv. illust.

Tirage unique à **200** exemplaires sur **papier vélin du Marais** à la forme (n° 89).

57. BALZAC. Œuvres complètes. *Paris, Société d'Editions littéraires et artistiques. — Librairie Paul Ollendorff,* 1902, 50 vol. in-8. avec gravures à l'eau-forte par Gaston Bussière, Georges Cain, Cortazzo, L.-Ed. Fournier, De iel Hernandez, Albert Lynch, D. Maillart. A. Moreau. Robaudi. José Roy, E. Toudouze, Pierre Vidal. Wagrez ; br., non coupés, couvertures.

58. Balzac. Paris marié. Philosophie de la vie conjugale. Commentée par Gavarni. *Paris, J. Hetzel,* 1846, pet. in-8. br., couv. illust.

Premier tirage, avec la couverture.

59. Balzac. Petites Misères de la vie conjugale. illustrées par Bertall. *Paris, Chlendowski, s. d.* (1845), gr. in-8. br., couv. illust.

Volume illustré de plus de 300 dessins sur bois. dont 50 grands sujets tirés à part.

60. Balzac. La Pucelle de Thilouze, conte drolatique par H. de Balzac, manuscrit et enluminé par Léon Lebègue. *Paris, Ch. Carrington,* 1901, pet. in-4. pap. de Holl., caract. goth., titre r. et n., texte encadré d'un double fil. r. — en feuilles, couv. illust. en couleurs.

Tiré à **200** exemplaires numérotés pour les Souscripteurs (n° 28) avec une suite en noir avant la lettre sur Chine volant.

61. Balzac. Une Rue de Paris et son habitant. Avant propos par M. le Vicomte de Spoelberch de Lovenjoul. Illustrations (en couleurs) de François Courboin. *Paris, A. Rouquette,* 1899. in-8 raisin, br., couv. illust.

Tiré à **125** exemplaires numérotés à la presse, sur **papier vélin** (n° 55). avec un tirage à part en noir, sur Chine volant de toutes les illustrations.

62. BANVILLE (Théodore de). **Gringoire,** comédie en un acte en prose. Trente-deux compositions de Edmond Malassis, gravées sur

cuivre en couleurs par Louis Mortier. *Paris, L. Conard*. 1904,
in-8. br., couv. illust. en couleurs.

Tiré à 171 exemplaires numérotés et paraphés par l'éditeur (n° 119).
L'un des 150 sur papier vélin de Blanchet et Kléber.

63. **Banville** (Théodore de). Les Princesses. Compositions de Georges
Rochegrosse, gravées à l'eau-forte par E. Decisy. *Paris, F. Ferroud*, 1904, gr. in-8, br., couv.

Exemplaire sur **papier du Japon** (Réservé à M.****), contenant les eaux-fortes en
2 états, avec la lettre et avant la lettre avec remarque.

64. **Barbey** (Frédéric). La Route du Simplon. Illustrations de Fréd.
Boissonnas. *Genève, édité par « Atar »*, S. A., 1906, in-4, pap. vél.
fort, titre r. et n., nombreuses illustrations dans le texte, et planches hors texte, br., couv. illust.

65. **Barbey** (Frédéric). Une Amie de Marie-Antoinette. Madame
Atkyns et la Prison du Temple (1758-1836). D'après des documents
inédits, par Frédéric Barbey. Préface de M. Victorien Sardou.
Paris, Perrin et Cie. 1905, pet. in-8, portr. de Mme Atkyns, br.,
couv.

On y joint : G. Lenotre. Le Drame de Varennes, juin 1791, d'après des documents inédits, et les relations des témoins oculaires. Portraits, plans, dessins inédits de Gérardin,
gravures sur bois de Deloche. *Paris, Perrin et Cie*, 1905, in-8, br., couv.

66. **Barclay V. Head.** Historia Numorum, a manual of Greek Numorum, a manual of Greek Numismatics. *Oxford, at the Claren-
don press*. 1887, gr. in-8, de Lxxix et 808 pp., avec nombreuses
fig. dans le texte, et 5 planches hors texte, demi-rel. chag., tête
dor., non rog. (*Rel. de l'éditeur*).

67. **Bardin** (le Général). Dictionnaire de l'Armée de Terre, ou recherches historiques sur l'art et les usages militaires des anciens et
modernes. Ouvrage terminé sous la direction du général Oudinot
de Reggio. *Paris, J. Corréard*. 1851. 4 vol. gr. in-8 à 2 col., demi-
rel. veau brun, dos ornés.

68. **Bardoux** (Jacques). La Reine Victoria, d'après sa correspondance
inédite (1837-1861). Traduction française, avec introduction et des
notes, par Jacques Bardoux. *Paris, Hachette et Cie*. 1907, 3 forts
vol. in-8, pap. vergé, titres r. et n., fig., br., couv.

Ouvrage orné de 30 héliogravures.
Ce choix de Lettres, publié avec l'autorisation et sous le haut patronage de S. M. le
roi Edouard VII, a été édité par Arthur C. Benson et le vicomte Esher.

69. **Barois** (Julien). Les Irrigations en Egypte. *Paris, Ch. Béranger*.
1904, gr. in-8, fig. dans le texte et planches hors texte, br., couv.

70. **BARRIE** (J.-M.). Piter Pan, dans les Jardins de Kensington.
(Conte tiré du « Petit Oiseau Blanc »). Illustré par Arthur Rackham.
Paris, Hachette et Cie, 1907, in-4 en feuilles, dans un étui en
carton.

Ouvrage orné de 50 planches hors texte en couleurs par Arthur Rackham.
L'un des **20** exemplaires de grand luxe sur **papier du Japon**, signés par l'artiste
(n° 1).

71. **Barrie** (J.-M.). Piter Pan, dans les Jardins de Kensington (Conte
tiré du « Petit Oiseau Blanc »). Illustré par Arthur Rackham.

Paris, Hachette et Cie, 1907, in-4, cart. vélin blanc, fers spéciaux, tête dor., non rog. (*Cart. des éditeurs*).

Ouvrage orné de 59 planches hors texte en couleurs par Arthur Rackham.
L'un des 250 exemplaires tirés sur papier à la forme (n° 252).

72. **Barron** (Louis). Paris Pittoresque (1800-1900). La Vie — Les Mœurs—Les Plaisirs. Ouvrage orné de 500 reproductions d'estampes et de 20 gravures hors texte tirées en couleurs. *Paris. Société française d'éditions d'art. L.-H. May, s. d., gr.* in-4, cart. toile. fers spéciaux, tête dor., non rog. (*Cart. de l'éditeur*).

73. **Barron** (Louis). Autour de Paris. 500 dessins d'après nature, par G. Fraipont. *Paris. Quantin, May et Motteroz, s. d.* (1891), gr. in-4, demi-rel. dos et coins de chag. rouge poli, tête dor., non rog., couv. impr. or et couleurs.

74. **Barton.** Familiar London ; painted by Rose Barton. *London. Adam and Charles Black,* 1904, in-4, très nombr. planches en coul. hors texte ; préparé pour la reliure.

« This edition de luxe is limited to three hundred copies, of which this is n° 111 ». — Signature autographe de Rose Barton au verso du faux-titre.

75. **Bartsch** (Karl). Chrestomathie de l'ancien français (VIIIe-XVe siècles). Accompagnée d'une Grammaire et d'un Glossaire. *Leipzig et Paris.* 1866. gr. in-8, demi-rel. dos et coins de mar. vert. dos orné. fil. sur les plats. tête dor., non rog.

76. **Baud-Bovy** (Daniel). La Meije et les Ecrins. Illustrations en couleurs par Ernest Hareux. *Grenoble, A. Gratier et J. Rey,* 1908. in-4. pap. teinté. br., couv. illust.

Ouvrage illustré de 50 vignettes et 25 planches hors-texte en couleurs.
L'un des 50 exemplaires avec double suite de gravures, numérotés (n° 21), imprimé pour M. Paul Mirabaud.

77. **Baudelaire** (Charles). Œuvres posthumes et Correspondances inédites, précédées d'une Etude biographique. par Eugène Crépet. Portrait et Fac-similé de Charles Baudelaire. *Paris. Quantin,* 1887. in-8, br.

Edition originale, avec la couverture.

78. **Bazin** (René). Une Tache d'Encre. Compositions d'André Brouillet. *Tours, Mame et fils.* 1900. in-4. fig. dans le texte et planches hors-texte. br., couv., emboîtage.

L'un des **120** exemplaires tirés sur **papier du Japon** (n° 107). contenant 2 états des planches hors-texte, sur Japon, avec la lettre et sur Chine appliqué avant la lettre.

79. **Beauchet-Filleau** (H.). Essai sur le Patois Poitevin ou petit Glossaire de quelques-uns des mots usités dans le canton de Chef-Boutonne et les communes voisines. *Niort. L. Clouzot,* 1864. in-8. demi-rel., dos et coins de mar. rouge. dos orné. fil. sur les plats. tête dor., non rog. (*Magnin*).

80. **BEAUMARCHAIS.** La Folle Journée, ou le Mariage de Figaro. comédie en cinq actes, en prose. par M. de Beaumarchais. Représentée pour la première fois, par les Comédiens français ordinaires du Roi. le mardi 27 avril 1784. *De l'imprimerie de la Société littéraire typographique (Kehl), et se trouve à Paris. chez Ruault.*

*libraire, au Palais-Royal, près le théâtre, n° 216. 1785. gr. in-8.
fig., br., non rog.*

5 figures de Saint-Quentin, gravées par Halbou, Liénard et Lingée.
Exemplaire absolument non rogné.

81. **Beaux-Arts**. Biographies d'Artistes, 13 vol. ou broch. in-8 et
in-12, br., couv.

Constantin Meunier et son œuvre, par MM. L. Bazalgette, Eug. Carrière, J. Destrée,
G. Geffroy, A Rodin, etc., etc. 37 reproductions d'œuvres du Maître. *Paris*. 1905. —
Soubies (Albert). J.-J. Henner (1829-1905). Notes biographiques. *Paris*. 1905. —
L'Alsace à J.-J. Henner, 1906. — Soubies (Albert). L.-E. Barrias (1841-1905). Notes
biographiques. *Paris*, 1905. — Pierre (J.). Le vrai Rollinat (Revue de la Presse). *Paris*.
1904. — Henri de Braekeleer, Peintre de la Lumière, par Camille Lemonnier. *Bruxelles*.
1905. — Harel (Paul). Ernest Millet. *Paris*, 1904. — Corot. Souvenirs intimes, par
Henri Dumesnil, avec un portrait. *Paris*, 1875. — Vachon (Marius). Puvis de Chavannes. *Paris*, s. d. — Moreau-Vauthier (Ch.). Gérôme, peintre et sculpteur, l'homme et
l'artiste. *Paris*, 1906. — André Gill, sa vie. Bibliographie de ses œuvres, par Armand
Lods et Véga. *Paris*. 1887. — Morice (Charles). Eugène Carrière, l'homme et sa pensée.
L'artiste et son œuvre, etc. *Paris*, 1906. — Theuriet (André). Jules-Bastien-Lepage.
l'homme et l'artiste. *Paris*. 1885.

82. **Benoit-Lévy** (Georges). Le Roman des Cités-Jardins. *Paris. Editions des Cités-Jardins de France, s. d.* (1906), in-8 carré. pap.
vél. fort. planches hors-texte en photographies tirées en bleu, cart.
en peau, tête dor., non rog., de l'Editeur.

Édition originale, avec la couverture.

83 **Béquet** (Etienne). Marie, ou le Mouchoir bleu. Notice littéraire
par Adolphe Racot. Six compositions par de Sta, gravées par Abot.
Paris, L. Conquet, 1884. in-16. pap. vergé, br., couv.

84. **Beraldi** (Henri). Voyage d'un Livre à travers la Bibliothèque
Nationale. *Paris. G. Masson, 1893.* in-8 de 46 p., fig., br.

Exemplaire imprimé sur **papier Whatman**.

85. **BÉRANGER**. Chansons morales et autres avec gravures et
musique. *Paris, à la librairie d'Alexis Eymery.* 1816. in-18. frontispice et titre gravés, br.

Édition originale.

86. **Béranger**. Chansons. par M. J.-P. de Béranger *Paris, chez les
marchands de nouveautés.* 1821. 2 vol. — Chansons nouvelles.
Paris, chez les marchands de nouveautés, 1825. 1 vol. — Chansons inédites, *Paris. Baudouin frères*. 1828. 1 vol. — Chansons
nouvelles et dernières, dédiées à M. Lucien Bonaparte, 1833. *Paris.
Perrotin*. 1833. 1 vol. — Ens. 5 vol. in-18. br., couv.

Deuxième, troisième, quatrième et cinquième parties originales des chansons de
Béranger, avec les couvertures.
Note marginale à l'encre à la page 205, du tome 2 des chansons. et aux pages 1, 21
et 29 aux chansons inédites.

87. **Béranger**. Œuvres complètes de P.-J. de Béranger. Supplément
(Chansons érotiques). *Paris, chez tous les marchands de nouveautés*, 1836. in-8. br., couv.

88. **Béranger**. 4 vol. br., couv.

Couronne poétique de Béranger, recueillie par Gérard. *Paris*, 1829, in-32. — Lettres
choisies de Béranger à Mme Hortense Allart de Méritens. *Paris*,1864, in-12.— Dernières
chansons de P.-J. de Béranger de 1834 à 1851 avec une lettre et une préface de l'auteur.
Paris, 1857. in-8. — Ma biographie, ouvrage posthume de P.-J. de Béranger : avec un
appendice : orné d'un portrait en pied dessiné par Charlet. *Paris*, 1857, in-8.

89. **Bergerat** (Emile). Enguerrande, poème dramatique, précédé
d'une préface par Théodore de Banville, avec un portrait de l'auteur, gravé à l'eau-forte par Henri Lefort, et de deux compositions
du statuaire Auguste Rodin. *Paris, Frinzine et Cie*, 1884, in-4,
br., couv.

   Édition originale, avec la couverture.
   L'un des **50** exemplaires sur **papier du Japon** (n° 13).

90. **Bernard** (Marius). Autour de la Méditerranée. Les côtes latines.
La France (de Port-Vendres à Vintimille). 145 illustrations par
A. Chapon et une carte itinéraire du voyage. *Paris. Librairie
Renouard. — Henri Laurens, éditeur ; s, d.*, gr. in-8, br., couv.
illust.

91. **Berryer**. Œuvres. Discours Parlementaires (1830-1868). *Paris.
Didier et Cie.* 1872-75, 5 vol. in-8, br., couv.

92. **Bertall**. Cahier des Charges des Chemins de fer. Pamphlet illustré
par Bertall. 2e édition. *Paris, J. Hetzel.* 1847. pet. in-8. br., couv.
illust.

93. **Bertall**. La Comédie de notre temps — La Civilité — Les Habitu-
des — Les Mœurs — Les Coutumes — Les Manières et les Manies de
notre époque. Études au crayon et à la plume, par Bertall. *Paris,
Plon et Cie*, 1874. in-4, br., couv.

   Premier tirage.

94. **Bertall**. Les Contes de ma mère, recueillis et illustrés par Bertall.
Paris, E. Plon et Cie. 1877, in-8, titre r. et n., nombreuses illustrations dans le texte et planches hors-texte, br.

   Édition originale, avec la couverture.

95. **Bertall**. La Vie hors de chez soi (comédie de notre temps).
L'Hiver — le Printemps — l'Eté — l'Automne. Études au crayon et
à la plume. *Paris. Plon et Cie*, 1876, in-4, br., couv.

96. **Bertall**. La Vigne, voyage autour des vins de France, étude phy-
siologique, anecdotique, historique, humoristique et même scienti-
fique, par Bertall. *Paris. E. Plon et Cie*, 1878. in-4. nombr. fig.
dans le texte et planches hors-texte, br., couv. illust.

97. **Beryl de Sélincourt** and **May Sturge Henderson**. Venice.
Illustrated by Reginald Barratt. A. R. W. S. *London. Chatto and
Windus.* 1907. in-4. très nomb. planches en coul. hors-texte. non
rog., préparé pour la reliure.

   « Of this special édition of *Venice* three hundred and ten copies have been printed, of
   which only three hundred are for Sale. This is n° 1 ».

98. **Beulé**. Histoire de l'Art Grec avant Périclès. 1 vol. — Fouilles et
Découvertes résumées et discutées (Grèce et Italie. — Afrique et
Asie). 2 vol. *Paris. Didier et Cie.* 1868-1875. Ens. 3 vol. in-8, br.,
couv.

   Éditions originales, avec les couvertures.

99. **Bible**. L'Histoire de Tobie, traduite par Lemaistre de Sacy, dessins de Bida. *Paris. Hachette et Cie.* 1880, gr. in-fol.. fig., vign.,
lettres ornées et culs-de-lampe, en feuilles, dans un carton.

   Ouvrage orné de 14 grandes compositions gravées à l'eau-forte d'après les dessins originaux de Bida, par MM. Bida, Boilvin, Courtry, F. et L. Flameng, E. Hédouin, Lerat, Monziès, etc., etc.

L'un des **150** exemplaires tirés sur **papier de Hollande** (n° 86).

100. Bible. L'Histoire de Joseph, traduite par Lemaistre de Sacy, dessins de Bida. *Paris, Hachette et Cie*, 1878, gr. in-fol., fig., vign. et culs-de-lampe, en feuilles, dans un carton.

Ouvrage orné de 20 grandes compositions gravées à l'eau-forte d'après les dessins de Bida, par MM. Boilvin, Courtry, F. et L. Flameng, Gaucherel, Lalauze, Lerat, Mongin, etc., etc.
L'un des **150** exemplaires tirés sur **papier de Hollande** (n° 127).

101. Bible. Le Livre de Ruth, traduit par Lemaistre de Sacy, dessins de Bida. *Paris, Hachette et Cie*, 1876, gr. in-fol., fig., vign., culs-de-lampe et lettres ornées, en feuilles, dans un carton.

Ouvrage orné de 9 grandes compositions, de 4 têtes de chapitre et de 3 culs-de-lampe, gravés à l'eau-forte, d'après les dessins originaux de Bida, par MM. Boilvin, L. Flameng, Hédouin, La Guillermie, Lerat et Waltner.
L'un des **150** exemplaires tirés sur **papier de Hollande** (n° 47).

102. Bible. Le Cantique des Cantiques, traduit de l'hébreu, par Ernest Renan, avec 25 eaux-fortes d'Edmond Hédouin et d'Emile Boilvin, d'après les Dessins de Bida. *Paris, Hachette et Cie*, 1886, in-fol., titre r. et n., en portefeuille.

L'un des **50** exemplaires tirés sur **papier de Hollande** (n° 18).

103. Bibliographie biographique universelle. Dictionnaire des Ouvrages relatifs à l'histoire de la vie publique et privée des personnages célèbres de tous les temps et de toutes les nations, depuis le commencement du monde jusqu'à nos jours. Enrichi du Répertoire des Bio-Bibliographies générales, nationales et spéciales, par Edouard-Marie Oettinger. *Paris, A. Lacroix et Cie. — P. Daffis*, 1866, 2 forts vol. gr. in-8 à 2 col., br., couv.

104. Bibliographie. 10 vol. ou broch. in-8 et in-12, br., couv.

La véritable Édition originale des Œuvres de Molière, étude bibliographique, par P.-L. Jacob, bibliophile. *Paris*, 1874. — Les Amateurs de Vieux Livres, par P.-L. Jacob (bibliophile). *Paris*, 1880. — Recherches Bibliographiques sur des Livres rares et curieux, par P.-L. Jacob (bibliophile). *Paris*, 1880. — Un Bouquiniste parisien, Le Père Lécureux, par Alexandre Piedagnel. Frontispice à l'eau-forte, composé et gravé par Maxime Lalanne. *Paris*, 1878. — Advielle (Victor). La Bibliothèque de Napoléon à Sainte-Hélène. *Paris*, 1894. — Histoire d'un Livre, par Mary Lafon. *Paris*, 1857. — Le Luxe des Livres, par L. Derome. *Paris*, 1879. — Bibliographie et Littérature (Trouvailles d'un Bibliophile), par le Vte de Spoelberch de Lovenjoul. *Paris*, 1903. — Connaissances nécessaires à un Bibliophile (par J. Ch. Brunet). *Paris*, 1878. — Bibliographie des plaquettes Romantiques, par Ch. Nauroy. *Paris*, 1882.

105. Bibliographie. 10 vol. ou broch. gr. in-8 et in-8, br., couv.

M. J. Techener et la Vente de ses Livres, par Gustave Brunet. *Paris*, 1865. — Etude critique et bibliographique des Œuvres de Alfred de Musset, pouvant servir d'appendice à l'Edition dite de souscription. *Paris*, 1867. — Maximes de La Rochefoucauld, Premier texte imprimé à La Haye en 1664, Collationné sur le Ms. autographe et sur les éditions de 1665 à 1678, précédé d'une préface, par Alphonse Pauly. *Paris*, 1883. — Guide du Libraire-Antiquaire et du Bibliophile, Description Bibliographique et Anecdotique de deux cent vingt ouvrages rares, curieux ou singuliers, par J. de Beauchamps et Ed. Rouveyre, accompagné d'un album contenant 46 planches. *Paris*, 1885. — Le Bibliophile, rédigé par Brunox, avec la collaboration de plusieurs Bibliophiles, et illustré de Gravures, dont plusieurs en taille-douce tirées en couleurs, de ou d'après Gavarni, David, G. Doré, P. Avril, Stall, Masson, etc. (Livrais. 1 à 6). *Paris*, 1883-84. — Un Catalogue de Fers à Dorer, au XVIIIe siècle, par le Vte de Savigny de Moncorps (Extrait de la Revue : Le Livre et l'Image) *Paris*, 1893. — Bibliographie critique de la Guerre de 1870-1871, par Pierre Lehautcourt (Extrait de la Bibliothèque de Bibliographies critiques) *Paris*, s. d. — La Librairie, l'Edition musicale, la Presse, la Reliure, l'Affiche à l'Exposition Universelle de 1900, Recueil, précédé d'une Notice historique, par Lucien Layus. Nombreuses Illustrations. *Paris*, 1900. — Delphy (A.). Essai d'une Bibliographie spéciale des Livres perdus, ignorés ou connus à l'état d'exemplaire unique. Premier volume. Lettre A à lettre G. *Paris* 1906, gr. in-8 (Tiré à 100 exempl. numér. 50 seulement mis dans le commerce. N· 54). Un Éditeur de Barbey d'Aurevilly. Léon de La Sicotière. Bibliographie des ouvrages publiés, par Trébutien. *Paris*, 1906 (Tirage unique à 100 exemplaires sur pap. vél. d'Arches. No 3).

106. Bibliographie, 10 vol. ou broch. in-8 et in-12, br., couv.

Lovenjoul (Vte de Spoelberch de). Les Lundis d'un Chercheur. Édition augmentée de nombreux documents fac-similés relatifs aux Œuvres de Théophile Gautier. *Paris*, 1894. in-8. (L'un des 100 exempl. numér. sur pap. de Holl. n· 51). — Lovenjoul (Vte de Spoelberch de). La Genèse d'un Roman de Balzac. — Les Paysans — lettres et fragments inédits. *Paris*, 1901. — Les Affiches célèbres anglaises (Illustré). (Extrait de la Revue des Revues. n· 20. — 15 Octobre 1895). — *Paris*, 1895. — Les Affiches Américaines (Illustré) (Extrait de la Revue des Revues, n· 21. — 15 Décembre 1895. *Paris*, 1895. — Quantin-Bauchart (Ernest). A Travers les Livres. souvenirs d'outre-tombe. *Paris*, 1895. — L'Art d'aimer les Livres et de les connaître, lettres à un jeune bibliophile, par Jules Le Petit. Eaux-fortes de Alfred Gérardin. *Paris*, 1884. — A. de Vigny et Charles Baudelaire candidats à l'Académie Française, étude par Étienne Charavay. *Paris*, 1879. — Bibliographie et Littérature (Trouvailles d'un Bibliophile), par le Vte de Spoelberch de Lovenjoul. *Paris*, 1903. in-12 (Tiré à 375 ex. numér. (N· 56) L'un des 350 sur alfa vergé). — Charles Baudelaire, par MM A. de La Fizelière et Georges Decaux. *Paris*, 1868. — Alfred de Musset et ses prétendues attaques. contre Victor Hugo, par Charles de Lovenjoul. *Paris*, 1878.

107. Bibliographie, 11 vol. ou broch. in-8 et in-12, br., couv.

Curiosités Bibliographiques et artistiques. Livres, Manuscrits et Gravures qui, en vente publique, ont dépassé le prix de mille francs. Tableaux payés plus de cinquante mille francs. par Gustave Brunet. *Genève*, 1867. in-8 (Tiré à 250 exemp. numér. n· 95). — Histoire du Chevalier des Grieux et de Manon Lescaut. Bibliographie et Notes pour servir à l'histoire du livre (1728-1731-1753). *Paris*, 1875. — Bibliothèque de l'Amateur de Livres. Connaissances nécessaires à un Bibliophile. Établissement d'une Bibliothèque, etc. *Paris*, 1877. — Petit Traité de Littérature Naturaliste (d'après les maîtres). par Camille B. et Albert H. *Paris*, 1880. — Barbier (A.). Bibliographie. Préface par Ph. Chasles, de la première édition des Iambes non réimprimée dans les a utres. — L. Foy. poète-bouquiniste, imitateur de Barbier dans son poème : Le Peuple en 1830, par Ant. Laporte. *Paris*, 1884. — Béranger — Sarah Bernhardt — Bertall. Étude bibliographique par Ant. Laporte. *Paris*, 1884. — Catalogue de la deuxième Exposition du Salon des Cent réservée à un ensemble d'œuvres d'Eugène Grasset (*Paris*, s. d.). — Causeries d'un Ami des Livres. Les Éditions originales des Romantiques, par L. Derôme (1re partie). *Paris*, 1887. — Catalogue des ouvrages de H. de Balzac, conservés au Département des Imprimés (Extrait du Catalogue général des Livres imprimés de la Bibliothèque Nationale). *Paris*, 1901. — Philippe Gille, par Gustave Larroumet. *Paris*, 1902. — La Reliure au Musée Galliera (1902). par un Praticien (Em. Bosquet). *Paris*, s. d. (1902).

108. Biographie universelle, ou Dictionnaire historique, contenant la Nécrologie des Hommes célèbres de tous les pays. Des articles consacrés à l'Histoire générale des peuples. Aux Batailles mémorables, aux grands événements politiques, aux diverses sectes religieuses. etc., etc. Depuis le commencement du monde jusqu'à nos jours. Par une Société de gens de lettres, sous la direction de M. Weiss. Nouvelle édition. *Paris. Furne et Cie.* 1841. 6 vol. gr. in-8 à 1 col., br., couv.

Ouvrage orné de nombreux portraits d'Hommes célèbres se rapportant à l'ouvrage.

109. BIBLIOTHÈQUE ARTISTIQUE MODERNE. *Paris. Librairie des Bibliophiles.* 1883-1891. 17 vol. in-8 écu, pap. vélin de Hollande, br., couv.

Collection complète : Contes de A. Daudet. Eaux-fortes par Eug. Burnand. — Le Roi des Montagnes par Edm. About, dessins de Delort gravés par Mongin. — Le capitaine Fracasse, par Th. Gautier, dessins de Delort et un portrait gravé par Mongin. 3 vol. — Une page d'amour par Émile Zola. dessins de Ed. Dantan, et un portrait gravé par Duvivier. 2 vol. — Servitude et Grandeur Militaires. par A. de Vigny, dessins de J. Le Blant et un portrait gravé par Champollion. — Jocelyn par Lamartine. dessins de Besnard et un portrait gravé par de Los Rios et Champollion. — Graziella. par Lamartine. dessins de Bramtot. gravés par Champollion. — Le Chevalier des Touches. par J. Barbey d'Aurevilly. dessins de J. Le Blant. gravés par Champollion. — Nouvelles de Mérimée, illustrations de Bramtot. Merson, etc. — Les filles du Feu par Gérard de Nerval. dessins de E. Adan, gravés par Le Rat. — Théâtre de Musset. dessins de Delort. gravés par Boilvin. 4 vol.

110. **Bibliothèque** de l'Armée Française, publiée par les soins de
M. Camille Rousset. *Paris, Hachette et Cie*, 1872, 6 vol. in-12, br.,
couv.

Frédéric. Œuvres Historiques (1740-1763), suivies du Précis des guerres de Frédéric,
par Napoléon, 3 vol. — Napoléon. Campagnes d'Italie, d'Egypte et de Syrie, 3 vol.

111. **Bibliothèque** de poche, 4 vol. in-16, br., couv.

Curiosités des Inventions et découvertes. — Bibliographiques, par Ludovic Lalanne. —
Littéraires, par Ludovic Lalanne. — De l'histoire des Croyances populaires au moyen-
âge, par P. L. Jacob (Bibliophile).

112. **Bibliothèque originale,** publiée par Pincebourde. *Paris,*
1864-1866, 8 vol. in-16, eaux-fortes par Morin, F. Besson. Ulm et
Staal, br., couv.

Fréron ou l'illustre Critique, etc., par Ch. Monselet. — Les Mystifications de Caillot-
Duval. — La Vérité sur la mort d'Alexandre le Grand, par E. Littré. — La Mort de
J. César, par Nic. de Damas. — Petrus Borel, sa vie, ses écrits, sa correspondance, poésies et documents inédits, par J. Claretie. — Correspondance intime de l'armée d'Egypte,
interceptée par la croisière anglaise. — L'Histoire du sieur-abbé comte de Bucquoy,
singulièrement son évasion du For-L'Evêque et de la Bastille, par Mme Du Noyer. — Béranger et son temps, par J. Janin, 2 vol.

113. **Bigot** (G.). Croquis Japonais par G. Bigot. 1886, Tokio. Album
in-fol de 30 planches sur papier du Japon.

114. **Blanc** (Charles). Une Famille d'Artistes, Les Trois Vernet. Joseph, Carle, Horace. Introduction de M. Henry Jouin. *Paris, Librairie Renouard. Henri Laurens, éditeur, s. d.,* in-8, nombreuses
illustrations hors-texte et dans le texte, br., couv.

115. **Blanc** (Charles). Histoire de la Renaissance artistique en Italie.
Paris, Firmin Didot et Cie, 1894, 2 vol. in-8, br., couv.

116. **Blanc** (Charles), Ingres, sa vie et ses ouvrages, avec un portrait
du Maître, gravé par Flameng, et 12 gravures sur acier, par
MM. Henriquez-Dupont, Dien Dubouchet, Flameng, Gaillard, Gaucherel, etc. un fac-similé d'autographe et une gravure sur bois
d'après le buste d'Ingres, par Bonassieux. *Paris, Vve Renouard,*
1870, gr. in-8, pap. vél., br., couv.

117. **Blanc** (Charles). L'Œuvre complet de Rembrandt. Catalogue
raisonné de toutes les eaux-fortes du maître et de ses peintures,
orné de bois gravés et de 40 eaux-fortes tirées à part et rapportées
dans le texte. *Paris, Gide*, 1859-1861, 2 tomes en 3 vol. in-8, br.,
couv.

118. **Blanc** (Charles). Voyage de la Haute Egypte, observations sur
les arts égyptien et arabe. Avec 80 dessins par M. Firmin Delangle.
Paris, Librairie Renouard. H. Loones, succ., 1876, in-8, pap. de
Holl., br., couv.

119. **Bocher** (Emmanuel). Les Gravures françaises du XVIIIe siècle,
ou Catalogue raisonné des Estampes, Vignettes, Eaux-fortes, Pièces
en couleur au bistre et au lavis, de 1700 à 1800. — Sixième fascicule. **Jean-Michel Moreau le jeune**. *Paris, D. Morgand et Ch.
Fatout,* 1882, in-4 de 750 pp., portr. de Moreau le jeune, br., couv.

Tiré à 525 exemplaires numérotés (n° 370). — L'un des 500 sur papier vergé.

120. **Boileau-Despréaux**. Œuvres poétiques, avec une introduction
et des notes, par F. Brunetière. *Paris, Hachette et Cie*, 1889, in-4,
avec planches hors texte grav. à l'eau-forte par MM. Abot, Boilvin,

Champollion, Courtry, L. Flameng, Hédouin, Lalauze, Le Rat,
Mongin, etc., sous la direction de M. G. Duplessis, en feuilles, dans
un carton.

L'un des **100** exemplaires tirés sur **papier du Japon** impérial (n° 50).

121 **Bonaparte** (Prince Roland). Une Excursion en Corse. *Paris.
Imprimé pour l'auteur (par G. Chamerot)*, 1891, in-4, avec
6 planches hors texte en héliog. de Lemercier, br., couv.

122. Bonnie Scotland. Painted by Sutton Palmer. Described by A.
R. Hope Moncrieff. *Published by A. and C. Black. London.* 1904,
fort vol. in-4, très nombr. planches en coul. hors texte, cart. toile,
tête dor., non rog. (*Cart. des édit.*).

« The edition de luxe is limited to five hundred copies, of which this is n° 322 ». —
Signature autographe de A. R. Hope Moncrieff au verso du faux titre.

123. Borel. Dictionnaire des Termes du Vieux François, ou Trésor
des recherches et antiquités gauloises et françoises... Nouvelle édition, avec addition de mots anciens omis par Borel, suivie des Patois
de la France, Recueil de Chants, Noëls, Fables, Dictons, Dialogues,
fragments de Poème, composés en principaux dialectes de la France,
précédé d'une Etude sur l'origine des Patois, sur les langues d'Oïl
et d'Oc et sur leurs limites, par L. Favre. *Niort. L. Favre.* 1882,
2 vol. in-8, br., couv.

124. Bouchot (Henri). Catherine de Médicis, illustrations d'après des
documents contemporains. *Paris, J. Boussod, Manzi, Joyant et
Cie,* 1899, in-4, pap. vél., illustré de 1 portrait-frontispice en couleurs, 48 planches en photogravure, dont 40 hors texte en noir ou
en plusieurs tons, br., couv.

125. Bouchot (Henri). L'Epopée du Costume Militaire Français. Aquarelles et Dessins originaux de Job. *Paris. Société Française d'Éditions d'Art. L.-H. May. s. d.* (1898), gr. in-4, pap. vél., titre r. et
n., grav. en noir et en couleurs de MM. Raymond, Ducourtioux et
Huillard, br., couv., impr. en couleurs.

126. Bouchot (Henri). La Femme Anglaise et ses peintres. *Paris.
Librairie de l'Art ancien et moderne,* 1903, in-4, nombreuses
illustrations dans le texte et planches hors texte, br., couv.

127. Bouchot (Henri). Les Femmes de Brantôme. Ouvrage orné de
30 planches hors texte et de nombreuses gravures dans le texte
reproduites d'après les originaux. *Paris. A. Quantin.* 1890, in-4,
pap. vél., titre r. et n., br., couv.

128. Bouilhet (Louis). Le Diable est là, conte inédit de Louis Bouilhet, dessin et gravure en couleurs de Paul Avril. *S. l. n. d. (Paris.
novembre 1895),* in-8 de 4 pag.

Projet de livre, avec illustrations en couleurs, pour la Société des Amis des Livres.
Cette feuille a été tirée à 50 exemplaires et distribuée aux membres titulaires de la
Société.
Elle est devenue très rare. Publié par les soins de M. A. Billard.

129. Bouillet (M.-N.). Dictionnaire universel d'Histoire et de Géographie. Ouvrage revu et continué par A. Chassang. Nouvelle édition
(Vingt-troisième ; avec un Supplément). *Paris. Hachette et Cie.*
1872. — Atlas universel d'Histoire et de Géographie, par M.-N.
Bouillet. 2e édit. *Paris. Hachette et Cie.* 1872. Ens. 2 forts vol.
gr. in-8, demi-rel. mar. La Vallière foncé, tr. peig.

130. **BOUILLON** (Pierre). **Musée des Antiques**, dessiné et gravé par P. Bouillon, peintre, avec des notices explicatives par J.-B. de Saint-Victor. Dédié au Roi. *Paris, de l'imprimerie de P. Didot l'aîné, s. d.*, 3 vol. gr. in-fol., nombr. planches, cart. dos et coins de vél. vert.

Exemplaire en **très grand papier** avec les planches avec la **lettre blanche**.

131. **Bouilly** (J.-N.). Les Jeunes Femmes. *Paris, L. Janet, s. d.*, 2 vol. in-12, titres grav. avec vign., figures de Queverdo, cuir de Russie, dos ornés, fil. et ornem. dor. et à froid sur les plats, tr. dor. (*Rel. de l'époque*).

Exemplaire sur papier vélin avec les figures avant la lettre. — Taches de rousseur.

132. **Boutet** (Henri). Almanach pour les années 1887-1888-1889-1890-1891 (2 exempl.) 1892-1893-1894-1895-1899-1900-1901. *Paris,* 1887-1901, 12 vol. in-32, fig., br., couv. illust.

On y joint : Calendrier Parisien pour 1886, Douze Sonnets d'Ern. d'Hervilly, et treize pointes sèches de H. Boutet. *Paris, L. Conquet,* 1886, in-32, pap. vél. du Marais, cart. soie, non rog. (*Cart. de l'éditeur*).

133. **Boutet** (Henri). Autour des Parisiennes. Où Elles Vont.—Autour d'Elles, les Modèles.— Autour d'Elles, le Coucher. — Autour d'Elles, le Bain. *Paris,* 1897-98. Ens. 4 Albums in-4 en couleurs, br., couv. illust. en coul.

134. **Boutet** (Henri). Les Modes Féminines du XIXe siècle, interprétées en Cent pointes sèches aquarellées au pinceau (1801-1900). Préface de Jules Claretie. *Paris, Société Française d'Editions d'Art,* 1902, in-4, titre r. et n., br., couv. illust. en coul.

L'un des 600 exemplaires tirés sur papier vélin (n° 191).

135. **Boutet** (Henri). Pointes Sèches, 100 Fac-similes *Paris, Ateliers de reproduction Furlier et Marotte, s. d.* (1898) in-4, br., couv. illust.

Tiré à 550 exemplaires numérotés (n° 505). — L'un des 500 sur papier vélin.

136. **Brassey** (Lady). Aux Indes et en Australie dans le Yacht le « Sunbeam » Ouvrage traduit de l'Anglais avec l'autorisation de Lord Brassey, par Gaston Bonnefont. Illustré de 200 Dessins de R. T. Pritchett, gravés sur bois par E. Whymper, J.-D. Cooper et G. Pearson. *Tours, A. Mame et Fils,* 1893, in-4, br., couv.

137. **Brazier** (N.). Chroniques des Petits Théâtres de Paris, depuis leur création jusqu'à ce jour. *Paris, Allardin,* 1837, 2 vol. in-8, br.

Edition originale, avec les couvertures.

138. **Brazier** (Nicolas). Chroniques des Petits Théâtres de Paris. Réimprimées avec Notice, variantes et notes, par Georges d'Heylli. *Paris, E. Rouveyre et G. Blond,* 1883, 2 vol. pet. in-12, pap. vergé de Holl., titres r. et n., br., couv.

On y joint : Théâtre de Dufresny. Publié avec Notice et Notes, par Georges d'Heylli. *Paris, E. Hilaire,* 1882, pet. in-12, pap. vergé, titre r. et n., portr. à l'eau-forte par Ad. Lalauze, br., couv.

139. **Briffault** (Eugène). Paris dans l'eau. Illustré par Bertall. *Paris, J. Hetzel,* 1844, pet. in-8, br., couv. illust.

Premier tirage, avec la couverture.

140. Brillat-Savarin. Physiologie du Gout, illustré par Bertall, précédé d'une Notice biographique par Alph. Karr, dessins à part du texte, gravés sur acier par Ch. Geoffroy, gravures sur bois, intercalées dans le texte, par Midderigh. *Paris, Gabr. de Gonet, s. d.* (1848), gr. in-8, br., couv.

Première édition, avec la couverture. — Taches de rousseur.

141. Brisson (Adolphe). Nos Humoristes. Caran d'Ache — J.-L. Forain — Hermann-Paul — Léandre — Robida — Steinlen — Willette. *Paris, Société d'Edition artistique (pavillon de Hanôvre), s. d.,* in-4, portraits et nombr. illustrations, br., couv. illust. en couleurs.

142. Britton (J.) et E.-W. **Brayley**. Devonshire et Cornwall. Illustrated, from original drawings by Thomas Allom, W.-H. Bartlett, etc. With historical and topographical descriptions, by J. Britton et E.-W. Brayley. *London, Fisher et Jackson,* 1832. — Ireland Illustrated, from original drawings, by G. Petrie, W.-H. Bartlett et T.-M. Baynes. With descriptions, by G.-N. Wright. *London, H. Fisher, Son, and Jackson,* 1833. — Switzerland, by William Beattie. Illustrated, in a series of views taken on the spot and expressly for this work, by W.-H. Bartlett, Esq. *London, Geo Virtue,* 1834. — Ens. 3 vol. in-4, nombreuses planches hors texte, demi-rel., chag. vert, dos ornés.

143. Brivois (J.). Bibliographie de l'Œuvre de P.-J. de Béranger, contenant la description de toutes les éditions, l'indication d'un grand nombre de contrefaçons, le classement des suites de gravures, vignettes, etc., etc. *Paris, L. Conquet,* 1876, in-8, demi-rel. bas. rouge, dos orné.

L'un des 150 exemplaires tirés sur grand papier de Hollande (n° 70).

144. Brivois (J.). Bibliographie des Ouvrages Illustrés du XIXe siècle, principalement des livres à gravures sur bois. *Paris, L. Conquet,* 1883, gr. in-8, pap. vergé, demi-rel. dos et coins de mar. rouge, tête dor., non rogné.

Rare.

145. Brivois. Essai d'une Bibliographie des Œuvres de M. Alphonse Daudet avec fragments inédits. *Paris, L. Conquet,* 1895, pet in-8, br., couv.

Exemplaire sur papier vergé des papeteries du Marais.

146. Briz (F. Pelay). Cansons de la Terra. Cants populars catalans, col. leccionats per Francesch Pelay Briz. *Barcelona, et Paris,* 1866-1877, 5 vol. in-12, avec planches de musique, br., couv.

147. Brossard (Ch.). Géographie pittoresque et monumentale de la France. *Paris, E. Flammarion,* 1900-1903, 5 forts vol. gr. in-8, nombreuses illustrations dans le texte et planches hors texte en noir et en couleurs, br., couv.

148. Bruce (Alexander Balmain). The Life of William Denny, Ship-Builder, Dumbarton. With portrait. *London, Hodder and Stoughton,* 1888, in-8, portrait et carte en couleurs, cart. toile bleue, non rog. (*Cart. des éditeurs*).

149. Brunet (Gustave). La France littéraire au XVe siècle, ou Catalogue raisonné des ouvrages en tout genre imprimés en langue française jusqu'à l'an 1500. *Paris, A. Franck,* 1865, pet. in-8, titre r. et n., br., couv.

L'un des 300 exemplaires tirés sur papier vergé.

150. Brunot (Ferdinand). Histoire de la Langue Française, des origines à 1900. *Paris, A. Colin,* 1905-1906. 2 vol. gr. in-8, br., n. r., couv.

Tome I. De l'époque latine à la Renaissance. — Tome II. Le Seizième Siècle.

151. Burguy (G.-F). Grammaire de la langue d'Oïl, ou Grammaire des Dialectes Français au XIIe et XIIIe siècles, suivie d'un Glossaire contenant tous les mots de l'ancienne langue qui se trouvent dans l'ouvrage. *Berlin et Paris,* 1882, 3 vol. in-8, br., couv.

152. Caldecott's (R.). Picture Book. *London. published by George Routledge and Sons. s. d.,* 3 vol. in-4. fig. en noir et en coul., cart. illust. des édit., tr. rouges.

Contenant : I. The diverting history of John Gilpin, the house that Jack Built : the babes in the wood and an elegy on the Death of a Mad Dog. — II. The three Jovial Huntsmen ; the queen of Hearts ; Sing a song for Sixpence : the farmer's boy. — III. More « Graphic » Pictures, by Randolph Coldecott.

153. Calendrier Parisien (1892), texte par Hugues Le Roux, avec 13 lithographies par Dillon. *Paris, L. Conquet,* 1892. in-16, br., couv.

Exemplaire tiré sur papier vélin non mis dans le commerce.

154. Capmany (Don Antonio de). Arte de traducir el idioma francés al castellano. Con el vocabulario logico y figurado de la frase comparada de ambas lenguas. *Madrid. En la Imprenta de D. Antonio de Sancha.* 1776, pet. in-4, vélin. (*Rel. anc. fatiguée*).

155. CAPIELLO. 70 dessins (en couleurs) de Capiello. *Paris, H. Floury.* 1905, gr. in-4, br., couv.

L'un des **30** exemplaires tirés sur **papier du Japon** (n° XII), avec une suite en noir sur Chine des 70 dessins.

156. Castex (Général). Ce que j'ai vu (1854-1892). *Paris. Imprimerie E. Capiomont et Cie,* 1898. 2 vol. in-8, br., couv.

Édition originale, avec les couvertures.

157. Catalogues de Bibliothèques. 24 vol. in-4. gr. in-8 et in-8, br., couv.

Collection des Goncourt. Objets d'art du XVIIIe siècle. — Dessins, Aquarelles et Pastels du XVIIIe siècle. — Arts de l'Extrême-Orient. *Paris,* 1897. 3 vol. in-4, planches. — Catalogues illustrés de la Bibliothèque de M. Ambroise Firmin-Didot. *Paris,* 1878-1884, 6 vol. in-4, avec Tables alphabétiques suivies des listes des prix d'adjudication (Exemplaires en grand papier). — Catalogue composant le cabinet de feu M. le baron de Ruble. *Paris,* 1899. gr. in-8. — Catalogues de la Bibliothèque de M. Ricardo Heredia. *Paris,* 1891-1894, 4 vol. — Catalogues composant la Bibliothèque de feu M. le comte de Lignerolles. *Paris,* 1894-1895. 5 vol. gr. in-8 y compris la Table alphabétique générale et la liste des prix d'adjudication. — Catalogues composant la Bibliothèque de feu M. Jacques-Charles Brunet. *Paris,* 1868, 2 vol. in-8. Plus la Table alphabétique, suivie de la liste des prix d'adjudication (pour la 1re partie) et prix d'adjudication à l'encre (à la 2e partie). — Catalogue composant la Bibliothèque de M. E. M. B. (Bancel). *Paris,* 1882, in-8, pap. de Holl., avec Table alphabétique, suivie de la liste des prix d'adjudication. — Catalogue composant la Bibliothèque de M. l'abbé L. A. N. Bossuet, curé de Saint-Louis en l'Isle. *Paris,* 1888, in-8. — Catalogue de la Bibliothèque poétique de feu M. T.-G. Herpin. *Paris,* 1903, in-8.

158. **Catalogue** des Objets d'Art et de haute curiosité, antiques, du moyen-âge et de la renaissance, composant l'importante et précieuse **Collection Spitzer**. *Paris, P. Chevallier-Ch. Mannheim*, 1893, 2 vol. gr. in-4 de texte, br., couv., et 1 vol. in-fol. de planches, en feuilles, dans un carton.

159. **Caudéran** (l'abbé). Dialecte Bordelais, essai grammatical. *Paris, A. Aubry*, 1861, in-8 de 64 pp., demi-rel., dos et coins de mar. rouge, dos orné, fil. sur les plats, tête dor., non rog. (*Magnin*).

160. **Caveau** (Le) moderne, ou le Rocher de Cancale, chansonnier de table, composé des meilleurs Chansons de l'Ancien Caveau, des Dîners du Vaudeville de la Société Épicurienne, du Caveau moderne, etc., par les auteurs de l'épicurien français (Années 1807 à 1817). *Paris*, 1807-1817, 11 vol. pet. in-12, figures et musique, br.

161. **Caveau** (Le) de la 49e année 1883 à la 69e année 1903. *Paris*, 1883-1903, 21 vol. Plus 1 vol. de Table générale de 1868 à 1906. Ens. 22 vol. in-12, br., couv.

162. **Caveau**. La Clé du Caveau à l'usage des Chansonniers français et étrangers, des amateurs, auteurs, acteurs, chefs d'orchestre, et de tous les amis du Vaudeville et de la Chanson. Quatrième édition contenant 2350 airs, dont 470 qui n'étaient point dans l'édition précédente, etc. Précédé d'une Notice sur le Caveau, par P. Capelle, fondateur du Caveau moderne. *Paris, A. Cotelle, s. d.*, 1 fort vol. in-8 obl., nombreuses planches de musique, demi-rel., mar. vert, tr. peig.

163. **Caw** (James-L.). Scottish Portraits, with an historical and critical introduction and notes by James-L. Caw, curator scottish national portrait gallery. *Edinburgh : T. C. et C. Jack*, 1902-1902, 5 fasc. pet. in-fol., avec 120 portraits, en portefeuilles.

  Tiré à 350 exemplaires numérotés (nᵒ 96).

164. **Cervantes.** El Ingenioso hidalgo Don Quijote de la Mancha, compuesto por Miguel de Cervantes Saavedra. Cuarta edicion, corregida por la Real Academia espagnola. *Madrid*, 1819, 5 vol. in-8, avec fig., veau fauve, dos ornés.

165. **Cervantes**. L'Ingénieux Hidalgo Don Quichotte de la Manche, traduit et annoté par Louis Viardot. Vignettes de Tony Johannot. *Paris, J.-J. Dubochet et Cie*, 1836-1837, 2 vol. gr. in-8, cart., dos et coins de perc., non rog. (*Knecht*).

  Exemplaire de premier tirage, et entièrement non rogné.

166. **CERVANTES**. L'Ingénieux Hidalgo Don Quichotte de la Manche, traduction de L. Viardot, avec les Dessins de G. Doré, gravés par H. Pisan. *Paris, Hachette et Cie*, 1863, 2 vol. in-fol., cart., toile rouge, fers spéciaux, non rog.

  Premier tirage des illustrations de Gustave Doré.

167. **Champfleury**. Les bons Contes font les bons amis. Dessins par E. Morin. *Paris, Truchy, s. d.*, (1863), gr. in-8, br., couv. illust.

  Premier tirage des illustrations de Edmond Morin.

168. **Champfleury**. Grandeur et Décadence d'une Serinette. Simple histoire d'un rentier et d'un lampiste. — La Légende de Saint Crépin

le cordonnier. — La Chanson du beurre dans la marmite. Illustré par Desbrosses. *Paris, E. Blanchard*, 1857, pet. in-8, br. couv. illust.

Premier tirage, avec la couverture.

169. **Champfleury.** Les Vignettes Romantiques. Histoire de la littérature et de l'art (1825-1840). 150 Vignettes par C. Nanteuil, T. Johannot, Devéria, Jeanron, Ed. May, J. Gigoux, C. Rogier, A. Allier. Suivi d'un Catalogue complet des Romans, Drames, Poésies, ornés de vignettes de 1825 à 1840. *Paris, Dentu*, 1883, in-4, br., couv.

170. **Champfleury.** Le Violon de Faïence. Dessins en couleur par Emile Renard, eaux-fortes par M. J. Adeline. *Paris, Dentu*, 1877, in-8, pap. vél., br.

Edition originale, avec la couverture.

171. **Chansonnier** historique du XVIIIe siècle : recueil Clairambault-Maurepas, publié avec introduction, commentaires, notes et index, par Emile Raunié. *Paris, Quantin*, 1879-1884, 10 vol. in-12, pap. vergé de Holl., portraits à l'eau-forte, br., couv.

172. **Chansons** de Montmartre. Lithographies de Steinlen. Album contenant les illustrations de Steinlen, faites pour les Mélodies de Paul Delmet (*Paris, Enoch et Cie, éditeurs de musique, s, d.*). Album in-4 de 15 planches, br., couv. illust.

Tirage unique à **75** exemplaires numérotés sur **papier de Hollande** (n· 28) fait pour le compte de MM. L. Carteret et Cie, Libraires.

173. **Chansons.** 6 vol. in-12, br. et cart.

Ballades et Chants populaires (anciens et modernes) de l'Allemagne, traduction nouvelle par Séb. Albin. *Paris*, 1841. — Chants populaires du Nord — Islande — Danemark — Féroé — Norwège — Suède — Finlande, traduits en français et précédés d'une introduction par X. Marmier. *Paris* 1842, avec (Essai autographe du Traducteur). Canti popolari Toscani, raccolti et annotati da Giuseppe Tigri. *Firenza*, 1869. (Cachet sur le titre). — Cansons y Follies, populars (inédites) Recullides al peu de Montserrat, par Paul Bertran y Bros. *Barcelona* 1885, cart. — Französische Volkslieder, ausgewählt und erklärt, von Dr. Jacob Ulrich. *Leipzig*, 1899. — Ballades et Chansons populaires de la Hongrie, traduites par Jean de Néthy. *Paris*, 1891.

174. **CHANTS ET CHANSONS POPULAIRES** de la France. *Paris, G. Delloye*, 1843, 3 vol. gr. in-8, cart., mar. bleu, non rog., couv. conservées. (*Champs*).

Un des plus beaux livres du XIXe siècle publié en 84 livraisons comprenant chacune 2 pp. de texte imprimé, 4 pp. de vignettes et texte gravé sur acier et 2 pp. de musique. Les dessins du texte sont de Granville, Meissonnier, Daubigny, etc.
Superbe exemplaire de premier tirage avec les couvertures et les dos conservés et auquel on a joint 7 croquis originaux de Trimolet. A la fin de chaque volume on a relié les couvertures des livraisons.

175. **Chansons** populaires des Provinces de France, notices par Champfleury, accompagnement de piano par J.-B. Wekerlin. Illustrations par MM. Bida, Bracquemond, Flameng, Français, Ed. Morin, Staal, etc., etc. Noëls. — Chansons de Mai. — Ballades. — Chansons de Métiers. — Rondes. — Chansons de Mariées. *Paris, Garnier frères, s. d.*, gr. in-8, br., couv.

On y joint : Noëls Français et Provençaux, par le R. P. Roche, Récollet. *Marseille, C. Chauffard*, 1860, in-12, br. — Paris (Gaston). Les Chants populaires du Piémont (Extrait du Journal des Savants. — Septembre-novembre 1889). *Paris, Imprimerie Nationale*, 1890, plaq. in-4, br., couv.

176. **Charcot** (J.-B.). Journal de l'Expédition antarctique française.
(1903-1905). Le « Français » au Pôle Sud, préface par l'Amiral
Fournier. Ouvrage contenant 300 illustrations et une carte hors
texte. Suivi d'un Exposé de quelques-uns des travaux scientifiques
par les Membres de l'Etat-Major. MM. Matha, Rey, Pléneau, Tur-
quet, Gourdon, Charcot. *Paris, E. Flammarion, s. d.* (1906), gr.
in-8, br., couv.

177. **Charles-Roux** (J.). L'Isthme et le Canal de Suez. Historique.—
Etat actuel. Avec 5 planches, 12 cartes ou plans hors texte et 268
gravures. *Paris, Hachette et Cie.* 2 vol. gr. in-8, titres r. et n., br.,
couv.

178. **Charmes** (Gabriel). Œuvres, 5 vol. in-12, br., couv.

> L'Avenir de la Turquie. Le Panislamisme. *Paris,* 1883. — La Tunisie et la Tripoli-
> taine. *Paris,* 1883. — Les Torpilleurs Autonomes et l'avenir de la marine. *Paris,* 1885,
> — Voyage en Palestine. Impressions et Souvenirs. *Paris,* 1891. — Voyage en Syrie.
> Impressions et Souvenirs. *Paris,* 1891.

179. **Chateaubriand** (de). Itinéraire de Paris à Jérusalem. *Paris,*
Dufour, Mulat et Boulanger, 1859. 2 tom. en 1 vol. gr. in-8,
planches hors texte, demi-rel. chag. noir.

180. **Chaumelin** (G.). Barbe de Bithynie. Illustrations par MM. Wagrez, Moreau-Néret et Quidor. *Paris, Ch. Delagrave,* 1907, gr.
in-8, de V et de 48 pp., br., couv.

> Cette plaquette a été exécutée par l'Imprimerie Nationale... Son but est de rappeler
> aux Parisiens de Paris l'affection cordiale de leurs pays : Sully-Prudhomme, Chaume-
> lin, Wagrez, Moreau-Néret, Quidor, Wittmann, Delagrave.
> Exemplaire n° 79, imprimé pour M. Paul Mirabaud.

181. **Chemins de fer** de l'Est. Album des vues les plus remarquables
du parcours. Dessinées d'après nature et Lithographiées (en couleurs) par A. Maugendre. *Paris,* 1857. gr. in-4 obl., demi-rel.
chag. vert. planches mont. sur onglets.

182. **Chiffres et Monogrammes** dans le Style Moderne. *Paris, Li-*
brairie des Arts Décoratifs. A. Calavas, Editeur, s. d., in-4 de
32 planches représentant 653 Chiffres et Monogrammes. cart. toile
de l'éditeur.

183. **Choderlos de Laclos.** Les Liaisons dangereuses, ou Lettres
recueillies dans une Société, et publiées pour l'instruction de quelques autres, par M. C.... de L.... (Choderlos de Laclos). *A Amster-*
dam, et se trouve à Paris, chez Durand neveu, 1782, 4 vol. in-12,
br., non rognés.

> Edition originale. — Manquent les faux-titres des tomes 1 et 2.

184. **CLARETIE** (Jules). Bouddha. 1 frontispice et 10 vignettes
dessinés par Robaudi, gravés par A. Nargeot. *Paris, L. Conquet,*
1888, in-16, br., couv.

> Tiré à 400 exemplaires numérotés. L'un des 250 sur papier vergé du Marais (n° 317).

185. **Claretie** (Jules). Un Chapitre inédit de Don Quichotte, avec
trente-et-une illustrations par Atalaya, gravées sur bois par Henri
Brauer. *Paris, H. Floury,* 1898, in-4. br., couv.

186. **CLARETIE** (Jules). **La Corde.** Illustrations de Ch. Jouas, gravées par Boisson. *Paris. Imprimé pour les Amis des Livres, par Chamerot et Renouard*, 1901, pet. in-8, br., couv.

Tiré à 125 exemplaires numérotés (n° 10).
Publié par les soins de M. Henri Béraldi.

187. **Claretie** (Jules). La Canne de M. Michelet, promenades et souvenirs. Préface par Alf. Mézières, avec 12 compositions de P. Jazet, gravées à l'eau-forte par H. Toussaint. *Paris. L. Conquet.* 1886. pet. in-8, pap. vél. à la cuve, br., couv.

188. **Claretie** (Jules). Peintres et Sculpteurs Contemporains. Portraits gravés par L. Massard. — Artistes décédés de 1870 à 1880. — Artistes vivants en Janvier 1881. *Paris. Librairie des bibliophiles*, 1882-1884, 2 vol. gr. in-8, br., couv.

189. **Claretie** (Léo). Paris depuis ses origines jusqu'en l'an 3000, avec une Préface de J. Claretie, illustré de 200 dessins dans le texte par Kauffmann et de 11 compositions hors texte, par MM. F. Calmettes, Leloir père, M. Leloir, Robida, etc., gravées sur bois par Prunaire. *Paris. Charavay frères. s. d.*, gr. in-8, cart. toile grise illust., de l'éditeur, tr. dor.

190. **Classiques** de la jeunesse, publiés sous la direction de Léo Claretie. *Paris. Charavay, Mantoux, Martin, s. d.*, 3 vol. gr. in-8, fig., demi-rel. chag. grenat, dos ornés, tête dor., tr. éb.

Théâtre choisi de Corneille. Dessins de Ph. Schutz. — Théâtre choisi de Molière. Dessins de Henri Pille. — Théâtre choisi de Racine. Dessins de Ph. Schutz.

191. **Classiques** Français. 6 vol. in-12, cart., non rog.

Œuvres poétiques de Boileau. *Paris*. 1872, 2 vol. — Les Caractères de La Bruyère. *Paris*. 1874. 2 vol. — La Fontaine. Fables. *Paris. s. d.*, 2 vol.

192. **Clément** (Charles). Gleyre, étude biographique et critique, avec le Catalogue raisonné de l'œuvre du maître. Ouvrage orné de 30 photogravures. *Paris. Didier et Cie.* 1878. in-8, titre r. et n., br., couv.

193. **Clouard** (Maurice). Bibliographie des Œuvres d'Alfred de Musset et des ouvrages, gravures et vignettes qui s'y rapportent. Lettre de Charles de Lovenjoul et portrait d'Alfred de Musset gravé à l'eau-forte par Charbonnel, d'après la statue de P. Granet. *Paris, P. Rouquette*, 1883, gr. in-8, br., couv.

194. **Coignet.** Les Cahiers du Capitaine Coignet (1799-1815), publiés par Lorédan Larchey, d'après le manuscrit original, avec gravures et autographe fac-similé. *Paris. Hachette et Cie*, 1883, in-12, br., couv. illust.

195. **COIGNET** (Les Cahiers du Capitaine) (1776-1850). Publiés d'après le manuscrit original, par Lorédan Larchey, illustrés par J. Le Blant. *Paris. Hachette et Cie.* 1888. in-4, titre r. et n., en feuilles, dans un carton.

18 grands dessins reproduits en héliogravure par les procédés de Dujardin, 66 dessins intercalés dans le texte, reproduits par les procédés de Guillaume frères.
Exemplaire imprimé sur **papier de Chine,** pour M. René Fouret.

196. **Coillard** (François). Sur le Haut-Zambèze, voyages et travaux de mission. Préface de M. J. de Seynes. Avec 2 portraits, 40 plan-

ches hors texte et 2 cartes. *Paris, Berger-Levrault et Cie,* 1898. in-4, pap. vél., titre r. et n., cart. toile grise illust., de l'éditeur. tête rouge, non rog.

197. Collection Calmann-Lévy. 1895-97. 4 vol. in-12 carré, br., couv. illust.

I. Paul Geruzez. A Pied ; à cheval ; en voiture. Illustrations de Crafty. L'un des 125 exemplaires sur papier du Japon (n° 33). — II. Alexandre Dumas fils. Ilka. Pile ou face. Souvenirs de jeunesse. Le Songe d'une nuit d'été. Au docteur J. P***. Illustrations de Marold. — III. Octave Feuillet. Julia de Trécœur. Illustrations de Marchetti. Gravure de J. Huyot. (Envoi autographe de J. Huyot). — IV. Mérimée (Prosper). Colomba. Illustrations de Gaston Vuillier.

198. Collection d'Auteurs Etrangers. *Paris, Société du Mercure de France,* 1899-1907, 4 vol. in-12, br., couv.

Nietzsche (Frédéric). Le Crépuscule des Idoles. Traduits par Henri Albert. 1899. — Nietzsche (Frédéric). Aurore. Réflexions sur les préjugés moraux. Traduit par Henri Albert, 1901. — Ruskin (John). La Bible d'Amiens, traduction, notes et préface, par Marcel Proust, 1904. — Vinci (Léonard de). Textes choisis, pensées, théories, préceptes, fables et facéties, traduits dans leur ensemble par Péladan, 1907.

199. COLLECTION DE L'ACADÉMIE DES GON-COURT. *Paris, Librairie de la Collection des Dix, A. Romagnol, éd., s. d.,* 11 vol. pet. in-8, br., couv.

L'un des 200 exemplaires tirés sur papier vélin d'Arches.
Goncourt (E. et J. de). Les Aventures du jeune baron de Knifausen ; illustrations et gravures de Louis Morin. — Alphonse Daudet. La Comtesse Irma : illustrations et gravures en coul. de Pierre Vidal. — J.-K. Huysmans. Le Quartier Notre-Dame ; ill. et grav. de Ch. Jouas. — Léon Hennique. Benjamin Rozes ; illust. et grav. de Vadasz. — Octave Mirbeau. Dans l'Antichambre (histoire d'une minute), ill. d'Edg. Chahine. — Paul Margueritte. A la mer : ill. d'Henri Zo, gr. sur bois par Gaspe, Piselli, etc. — Lucien Descaves. Flingot ; compositions et grav. à l'eau-forte de G. Jeanniot. — J.-H. Rosny, Bérénice de Judée : ill. de Léonce de Joncières, grav. à l'eau-forte. — Gustave Geffroy. La Servante : ill. de Géo-Dupuis. — Léon Daudet. Un Sauvetage : ill. de Ch. Fouqueray, reprod. en coul. par Fortier-Marotte. — Elémir Bourges. L'Enfant qui revient : ill. en coul. de Louis Malteste.

200. Collection de petits classiques français, dédiée à S. A. R. Madame, duchesse de Berry. *Paris, Delangle, (impr. de Jules Didot).* 1825-1826, 8 vol. in-16, pap. vél., br., couv.

Madrigaux de Monsieur de la Sablière. — Conjuration du Comte de Fiesque, par le Cardinal de Retz. — Voyage de Chapelle et de Bachaumont. — Diverses petites poésies du chevalier d'Aceilly. — La Guirlande de Julie, offerte à Mademoiselle de Rambouillet, par M. de Montausier. — Œuvres choisies de Sénecé. — Relation des Campagnes de Rocroi et de Fribourg, par Henri de Bessé, sieur de la Chapelle-Milon. — Œuvres choisies de Sarrazin.

201. Combes (Emile). Une Campagne laïque (1902-1903). Préface par Anatole France. *Paris, H. Simonis Empis,* 1904, in-8. — Une deuxième Campagne laïque, vers la séparation. Préface par l'auteur des Discours. *Paris, G. Bellais,* 1905, in-12. Ens. 2 vol. br., n. c., couv.

202. Coppée (François. Œuvres complètes. Théâtre — Poésies — Prose (1888-1899). Edition illustrée de 300 dessins par A. Robaudi. *Paris, A. Lemerre, s. d.,* 4 tomes en 247 livraisons gr. in-8, couv.

203. COPPÉE (François). **Le Passant,** comédie en un acte, en vers. Reproduction en fac-simile du manuscrit de l'auteur et d'une page de musique de J. Massenet. Compositions de Louis-Edouard Fournier, eaux-fortes de Léon Boisson. *Paris, A. Tagnier,* 1897. gr. in-8, en feuilles, dans un emboitage.

Exemplaire sur **papier vélin** de cuve avec **3 états** des eaux-fortes.

204. Cornish (Charles-J.). Les Animaux Vivants du Monde. histoire naturelle illustrée d'après la photographie directe, publiée sous la direction de Charles-J. Cornish, assisté d'un comité de savants et d'explorateurs. Traduction de l'anglais par Ernest Guilmoto, préface par Edmond Perrier. Les Mammifères — Oiseaux — Poissons — Reptiles, etc. *Paris. E. Flammarion. s. d., 2 tomes en 24 livrais. in-4*, nombreuses illustrations dans le texte, et 25 planches hors-texte en couleurs, couv.

205. Courteline (Georges). La Vie de Caserne. Compositions originales de Henri Dupray. *Paris, Emile Testard ; Armand Magnier, succ., 1896, in-8*, br., couv. illust, en coul.

Exemplaire sur papier vélin du Marais.

206. Courteline (Georges). La Vie de caserne. Le train de 8 h. 47. Illustrations de Steinlen et Durvis. *Paris, Marpon et Flammarion. s. d., in-12*, br.

Edition originale, avec la couverture illustrée.

207. Courteline (Georges). La Vie de Caserne. Le train de 8 h. 47. Illustrations en couleurs d'Albert Guillaume. *Paris, E. Flammarion, s. d., gr. in-8*, br. couv. illust. en coul.

208. Crafty. A travers Paris. Texte et dessins par Crafty. *Paris, Plon et Cie, s. d.* Album in-4 obl., illustrations en couleurs, cart. de luxe, avec fers spéciaux. *(Cart. de l'éditeur)*.

209. Crafty. Paris à cheval, texte et dessins par Crafty, avec une préface par G. Droz. *Paris. Plon et Cie, 1883, in-4*. br., couv. illust.

Exemplaire de premier tirage.

210. Crafty. Paris au Bois. Texte et croquis par Crafty. *Paris, Plon. 1890, gr. in-8*. fig., br., couv.

Exemplaire de premier tirage.

211. Crafty. La Province à Cheval. Texte et dessins par Crafty. *Paris, Plon et Cie. 1886, in-4*, br., couv.

Exemplaire de premier tirage.

212. Crepin (Joseph). La Chèvre, son histoire, son élevage pratique, ses bienfaits, ses services. Préface de M. Edmond Perrier. *Paris, Hachette et Cie. 1906*, pet. in-8 carré, planches hors-texte, br., couv.

On y joint : Arène (Paul). La Chèvre d'Or. Illustrations de A.-F. Gorguet et Georges Scott. *Paris, 1889*, pet. in-8 carré, br., couv.

213. Critique Littéraire. 7 vol. in-12, br., couv.

Arçay (Joseph d'). Indiscrétions Contemporaines, souvenirs intimes. *Paris, 1884*. — Blum (Léon). En Lisant. Réflexions critiques. *Paris, 1906*. Brisson (Adolphe). Portraits intimes. *Paris, 1894*. (1re et 5e série), 2 vol. Glaser (Ph.-Emmanuel). Le Mouvement Littéraire (petite chronique des lettres, 1905. *Paris, 1906*. Souvestre (Emile). Causeries Littéraires sur le XIXe siècle (1800-1850). Ouvrage inédit, publié par Mme A. Beau, née Souvestre. *Paris, 1907*. — Spoelberch de Lovenjoul (Vte de). La véritable histoire « Elle et Lui ». Notes et Documents. *Paris, 1897*.

214. Crottet (E.). Supplément à la 5me édition du Guide de l'Amateur de Livres à Figures du XVIIIe siècle. *Amsterdam, Fr. van Crombrugghe, 1890*. gr. in-8 en 2 col. pap. vél., titre r. et n., demi-rel. chag. grenat, tète jasp., non rog.

215. Cuisine (Ouvrages sur la), 5 vol. in-8 et in-12, br. et cart.

> Gastronomie pratique. Etudes culinaires, suivies du Traitement de l'Obésité des Gourmands, par Ali-Bab. *Paris*, 1907. – La Cuisine Rationnelle des malades et des bien portants (La substance alimentaire et son emploi), par Mme Augusta Moll-Weiss. Avec figures dans le texte. *Paris*, 1907. — Verdier (Ernest). Dissertations gastronomiques suivies de 150 recettes. *Paris, s. d.* — Dumonteil (Fulbert). La France Gourmande. Chroniques, Ballades, Anecdotes et Menus célèbres. *Paris, s. d.* — Savarin (Mme Jeanne). La Bonne Cuisine dans la famille. Recettes choisies. Illustrations par G. Lion. *Paris, s. d.*

216. Dante. L'Enfer de Dante Alighieri avec les dessins de Gustave Doré. Traduction française de Pier-Angelo Fiorentino, accompagné du texte italien. *Paris, L. Hachette et Cie*, 1861, in-fol., dans le cart. de l'éditeur.

> Exemplaire de premier tirage.

217. Daryl (Ph.). Le Yacht, histoire de la Navigation Maritime de Plaisance. *Paris, May et Motteroz, s. d.* (1890), in-4, nombr. fig. dans le texte et planches hors texte, br., couv.

218. Daudet (Alphonse). Aventures prodigieuses de Tartarin de Tarascon. *Paris, E. Dentu*, 1887, in-8, titre r. et n., nombreuses illustrations dans le texte et hors texte, br., couv. illust.

219. Daudet (Alphonse). Les Cigognes, légende rhénane, rêvée et dessinée par G. Jundt, racontée aux tout Petits par Alphonse Daudet. *Paris, Librairie parisienne. E. Giraud et Cie, éditeurs, s. d.*, in-4, pap. vél., texte encadré d'un fil. r., br.

> Exemplaire de premier tirage, avec la couverture illustrée.

220. DAUDET (Alphonse). **La Défense de Tarascon**. Seize aquarelles d'après Draner. *Paris, L. Conquet*, 1886, in-16, pap. Japon, cart. velin blanc, non rog., couv. collée sur les plats.

> Très rare.
> Tiré à 300 exemplaires et non mis dans le commerce.
> Exemplaire contenant le tirage à part en noir sur japon des illustrations.

221. Daudet (Alphonse). Port-Tarascon, dernières aventures de l'illustre Tartarin. Dessins de Bieler, Conconi, Montégut, Montenard, Myrbach et Rossi. *Paris, Dentu*, 1890, in-8 br., couv.

222. Daudet (Alphonse). Le Roman du Chaperon-Rouge, scènes et fantaisies. *Paris, Michel Lévy frères*, 1862, in-12, br.

> Edition originale avec la couverture.

223. Daudet (Alphonse). Sapho. Compositions de Auguste-François Gorguet, gravures à l'eau-forte de Louis Muller. *Paris, A. Magnier*, 1897, in-8 raisin, pap. vél. de cuve, titre r. et n., br., couv. illust.

> De la Collection de Dix.

224. Daudet (Alphonse). Œuvres, 8 vol. in-12, br. et cart., non rog.

> La Fédor, pages de la vie. Illustrations de Fabrès. *Paris, s. d.* — Port-Tarascon, dernières aventures de l'Illustre Tartarin. Illustrations de Bieler, Montégut, Myrbach et Rossi. *Paris, s. d.* — Premier Voyage, Premier Mensonge, souvenirs de mon enfance. Illustrations de Bigot-Valentin. *Paris, s. d.* — Rose et Ninette, mœurs du jour. Avec un frontispice de Marold. *Paris, s. d.* — Souvenirs d'un Homme de Lettres. Illustrations de Bieler, Montégut, Myrbach et Rossi, gravées par Ch. Guillaume. *Paris, s. d.* — Tartarin sur les Alpes, Nouveaux exploits du héros tarasconnais. Illustré par Aranda, de Beaumont, Rossi, etc., gravures de Guillaume frères. *Paris*, 1886. — Trente ans de Paris, à travers ma vie et mes livres. Illustré par Bieler, Myrbach, Rossi, etc., gravures de Guillaume frères. *Paris*, 1888. — Le Trésor d'Arlatan. Illustrations de H. Laurent-Desrousseaux. *Paris*, 1897.

225. **Daumas** (Eugène). Le Sahara Algérien. Études géographiques, statistiques et historiques sur la région au sud des établissements français en Algérie. *Paris, Langlois et Leclercq*, 1845, in-8, carte, br., couv.

> On y joint : Le Grand Désert, ou itinéraire d'une caravane du Sahara au pays des Nègres (Royaume de Haoussa), par Eugène Daumas et Ausone de Chancel. *Paris*, 1848, in-8, carte, br., couv. (Envoi autog. de l'auteur, à Francisque Michel).

226. **DAUMIER** (Honoré). Bois tirés du Monde illustré (1861-1868), in-fol. demi-rel. mar. rouge, planches mont. sur onglets (*Pagnant*).

> • Recueil de 38 planches tirées sur **Chine** avant la lettre, collées sur papier vélin fort.

227. **Davillier** (Baron Ch.). Les Arts décoratifs en Espagne, au Moyen Age et à la Renaissance, *Paris, Quantin*, 1879, gr. in-8 de 86 pp., pl. en noir et color., br., couv.

> Tiré à petit nombre.

228. **Davillier** (Baron Ch.). Le Cabinet du Duc d'Aumont et les amateurs de son temps. Catalogue de sa vente avec les prix, les noms des acquéreurs et 32 planches d'après Gouthière : accompagné de notes et d'une notice sur Pierre Gouthière : sculpteur, ciseleur et doreur du roi et sur les principaux ciseleurs du temps de Louis XVI par le Baron Ch. Davillier. Documents inédits. *Paris, Aug. Aubry*, 1870, in-8, br., couv.

> L'un des 300 exemplaires sur papier vergé de Rives.

229. **Davillier** (Baron Ch.). Recherches sur l'Orfèvrerie en Espagne, au Moyen Age et à la Renaissance, documents inédits tirés des archives espagnoles. *Paris, Quantin*, 1879, in-4, fig., br., couv.

> Ouvrage illustré de 19 planches gravées à l'eau-forte d'après d'anciens dessins de maîtrise. Dessins dans le texte par Fortuny, Ed. de Beaumont, Madrazo, etc.
> Tiré à 500 exemplaires numérotés. Un des 400 tirés sur papier vélin.

230. **Davillier** (Baron Ch.). Œuvres. *Paris, A. Aubry*, 1870-1877. 4 broch. gr. in-8 et in-8, br., couv.

> Une Vente d'Actrice sous Louis XVI. Mlle Laguerre, de l'Opéra, etc. Portrait à l'eau-forte par Gilbert. — Mémoire de Velazquez, sur 41 Tableaux, envoyés par Philippe IV à l'Escurial, etc. Portrait de Velazquez, gravé à l'eau-forte par Fortuny. — Une Manufacture de Tapisseries de haute lisse à Gisors, sous le règne de Louis XIV. — La Vente du Mobilier du Château de Versailles, pendant la Terreur.
> Ouvrages tirés à petit nombre sur papier de Hollande.

231. **Davillier** (Baron Ch.). Œuvres. 6 vol. ou broch. in-8, br., couv.

> Histoire des Faïences et Porcelaines de Moustiers, Marseille, et autres fabriques méridionales. *Paris, Castel*, 1863. — La Fayence, poème de P. de Frasnay, suivi de Vasa Faventina, Carmen (1755), etc. *Paris, A. Aubry*, 1870. — Les Porcelaines de Sèvres de Mme du Barry, d'après les mémoires de la manufacture royale. *Paris, A. Aubry*, 1870. — Notes sur les Cuirs de Cordoue, guadamaciles d'Espagne, etc. *Paris, Quantin*, 1878. Envoi autogr. de l'auteur à M. J.-M. de Heredia. — L'Antiquaire, comédie en 3 actes (1751). Précédée d'une étude sur les Curieux au Théâtre, par le Baron Ch. Davillier. *Paris, A. Aubry*, 1870. — Eudel (Paul). Le Baron Charles Davillier. *Paris*, 1883.

232. **Decharme** (P.). Mythologie de la Grèce Antique. Troisième édition, revue et corrigée. *Paris, Garnier frères*, s. d., gr. in-8, nombr. illustrations dans le texte et planches hors texte, br., couv.

233. **Delahante** (Adrien). Une Famille de Finance au XVIIIe siècle. Mémoires, correspondances et papiers de famille, réunis et mis en

ordre, par M. Adrien Delahante. 2ᵉ édit. *Paris. J. Hetzel et Cie.*
1881, 2 vol. in-8, avec de nombreux portraits hors texte, br., n. c.,
couv.

234. Delvau (Alfred). Dictionnaire de la Langue Verte, Argots Parisiens comparés. Deuxième édition, entièrement refondue et considérablement augmentée. *Paris, E. Dentu*, 1867, in-12, pap. vergé,
titre r. et n., demi-rel. mar. vert, tête dor., non rog. (*Dupré*).

> On y joint : Delvau (Alfred). Dictionnaire de la Langue Verte. Nouvelle édition, con-
> forme à la dernière revue par l'Auteur, augmentée d'un Supplément, par Gustave Fus-
> tier. *Paris, Marpon et Flammarion, s. d.*, in-12, demi-rel. mar. vert, tête dor., non
> rog. (*Dupré*).

235. Demidoff (A. de). Voyage dans la Russie méridionale et la
Crimée, par la Hongrie, la Valachie et la Moldavie, exécuté en 1837.
Edition illustrée de 64 dessins par Raffet. *Paris, E. Bourdin et
Cie*, 1840, gr. in-8, br., couv.

> Taches de rousseur, et le faux-titre rogné sur la marge du bord.

236. Denormandie. Notes et Souvenirs. Les Journées de Juin 1848.
— Le Siège de Paris. — La Commune. — L'Assemblée Nationale.
— Quelques Réflexions. *Paris, P. Mouillot*, 1896, in-8, demi-rel.
mar. bleu, tête dor., non rog. (*Dupré*).

> On y joint : Temps passé. Jours présents (notes de famille), par M. Denormandie, séna-
> teur. *Paris*, 1900, in-8, br., couv.

237. Deroulède (Paul). Le Premier Grenadier de France. La Tour
d'Auvergne. Etude Biographique. *Paris, G. Hurtrel*, 1886, in-16,
avec Illustrations de MM. Edouard Detaille, Berne-Bellecour, Le
Blant, Ferdinandus, etc., br., couv., dans un carton.

> L'un des **50** exemplaires tirés sur **papier de Chine** (nᵒ 12).

238. Devic (L. Marcel). Dictionnaire étymologique des Mots Français
d'origine orientale (Arabe, Persan, Turc, Hébreu, Malais). *Paris,
Imprimerie Nationale*, 1876, in-8, br., couv.

239. Devillers (Hippolyte). Echange de Cartes, préface de François
Coppée. Illustré de 10 Pointes sèches par Henri Boutet. *Paris, Bibliothèque artistique et littéraire*, 1896, pet. in-8 carré, pap. vél.,
titre r. et n., br., couv. illust.

240. Dickens (Charles). Bleak House. With illustrations by H. K.
Browne. *London, Bradbury and Evans*, 1853, in-8 de **624** pp., fig.,
demi-rel. dos et coins de mar. La Vallière, dos orné, fil. sur les
plats, non rog. (*Bruyère*).

> Ouvrage orné de 1 frontispice et de 38 gravures hors texte.

241. Dickens (Charles). Dombey and Son. With illustrations by H.-K.
Browne. *London Bradbury and Evans*, 1848, in-8, frontispice et
nombr. fig. hors texte, demi-rel. dos et coins de mar. rouge, dos
orné, tête dor., non rog., couverture de livraison.

242. Dickens (Charles). Little Dorrit. With illustrations by H.-K.
Browne. *London, Bradbury and Evans*, 1857, in-8 de **625** pp.,
demi-rel. dos et coins de mar. rouge, dos orné, fil. sur les plats,
tête dor., non rog.

> Ouvrage orné de 1 frontispice et de 38 gravures hors texte.

243. Dickens (Charles). Master Humphrey's Clock. With illustrations by George Cattermole and Hablot Browne. *London, Chapman and Hall*, 1840-44, 3 vol. gr. in-8, nombreuses illustrations dans le texte, cart. toile, fers spéciaux, des Editeurs (*Taches de rousseur*).

244. Dickens (Charles). Our Mutual Friend. With illustrations by Marcus Stone. In two volumes. *London Chapman and Hall*, 1865, 2 tom. en 1 fort vol. in-8, nombr. fig. hors texte, demi-rel. dos et coins de mar. bleu, dos orné, tête dor., non rog., couv. de livraison.

245. Dickens (Charles). The Cricket on the Hearth a Fairy tale of Home. *London, printed and published for the author by Bradbury and Evans*, 1846, pet. in-12, fig., cart. toile rouge, fers spéciaux, tr. dor. (*Cart. des édit.*)

246. Dickens (Charles). The life and adventures of Martin Chuzzlewit. With illlustrations by Phiz. *London, Chapman and Hall*, 1844, in-8 de 624 pp., fig., demi-rel. dos et coins de mar. vert, dos orné, fil. sur les plats, tête dor., non rog. (*Magnin*).

Ouvrage orné de 1 from. piec. et de 38 gravures hors texte.

247. Dickens (Charles). The life and adventures of Nicholas Nickleby. With illustrations by Phiz. *London Chapman and Hall*, 1839, 1 tome en 4 vol. in-8, portrait et nombr. planches hors texte, cart. toile violette, carton.

248. Dickens (Charles). The Mystery of Edwin Drood. With twelve illustrations by S. L. Fildes and a portrait. *London, Chapman and Hall*, 1870, 6 fascicules in-8 avec les couvert. illust.

249. Dickens (Charles). The personal history of David Copperfield. With illustrations by H.-K. Browne. *London, Breadbury and Evans*, 1850, fort vol. in-8, frontispice et nombr. fig. hors texte, cart. toile verte.

250. Dickens (Charles). Monsieur Minns — Horace Sparkins. Esquisses Humoristiques de Charles Dickens, adaptées par F. de Montfrileux (Illustrations en couleurs de Harry Eliott). *Paris, le Livre et l'Estampe, s. d.* (1903), pet. in-4, br., couv. illust. en coul.

Tiré à **300** exemplaires numérotés (n° 110). — L'un des 240 sur papier à la forme des papeteries d'Arches.

251. Dictionnaires, 4 vol. in-8.

Dictionnaire interprète manuel des noms latins de la Géographie ancienne et moderne, etc. (par l'abbé Chaudon). Paris, 1777, demi-rel. v. f., non rog. — Dictionnaire Latin-Français, rédigé spécialement à l'usage des classes, etc., par Ch. Lebaigue. Paris, 1870, demi-rel. chag. bleu (griffonnages sur le faux titre et titre). — Lexique Français-Grec, à l'usage des classes, par L. Feuillet. Paris, 1903, cart. toile. — Ainsworth's Latin Dictionary, reprinted from the folio edition of 1752, with numerous additions, emendations, and improvements, by the Rev. B. W. Beatson, revised and corrected by William Ellis. London, 1875, demi-rel., mar. violet, tr. peig.

252. Dictionnaire Technologique Français-Allemand-Anglais, contenant les termes techniques employés dans les Arts et Métiers, l'Architecture civile, militaire et navale, la Mécanique, l'Artillerie, la Navigation, la Chimie, la Minéralogie, etc., etc. Publié par Ernest Röhrig, précédé d'une préface de Charles Karmarsch, 3e édit., revue, corrigée et considérablement augmentée. *Wiesbaden, Paris et London*, 1887, gr. in-8 à 2 col., demi-rel. mar. vert, tr. peig.

On y joint: Technologisches Wörterbuch. Deutsch — Englisch — Französisch. Gewerbe, Civil et Militar-Baukunst, Artillerie, Maschinenbau, Brücken et Wasserbau, Chimie — Mineralogie U. A. M. Umfassend, etc., etc. Herausgegeben von Dr Ernst Röhrig, mit einem vorwort von weil Karl Karmarsch. *Wiesbaden, Paris, London*, 1887, gr. in-8 à 3 col., demi-rel. mar. vert, tr. peig. — Technological Dictionary English-German-French, of the terms employed in the Arts and Sciences, Architecture, civil, military and naval, Machine and Engine-Making, Chemistry, Mineralogy, etc., etc., and published by C. Dill, E. von Hoyer and E. Röhrig, with a preface by Karl Karmarsch, fourth edition completely revised and corrected. *Wiesbaden, Paris, London*, 1891, gr. in-8 à 2 col., demi-rel. mar. vert, tr. peig.

253. Diderot (Denis). Les Deux Amis de Bourbonne. *Paris, J. L. J. Brière*, 1822, in-8, de 24 pp., br., couv.

Édition originale.
Extrait du 7e vol. de l'édition des Œuvres de Diderot, publiée par ce libraire.

254. Didon (le Père), *de l'ordre des frères prêcheurs*. Jésus-Christ. *Paris, Plon, Nourrit et Cie*, 1891, 2 vol. in-8, plans et cartes, br., couv.

Édition originale, avec les couvertures. — Quelques notes marginales au crayon.

255. Didon (le Père) *des frères prêcheurs*. Œuvres. *Paris*, 1884-1902, 5 vol. in-8 et in-12, br., couv.

Éditions originales, avec les couvertures.
Les Allemands, 1884. — L'Éducation présente. Discours à la jeunesse, 1898. — Lettres à Mademoiselle Th. V. 1901. — Lettres du P. Didon à un ami, 1902. — R. P. M.-B. Chapotin. Le Père Didon, 1900, broch. in-8.
Déchirure à la couverture du premier ouvrage.

256. Dimier (L.). Le Primatice, peintre, sculpteur et architecte des Rois de France. Essai sur la vie et les ouvrages de cet artiste. Suivi d'un Catalogue raisonné de ses dessins et de ses compositions gravées. *Paris, E. Leroux*, 1900, in-8, de VIII et 592 pp., avec plans du 1er étage du Château de Fontainebleau, br., couv.

Envoi autographe de l'auteur (nom gratté).

257. Documents d'Art Décoratif, d'après nature. Le Décor Floral. 50 planches. Bordures et Panneaux, Semis, Fonds ornés, etc. *Paris, Librairie centrale des Beaux-Arts, s. d.*, gr. in-4, planches en couleurs, en portefeuille.

258. Doré (Gustave). Histoire pittoresque, dramatique et caricaturale de la Sainte Russie, d'après les chroniqueurs et historiens. Nestor, Nikan, Sylvestre, Karamsin, Ségur, etc. Commentée et illustrée de 500 magnifiques gravures par Gustave Doré, gravées sur bois par toute la nouvelle école, sous la direction générale de Sotain. *Paris, J. Bry aîné*, 1854, in-4, cart, dos et coins de perc., non rog., couv. (*Champs*).

Premier tirage des illustrations de G. Doré, avec la couverture illustrée en coul.

259. Doré (Gustave). La Ménagerie Parisienne. *Paris, Bureau du Journal pour rire, s. d.* Album in-4 obl., cart. toile.

Titre et 24 planches lithographiées.

260. Doucet (Jérôme) Six belles Histoires de Chasse. Dessins (en couleurs) de Harry Eliott. *Paris, E. Blaizot*, 1907, gr. in-8, br., couv. illust. en coul.

L'un des exemplaires tirés sur papier Royal Melton.

261. Doucet (Jérôme) et Louis **Morin.** Notre Ami Pierrot. Une douzaine de pantomimes. Aquarelles de Louis Morin. *Paris, Société d'Editions littéraires et artistiques, Librairie Paul Ollendorff*, s. d., in-4, pap. vél., titre r. et n., br., couv. illust. en coul.

262. Doumer (Paul). L'Indo-Chine française (Souvenirs). *Paris, Vuibert et Nony*, 1905, 1 fort vol. gr. in-8, pap. vél., titre r. et n., nombreuses illustrations dans le texte, carte en coul. et planches hors texte, br., couv. illust.

263. Droz (G.). Monsieur, Madame et Bébé. Edition illustrée par Ed. Morin et ornée d'un portrait de l'auteur en frontispice, gravé par Léop. Flameng. *Paris, V. Havard*, 1878, gr. in-8, pap. vél., titre r. et n., br., couv.

Premier tirage, avec la couverture illust.

264. Du Camp (Maxime). Les Convulsions de Paris. *Paris, Hachette et Cie*, 1878-1880, 4 vol. in-8, br., couv.

265. Du Camp (Maxime). Une Histoire d'Amour. Un portrait gravé par A. Lamotte, huit compositions de P. Blanchard, gravées par Buland. *Paris, L. Conquet*, 1888, in-16, br., couv.

Tiré à 700 exemplaires numérotés (n° 407). L'un des 500 sur papier vergé du Marais.

266. Du Camp (Maxime). En Hollande, lettres à un ami, suivies des Catalogues des Musées, de Rotterdam, La Haye et Amsterdam. *Paris, P. Malassis*, 1859, in-12, br.

Edition originale, avec la couverture.

267. Du Camp (Maxime). Souvenirs Littéraires. *Paris, Hachette et Cie*, 1882-83, 2 vol. in-8, br., couv.

Edition originale, avec les couvertures.

268. Du Camp (Maxime). Œuvres, 6 vol. in-8 et in-12, br., couv.

Editions originales, avec les couvertures.
Les Beaux-Arts à l'Exposition universelle de 1855. Peinture-Sculpture. *Paris*, 1855.— Les Convictions. *Paris*, 1858. — Le Salon de 1859. *Paris*, 1859, in-12. — L'Emplacement de l'Ilion d'Homère, d'après les plus récentes découvertes. *Paris*, 1876. — Paris Bienfaisant. *Paris*, 1888. — Le Crépuscule, propos du soir. *Paris*, 1893, in-12.

269. Du Cange. Glossaire françois. Faisant suite au Glossarium Mediae et Intimae Latinitatis, avec additions de mots anciens extraits des Glossaires de La Curne de Sainte-Palaye, Roquefort, Raynouard, Burgny, Diez, etc., et une Notice sur Du Cange, par L. Favre. *Niort, L. Favre*, 1879, 2 vol. in-8, pap. vergé, br., couv.

270. Dumas (Alexandre). Grand Dictionnaire de Cuisine. *Paris, A. Lemerre*, 1873, 1 fort vol. gr. in-8, avec 2 portr. à l'eau-forte par Rajon, br., n. c., couv.

271. DUMAS (Alexandre). Histoire d'un Casse-Noisette. Illustré par Bertall. *Paris, J. Hetzel*, 1845, 2 vol. pet. in-8, br., couv. illust.

Premier tirage, avec les couvertures.
Rare.

272. Dumas (Alexandre). Les Mohicans de Paris. Illustrations de Philippoteaux, Gavarni, Daubigny, etc., etc. *Paris, Ch. Tallandier*, s. d., 4 vol. gr. in-8, br., couv. illust. (*Quelques mouillures*).

273. DUMAS FILS (Alex.). Un Père prodigue. comédie en cinq actes. *Paris, Librairie théâtrale. Charlieu, éditeur,* 1859, gr. in-8, br., couv.

> Edition originale. avec la couverture.
> Envoi autographe signé de l'auteur à Monsieur Villot.

274. Duplessis (Georges) et Henri **Bouchot.** Dictionnaire des Marques et Monogrammes de Graveurs. *Paris. J. Rouam,* 1886, 1 tome en 3 vol. in-12, pap. vergé, titres r. et n., br., couv.

275. DU PRADEL (Abraham). **Le Livre commode** contenant les adresses de la ville de Paris. et le trésor des Almanachs pour l'année bissextile 1692. Avec les séances et les vacations des tribunaux, l'ordre et la discipline des exercices publics, le prix des matériaux et des ouvrages d'architecture. etc., par Abraham du Pradel. *A Paris, chez la Veuve de Denis Nion,* 1692. pet. in-8, mar. grenat. dos mosaïqué. filet doré sur les plats ; sur le premier plat : composition mosaïque. fil. or et à froid, représentant une place publique au XVIIe siècle ; doublé de mar. rouge, 3 fil. dor., gardes de soie, tr. dor., chemise de mar.. étui. (*Léon Gruel*).

> **Superbe reliure** de L. Gruel ayant figuré à l'Exposition universelle de 1900.
> Cet almanach, dont une première édition moins complète que celle-ci avait déjà paru chez le même libraire en 1691 pet. in-8, est aujourd'hui fort recherché à cause des renseignements curieux qu'il renferme et il se trouve difficilement (Brunet. t. 2, col. 893).

276. DURUY (V.). Histoire des Romains. *Paris. Hachette et Cie,* 1879-1885. 7 vol. gr. in-8, fig.. demi-rel. mar. rouge. tr. peig. (*Dupré*).

277. Duval (Georges). Paris qui rit. Dessins de MM. Arus, Jean Béraud. Kauffmann, Lacoste, Mesplès. Morel. H. Pille, Prunaire, Rafaelli, Uzès. etc.. etc. *Paris. J. Lévy,* 1886, in-12. br.. couv. impr. en coul.

> L'un des **25** exemplaires tirés sur **papier du Japon** numérotés et signés par l'Éditeur (no 2).

278. Egypte et Isthme de Suez. 7 vol. in-8. br.. couv.

> Guerville (A.-B. de). La Nouvelle Egypte. Ce qu'on dit. ce qu'on voit du Caire à Fashoda. 216 gravures. dont 16 hors texte en couleur. *Paris. s. d.* — L'Egypte Contemporaine de Méhémet-Ali à Saïd Pacha. par M. Paul Merruau. *Paris,* 1864. — Cinq Mois au Caire et dans la Basse-Egypte. par Gabriel Charmes. *Le Caire. s. d.. in-12.* — Promenade dans l'Isthme de Suez. par Casimir Leconte, avec une carte. *Paris,* 1864. demi-rel. mar. orange, tête peig.. non rog. (Envoi autog. de l'auteur). — Histoire de l'Isthme de Suez, par Olivier Ritt. *Paris.* 1869. — Le Canal Maritime de Suez illustré. Histoire du Canal et des Travaux, par Marius Fontaine. Itinéraire de l'Isthme par M. Riou. *Paris.* 1869. — Lesseps (Ferdinand de). Lettres. Journal et Documents. pour servir à l'Histoire du Canal de Suez (1859-1860). *Paris.* 1877.

278 *bis*. Emy (Henry). Mr de la Canardière ou les infortunes d'un chasseur. par un Veneur Ami du Héros. *Paris, au Bureau du Journal des Chasseurs. Maison Derisme. s. d.* Album in-8 obl.. cart. de l'éditeur.

> 26 planches représentant 47 lithographies par Henri Emy. avec légendes.

279. Enault (Louis). Londres par Louis Enault. illustré de 174 gravures sur bois. par Gustave Doré. *Paris. Hachette et Cie,* 1876. in-4. br., couv.

280. Enseignement. 5 vol. in-12. br.. couv.

> Didon (le P.). L'Enseignement Supérieur et les Universités catholiques. *Paris.* 1876. A Propos de nos Ecoles, par Ernest Lavisse. *Paris.* 1895. — Lebègue (Philéas). L'Au-

delà des Grammaires. *Paris*, 1901. — Vers l'Idéal laïque et républicain à travers les plus belles pages de toutes les littératures, recueillies et commentées par B. Maurellet et P. Capdeville. *Paris*, 1904. — Discours à des Enfants, par Ernest Lavisse. *Paris*, 1907.

281. **Erckmann-Chatrian.** Histoire d'un Paysan (1789). Les États Généraux, illustrée par Théophile Schuler, gravures par Pannemaker. *Paris. J. Hetzel et Cie*. 1870. gr. in-8. br., couv. illust.

282. **Esparbès** (Georges d'). La Légende de l'Aigle. Compositions de François Thévenot, gravées par Florian et Romagnol. *Paris, A. Romagnol*, 1901, gr. in-8. br., couv. illust.

283. **Estampe moderne** (L'). Directeurs : Ch. Masson et H. Piazza. Publication mensuelle contenant quatre estampes originales inédites en couleurs et en noir des principaux artistes modernes français et étrangers, éditée par l'imprimerie Champenois. (Nº 1. Mai 1897 au nº 24 Avril 1899). *Paris*, 1897-1899, 24 livraisons in-fol., planches en noir et en couleurs.

284. **Etats-Unis.** 12 vol. in-12 et in-8. br., couv.

Collier (Price). L'Amérique et les Américains, traduit de l'anglais, par Mlle Marie Mathieu. *Paris*, 1904. — Gaullieur (Henri). Études Américaines. Race blanche. — Race noire. — Race rouge. — Jones de Chicago. *Paris*, 1894. — Huret (Jules). En Amérique. De San Francisco au Canada. *Paris*, 1905. — Klein (Félix). Au Pays de « La Vie intense ». *Paris*, 1904. — Paul-Dubois (Louis). Les Chemins de Fer aux États-Unis. *Paris*, 1896. — Rousiers (Paul de). Les Industries Monopolisées (Trusts), aux États-Unis. *Paris*, 1898. — Turenne (Cte Louis de). Quatorze mois dans l'Amérique du Nord (1875-1876), avec une carte d'une partie du Nord-Ouest. *Paris*, 1879, 2 vol. — Varigny (C. de). Les Grandes Fortunes aux États-Unis et en Angleterre. *Paris*, 1889. — La Concentration des Forces Ouvrières dans l'Amérique du Nord, par Louis Vigouroux. *Paris*, 1899. — Van Vorst (Mmes J. et M.). L'Ouvrière aux États-Unis, lettre-préface du Président Th. Roosevelt, traduit de l'anglais par Jacques Doumic. *Paris, s. d.* — Cités-Jardins d'Amérique, par Georges Benoît-Lévy. Préface par Emile Cheysson. *Paris*, 1905. in-8.

285. **Etrangers à Paris** (Les), par MM. Louis Desnoyers, J. Janin, Old Nick, Stanislas Bellanger, E. Guinot, Marco Saint-Hilaire, Roger de Beauvoir, A. Frémy, A. Royer, L. Huart, etc., etc. Illustrations de MM. Gavarni, Th. Frère, H. Emy, Th. Guérin, Ed. Frère. *Paris, Ch. Warée, s. d.* (1844). gr. in-8, nombreuses vignettes dans le texte et planches hors texte, cart. toile, fers spéciaux, de l'Editeur.

Premier tirage.

286. **Etrennes aux Dames** pour les années 1881 à 1885 inclus. *Paris, Chararay frères*. 1881-1885, 5 vol. in-32, pap. de Holl., br., couv. illust.

Almanachs dédiés aux Dames, composés d'articles de V. Hugo, H. Gréville, A. Daudet, A. Theuriet, Th. Gautier, J.-M. de Hérédia, A. France, etc., etc., et ornés de 5 portraits de femmes gravés à l'eau-forte par F. Régamey et Boilard fils.

287. **Eudel** (Paul). Le Truquage. Les contrefaçons dévoilées. *Paris, E. Dentu*, 1884, in-12, cart. dos et coins de mar. rouge, tête dor., non rog. (*Pouillet*).

Édition originale, avec la couverture.
Exemplaire sur **papier de Hollande**.

288. **EVANGILES** (Les Saints). Traduction de Bossuet. *Paris, Hachette et Cie*, 1873, 2 vol. in-fol. en portefeuilles.

Superbe publication ornée de 128 compositions de Bida, gravées par nos meilleurs artistes.
Exemplaire tiré sur **papier de Hollande** (nº 108).

289. Extrême-Orient, 10 vol. in-12 et in-8, br., couv.

Bard (E.). Les Chinois chez eux. Avec 12 planches hors texte. *Paris*, 1899. — Bourdaret (Emile). En Corée. Ouvrage accompagné de 30 gravures hors texte. *Paris*, 1904.— La Salle (Georges de). En Mandchourie. *Paris*, 1905. — Ollone (capitaine d'). La Chine novatrice et guerrière. *Paris*, 1906. — L'Œuvre de la France au Tonkin — la Conquête — la Mise en valeur, par Albert Gaisman, préface de J.-L. de Lanessan, avec 4 cartes hors texte. *Paris*, 1906.— Péroz (Lieutenant-Colonel). France et Japon en Indo-Chine, *Paris*, 1906. — De Port-Arthur à Tsou-Chima. Enseignements de la dernière guerre navale, par le comte Marc Des Courtis. *Paris*, 1907. — Voyage en Indo-Chine et dans l'Empire Chinois, par Louis de Carné. Ouvrage orné de gravures et d'une carte. *Paris*, 1872, demi-rel. chag. vert. — Castex (R.). Les Rivages Indo-Chinois. Etude économique et maritime. *Paris*, 1904. — Six mois en Mandchourie avec S. A. I. le grand-duc Boris de Russie, par Ivan de Schaeck, avec 11 gravures d'après les photographies de l'auteur, et une carte. *Paris*, 1906.

290. Fabre (F.). L'Abbé Tigrane, candidat à la papauté, illustré de 1 portrait d'après J.-P. Laurens, et 20 eaux-fortes originales de E. Rudaux. *Paris, L. Conquet*, 1890, pet. in-8, br., couv.

L'un des 350 exemplaires tirés sur **papier vélin du Marais** (n° 386).

291. Fabre (Ferdinand). Xavière, roman, illustré par Maurice Boutet de Monvel. *Paris, Boussod, Valadon et Cie*, 1890, in-4, illustré de 36 planches en photogravure, dont 28 hors texte, br., couv.

Exemplaire tiré sur **papier vélin**.

292. Fabre (Ferdinand). Sylviane. Illustrations de George Roux, gravées sur bois par Baud et Hamel. *Paris, E. Testard*, 1892, pet. in-8, pap. vél. du Marais, titre r. et n., br., couv., illust.

293. Fabre (J.-H.). Souvenirs Entomologiques. Etudes sur l'Instinct et les Mœurs des Insectes. *Paris, Ch. Delagrave, s. d.*, 9 vol. in-8, avec illustrations dans le texte, br., n. c., couv.

294. Falloux (Comte de). Mémoires d'un Royaliste. *Paris, Perrin et Cie*, 1888, 2 vol. in-8, portr., demi-rel. chag. grenat poli, tête peig., non rog.

295. Fatio (Guillaume). Autour du Lac Léman. Illustrations de Fréd. Boissonnas. *Genève*, 1902, in-4, pap. vergé, titre r. et n., nombreuses illustrations, cart. toile de l'éditeur, fers spéciaux, tête rouge.

296. Fatio (Guillaume). La Campagne Genevoise d'après nature. Illustrations de Fréd. Boissonnas. *Genève*, 1899, in-4, nombreuses illustrations dans le texte et planches hors texte, br., couv. impr. en couleurs.

297. Fatio (Guillaume). Genève à travers les siècles. Illustrations de Fréd. Boissonnas. *Genève*, 1900, in-4, pap. vél., titre r. et n., nombreuses illustrations, cart. illust. de l'éditeur.

298. Feuillet (Octave). Vie de Polichinelle et ses nombreuses aventures, avec un portrait du nez du commissaire, son ennemi et un fac-simile de la queue du diable. Vignettes par Bertall. *Paris, J. Hetzel*, 1846, pet. in-8, cart. toile de l'Editeur, tr. dor.

Première édition.

299. Feuillet (Octave). Le Village, scène provinciale. Préface de Mme Octave Feuillet. *Aux dépens de la Société Normande du Livre illustré (Paris, imprimé par Philippe Renouard)*, 1900, pet. in-8, orné de 4 compositions de Albert Dawant, gravées au burin par Boisson, br., couv.

Ces 4 illustrations comprennent : 1 portrait de l'auteur, 1 planche hors texte, 1 vignette et un cul-de-lampe.
Tirage unique à 143 exemplaires sur papier vélin (n° 3).

300. Figures Contemporaines tirées de l'Album Mariani — Portraits — Biographies — Autographes, très nombreuses gravures à l'eau-forte par A. Lalauze, F. Desmoulins, L. Dautrey, F. Massé, W. Barbotin et Evert Van Muyden — Prélude iconographique, par Octave Uzanne. — Causerie préliminaire par Armand Silvestre. — Préface de Jules Claretie. (Tomes I à VII) *Paris, E. Flammarion. — H. Floury*, 1894-1902, 7 vol. in-8, cart. toile rouge des Éditeurs, têtes dor., couv. (moins le 2e plat des tom. 1 et 2).

301. Fischer (Max et Alex.). Pour s'amuser en Ménage !... roman. 50 Croquis de Sem. *Paris, E. Flammarion, s. d.*, in-12, br., couv. illust.

Édition originale, avec la couverture.
L'un des **20** exemplaires tirés sur **papier du Japon** (n° 16).

302. Flandrin (Louis). Hippolyte Flandrin. Sa vie et son œuvre. Ouvrage précédé d'une lettre de M. Ferdinand Brunetière. Vingt planches hors texte. *Paris, Librairie Renouard. — H. Laurens, editeur*, 1902, in-8, br., couv.

303. FLAUBERT (Gustave). **La Légende de Saint Julien l'Hospitalier.** Préface d'Octave Join-Lambert. Fac-simile d'un Manuscrit calligraphié, enluminé et historié par Malatesta. *Paris, Aux Dépens de la Société Normande du Livre illustré*, 1906, in-4 carré, br., couv.

Tirage unique à **170** exemplaires sur **papier du Japon** (n° 77). Clichés détruits dont 50 seulement mis dans le commerce.
Cette reproduction en fac-simile d'un manuscrit calligraphié, enluminé et historié par M. Malatesta et appartenant à un Membre de la Société, a été exécutée par Reymond, photograveur, (Henri Jouffroy, chromiste), au moyen de six clichés typographiques pour chacune des pages, et achevée d'imprimer le 10 mars 1906 sur les presses de Draeger frères, à Montrouge, aux dépens de la Société Normande du Livre illustré et sous la direction de M. Raymond Claude-Lafontaine.

304. Flaubert (Gustave). La Tentation de Saint Antoine. *Paris, Charpentier et Cie*, 1874, in-8, br.

Édition originale, avec la couverture.

305. Florian. Fables, préface par A. de Montaiglon. Compositions inédites de Moreau, gravées par Martial. *Paris, P. Rouquette*, 1882, in-16, fig., br., couv.

Exemplaire tiré sur **papier du Japon**, contenant les gravures en 3 états : eauforte pure, état terminé et tirage dans le texte.

306. Florian. Fables choisies de J.-P. Claris de Florian, illustrées par des artistes japonais sous la direction de P. Barboutau. Tokio. *Paris. Marpon et Flammarion, s. d.*, 2 tom. en 1 vol. in-4 obl., pap. Japon, fig. en couleurs, demi-rel. cuir japonais, plats papier japonais.

307. Foë (Daniel de). Aventures de Robinson Crusoé, suivies d'une notice sur Selkirk et les Caraïbes, par M. Ferdinand Denis. Illustrations par Gavarni. *Paris, Morizot*, 1861, in-8, br., couv. illust. (*Taches de rousseur*).

308. **Foë** (Daniel de). Etranges aventures de Robinson Crusoé. Traduction de l'édition princeps (1719) avec une étude sur l'auteur par Battier. Frontispice et sept planches dessinées et gravées par Jules Fesquet, Legenisel, Paquien, Ramus. Lettres, fleurons, culs-de-lampe, par L. M. *Paris. Jules Bonnassies.* 1877. pet. in-8, pap. vergé, br., couv.

309. **Foë** (Daniel de). Vie et Aventures de Robinson Crusoé. Traduction de Petrus Borel. Avec huit eaux-fortes par Mouilleron. portrait gravé par Flameng. *Paris, Librairie des Bibliophiles.* 1878. 4 vol. in-16, pap. vergé, portr. et fig., br., couv.

310. **Forain** (J.-L.). Doux pays. 189 dessins. *Paris, Plon, s. d.* (1897), pet. in-8 carré, br., couv. illust.

L'un des 100 exemplaires tirés sur **papier de Chine** (n° 16).

311. **Fortia d'Urban** (le Marquis de). Essai sur l'origine de l'Ecriture, sur son introduction dans la Grèce, et son usage jusqu'au temps d'Homère, c'est-à-dire jusqu'à l'an 1000 avant notre ère. *Paris. H. Fournier jeune,* 1832, in-8, avec 4 planches hors texte, br., couv.

312. **Foureau** (F.). Documents Scientifiques de la Mission Saharienne Mission Foureau-Lamy, d'Alger au Congo par le Tchad, par Foureau, chef de la mission. (Préface de M. Grandidier). *Paris, Masson et Cie.* 1903-1905, 3 fasc. in-4, avec nombreuses illustrations dans le texte et planches hors texte, br., couv. et Atlas de 16 cartes, cart.

313. **Fournier** (Edouard). 4 vol. in-12. br., couv.

La Comédie de J. de La Bruyère. *Paris,* 1866, 2 vol. — La Valise de Molière, comédie en un acte, en prose, avec des fragments peu connus. Attribué à Molière, etc. *Paris,* 1868 (Tiré à 250 ex. numér. n° 125). — Histoire des Jouets et des Jeux d'enfants. *Paris,* 1889.

314. **Fournier** (Edouard). 7 vol. in-12 et in-8. br., couv.

Histoire du Pont-Neuf. 1862, 2 vol. — Le Roman de Molière, suivi de fragments sur sa vie privée, d'après des documents nouveaux. 1863, 1 vol. — Histoire de la Butte des Moulins, avec deux vues de la Butte en 1551 et 1652. 1877, 1 vol. — Paris-Capital. 1881, 1 vol. — Paris Démoli, nouvelle édition, revue et augmentée, avec une préface, par Théophile Gautier, 1883, 1 vol. — Histoire des Enseignes de Paris, revue et publiée par le Bibliophile Jacob. Ouvrage orné d'un Frontispice dessiné par Edouard-Louis Fournier, de 84 dessins gravés sur bois et d'un plan de la cité au XVe siècle. 1884, 1 vol. pet. in-8.

315. **Foy** (A.). Album André Foy. Préface de Dranem. *Paris, Librairie universelle. s. d.,* in-fol. allongé format agenda, br., couv. illust.

16 portraits chargés par André Foy. Texte de Lucien Vacherot. — I. Yvette Guilbert. II. Polin. — III. Anna Thibaud. — IV. Fragson. — V. Jeanne Bloch. — VI. Mayol — VII. Gaudet. — VIII. Sulbac. — IX. Maurel. — X. Dranem. — XI. Max-Morel. — XII. Vilbert. — XIII. Resse. — XIV. Giry. — XV. Morton. — XVI. Mauricey.

316. **France** (Anatole). Abeille. conte. *Paris, Chararay frères,* 1883, in-4. texte encadré de fil. r., planches en couleurs, cart. toile rouge, fers spéciaux, tr. dor. *(Cart. de l'éditeur)*.

Édition originale.

317. **France** (Anatole). Balthasar et la reine Balkis. Aquarelles originales d'après Henri Caruchet. *Paris, Librairie L. Conquet. — L. Carteret et Cie, Succ.*, 1900, in-8, br., couv. illust.

    L'un des **300** exemplaires tirés sur **papier vélin du Marais**, non mis dans le commerce.

318. **France** (Anatole). Clio. Illustrations (en couleurs) de Mucha. *Paris, Calmann-Lévy*. 1900, pet. in-8 carré, br., couv. impr. en couleurs.

    Édition originale.

319. **France** (Anatole). Le Crime de Sylvestre Bonnard, membre de l'Institut. *Paris, Calmann-Lévy, s. d.,* in-12, br., couv.

    Édition définitive.
    On y joint : L'Orme du Mail, par Anatole France. *Paris, Calmann-Lévy*, 1899, in-12, br., couv. à la date de 1897.

320. **France** (Anatole). Filles et Garçons. Scènes de la Ville et des Champs. Illustrations de M. B. de Monvel. *Paris, Hachette et Cie, s. d.,* pet. in-4, fig. dans le texte et planches hors texte en couleurs, cart. illust. (*Cart. de l'éditeur*).

    Édition originale.

321. **France** (Anatole). Histoire Comique. Édition illustrée de **28** compositions à la pointe sèche et à l'eau-forte par Edgar Chahine. *Paris, Calmann-Lévy, s. d.* (1903), gr. in-8, br., couv.

    Tiré à 300 exemplaires numérotés (n° 118).
    L'un des **200** sur **papier à la cuve** des papeteries Blanchet frères et Kléber, fabriqué spécialement.
    Exemplaire imprimé pour M. Paul Mirabaud.

322. **France** (Anatole). Histoire de Dona Maria d'Avalos et de don Fabricio, duc d'Andria, manuscrite et enluminée par Léon Lebègue. *Paris, Librairie des Bibliophiles*, 1902, pet. in-4, caract. goth., tirée r et n, texte encadré d'un double fil. r., br., couv.

    Tiré à **240** exemplaires numérotés (n° 90). — L'un des **200** sur **papier vergé** d'Arches, avec une suite en noir sur papier de Chine.

323. **France** (Anatole). Jean Gutenberg suivi du Traitté des Phantosmes de Nicole Langelier. Compositions de G. Bellenger, Bellery-Desfontaines, F. Florian et Steinlen. Gravées par Deloche, Ernest et Frédéric Florian, Froment, Mathieu. *Paris, Edouard Pelletan*, 1900, pet. in-4, br., couv. illust.

    Édition tirée à **113** exemplaires sur **papier vélin du Marais**.

324. **FRANCE** (Anatole). **La Leçon bien apprise,** conte inédit. Imagé et Manuscrit par Léon Lebègue, tiré en deux tons sur un superbe vélin du Japon, et entièrement aquarellé à la main sous la direction de l'artiste, double tirage des gravures en noir avant texte sur Chine. *Paris, Imprimé pour les Bibliophiles indépendants, H. Floury*, 1898, in-8 carré, mar. vert clair, compositions florales en mosaïque sur les plats, doublé de mar. vert, gardes de velours vert, doubles gardes, tr. dor. sur brochure, couv. illust. en couleurs. (*Durvand*).

    Tiré à **210** exemplaires numérotés (n° 95).

325. **France** (Anatole). La Leçon bien apprise, conte inédit. Imagé et Manuscrit par Léon Lebègue, tiré en deux tons sur un superbe vélin du Japon, et entièrement aquarellé à la main sous la direction

de l'artiste, double tirage des gravures en noir avant texte sur Chine. *Paris, Imprimé pour les Bibliophiles indépendants, H. Floury,* 1898, in-8, br., couv. impr. en couleurs.

Tiré à 210 exemplaires numérotés.

326. **FRANCE** (Anatole). **Le Lys rouge.** Compositions de F. Gorguet, gravées sur bois par Desmoulins, Dutheil, Romagnol et en couleur par Ch. Thévenin. *Paris, A. Romagnol,* 1903, gr. in-8, br., couv.

Tiré à 275 exemplaires numérotés (n° 37). — L'un des **45** sur **papier du Japon** à la forme contenant 2 états des planches hors texte, l'état terminé en couleur avec remarque et l'état avant la lettre, et une suite sur Japon des bois du texte.

327. **France** (Anatole). Madame de Luzy. Dix compositions dessinées et gravées par Ad. Lalauze. *Paris, A. Ferroud,* 1902, in-12, br., couv.

Tiré à 350 exemplaires numérotés (n° 275).

328. **France** (Anatole). Mémoires d'un volontaire. Compositions de Adrien Moreau, gravées à l'eau-forte par Xavier Lesueur. *Paris, A. Ferroud,* 1902, in-8, br., couv.

L'un des **240** exemplaires tirés sur **papier vélin d'Arches** (n° 270).

329. **France** (Anatole). Les Noces Corinthiennes. Edition définitive, décorée de vingt compositions d'Auguste Leroux, gravées par Ernest Florian. *Paris, E. Pelletan,* 1902, gr. in-8, br., couv.

Tiré à 225 exemplaires numérotés (n° 70).
L'un des **183** sur **papier vélin de cuve** des papeteries du Marais, filigrané.

330. **FRANCE** (Anatole). **Nos Enfants.** Scènes de la Ville et des Champs. Illustrations de M. B. de Monvel (gravures de Guillaume frères). *Paris, Hachette et Cie,* 1887, gr. in-4, en feuilles, dans le cart. de l'éditeur.

Edition originale, avec la couverture illustrée.
L'un des rares exemplaires tirés sur **papier du Japon.**

331. **France** (Anatole). Le Procurateur de Judée, avec quatorze compositions d'Eugène Grasset, gravées par Ernest Florian. *Paris, E. Pelletan,* 1902, pet. in-4, br., couv.

Tiré à 400 exemplaires numérotés (n° 135).
L'un des **368** sur **papier vélin** à la forme des papeteries du Marais, filigrané.

332. **FRANCE** (Anatole). **Thaïs.** Compositions de Paul-Albert Laurens, gravures à l'eau-forte de Léon Boisson. *Paris, Librairie de la Collection des Dix, A. Romagnol,* 1900, gr. in-8, br., couv. illust.

Tiré à 300 exemplaires numérotés (n° 71, imprimé au nom de Mr Paul Mirabaud).
L'un des **45** sur **papier vélin** de cuve d'Arches, contenant 2 états des illustrations du texte et 3 états des illustrations hors texte, gravées à l'eau-forte.

333. **Fromentin** (Eugène). Les Maîtres d'autrefois. Belgique — Hollande. *Paris, Plon et Cie,* 1876, in-8, br.

Edition originale, avec la couverture.

334. **Fromentin** (Eugène). Un Eté dans le Sahara. *Paris, M. Lévy frères,* 1857, in-12, cart. dos de perc., non rog., couv.

Edition originale, avec la couverture.

335. **Fromentin** (Eugène). Un Eté dans le Sahara. — Une Année dans le Sahel. *Paris, M. Lévy frères*, 1857-59, 2 vol. in-12, br.
Editions originales, avec les couvertures.

336. **Fromentin** (Eugène). Un Eté dans le Sahara. — Une Année dans le Sahel. *Paris, Lemerre*, 1874, 2 vol. in-8, br., couv.

337. **Fromentin** (Eugène). Sahara et Sahel. Un Eté dans le Sahara. Une Année dans le Sahel. Edition illustrée de douze eaux-fortes par Le Rat. Courtry et Rajon, d'une héliogravure par le procédé Goupil et de quarante-cinq gravures en relief d'après les tableaux, les dessins et les croquis d'Eugène Fromentin. *Paris, Plon et Cie*, 1879, in-4, br., couv.
Première édition illustrée.

338. **Fromentin.** Vingt-cinq Dessins de Eugène Fromentin, reproduits à l'eau-forte par E. L. Montefiore. Texte biographique et critique par Ph. Burty, avec fac-simile d'après des croquis du maître. *Paris, Libraire de l'Art*, 1877, in-fol. en portefeuille.

339. **Gambetta.** Discours et plaidoyers politiques de M. Gambetta, publiés par M. Joseph Reinach (14 novembre 1868-8 janvier 1879). *Paris, Charpentier*, 1880-83, 8 vol. in-8, br., n. c., couv.

340. **Gargiulo** (Raphaël). Collection of the most remarkable monuments of the National Museum, published by Raphaël Gargiulo, controller of the national museum. *Naples*, 1870, 4 vol. in-4, planches, br., couv.
Titres, Tables des planches et 240 planches.

341. **Gaudin** (Paul). Essai sur Eugène Fromentin. Conférence faite le 9 décembre 1876 dans la grande salle de la Bourse de la Rochelle. *La Rochelle, A. Siret, Imprimeur*, 1877, in-12 de 50 png., pap. de Holl., br., couv.

342. **Gaudy-Lefort.** Glossaire Génevois, ou recueil étymologique des termes dont se compose le dialecte de Genève, avec les principales locutions défectueuses en usage dans cette ville (par le professeur Gaudy-Lefort) *Genève*, 1820, in-8, br.

343. **Gautier** (Hippolyte). L'An 1789. Evénements, Mœurs, Idées, OEuvres et Caractères, avec 650 reproductions, par la photogravure sur cuivre, de vignettes, d'estampes et de tableaux de l'époque. *Paris, Delagrave*, s. d., 1 fort vol. gr. in-4, pap. vélin teinté, titre r. et n., demi-rel. chag. rouge, de l'éditeur, plats toile, fers spéciaux, tr. dor.

344. **Gautier** (Judith). Isoline, avec douze eaux-fortes par Auguste Constantin. *Paris, Chararay frères*, 1882, pet. in-4, pap. de Holl., texte encadré de fil. r., br., couv.

345. **Gautier** (Judith). Le Paravent de soie et d'or. Ouvrage orné de nombreuses illustrations en couleurs. *Paris, Eugène Fasquelle*, 1904, in-8, br.
Edition originale, avec la couverture illustrée en couleurs.

346. **GAUTIER** (Théophile). **L'Eldorado** ou **Fortunio**, publié sur l'Edition originale. *Paris, Imprimé pour les Amis des Livres*

(*Imprimerie Motteroz*), 1880, 12 eaux-fortes de Milius et 81 dessins d'Avril, reproduits par l'héliographie, br., couv.

Tiré à 115 exemplaires numérotés (n° 35).
Publié par les soins de M. A. Billard.

347. **GAUTIER** (Théophile). **L'Eldorado** ou **Fortunio**, publié sur l'Edition originale. *Paris, Imprimé pour les Amis des Livres (Imprimerie Motteroz)*, 1880, 12 eaux-fortes de Milius et 81 dessins d'Avril, reproduits par l'héliographie, br., couv.

Tiré à 115 exemplaires numérotés (n° 75).
Publié par les soins de M. A. Billard.

348. **Gautier** (Théophile). Fortunio. Réimpression textuelle de l'édition originale. Vingt-quatre lithographies en couleurs de A. Lunois. *Paris, Librairie des Bibliophiles et L. Carteret et Cie*, 1898, in-4. br., couv.

Cette édition de Fortunio a été publiée par les soins de Henri Dupuich.
L'un des 500 exemplaires tirés sur papier vélin du Marais (n° 464) (*Les pierres ont été effacées*).

349. **Gautier** (Théophile). Jettatura. Compositions et gravures en couleurs de François Courboin. *Paris. Librairie de la Collection des Dix, A. Romagnol, Editeur*, 1904. gr. in-8, br., couv.

Tiré à 300 exemplaires numérotés (n° 135).
L'un des 175 sur papier vélin de cuve, contenant un seul état de toutes les planches.

350. **Gautier** (Théophile). Omphale, histoire rococo. Illustrations de Ad. Lalauze, préface par A. de Claye. *Paris. A. Ferroud*. 1896. in-12, br., couv.

Tiré à 300 exemplaires numérotés (n° 165).
L'un des 200 sur papier vélin d'Arches avec les eaux-fortes avec la lettre.

351. **Gautier** (Théophile). Le Pavillon sur l'Eau. Compositions en couleurs de Henri Caruchet, préface par Camille Mauclair. *Paris. A. Ferroud*. 1900, in-8, br., couv.

Tiré à 350 exemplaires numérotés (n° 160). — L'un des 220 sur papier vélin d'Arches.

352. **GAVARNI**. Contes du chanoine Schmid. Suite de 135 vignettes par Gavarni, gravées sur bois par Lacoste, montées sur papier fort, en 2 vol. in-4. demi-rel. dos et coins de peau de truie (*Pagnant*).

Epreuves à l'état de **Fumés**, tirés sur **Chine**.

353. **Gavarni**. Masques et Visages. *Paris. Paulin et Lechevalier*. 1857, pet. in-8, nomb. vign., br.

Première édition, avec la couverture.

354. **Gebhart** (Emile). Cloches de Noël et de Pâques. Illustrations et décoration de A. Mucha. *Paris. F. Champenois. H. Piazza et Cie, s. d.* (1900), gr. in-8, br., couv. illust.

Tiré à 252 exemplaires (n° 87). — L'un des 245 sur papier vélin à la cuve, fabriqué spécialement par les papeteries de Rives.

355. **Gebhart** (Emile). Histoire du Sentiment poétique de la nature dans l'antiquité grecque et romaine. Thèse pour le doctorat ès lettres. *Paris. A. Durand*, 1860, in-8, br.

Edition originale, avec la couverture.

356. Gebhart (Emile). OEuvres. *Paris, Hachette et Cie*, 1877-1899, 4 vol. in-12, br., couv.

> Rabelais, la Renaissance et la Réforme. — Les Origines de la Renaissance en Italie. — L'Italie Mystique. Histoire de la Renaissance Religieuse au Moyen Âge. — Le Baccalauréat et les Etudes classiques.

357. GEFFROY (Gustave). Les Bateaux de Paris, illustrations de Eugène Béjot et Charles Huard, gravures sur bois par J. Beltrand. *Paris, Ch. Bosse,* 1903, pet. in-4, en feuilles, couv. illust. en coul., dans un carton.

> Tiré à 184 exemplaires numérotés (n° 153). — L'un des **150** (dont 125 seulement mis en vente) sur **papier vergé** à la cuve Van Gelder.

358. Geffroy (Gustave). La Vie Artistique. Préfaces d'Edmond de Goncourt, et de l'Auteur. Pointes sèches de MM. Eugène Carrière, Auguste Rodin, Auguste Renoir, J.-F. Raffaelli, lithographie de Fantin-Latour. *Paris, Dentu, H. Floury,* 1892-1897, 5 vol. in-12, pap. vergé, br., couv.

359. Génin (F.). Récréations Philologiques, ou Recueil de notes pour servir à l'histoire des mots de la langue française. *Paris, Chamerot,* 1858, 2 vol. in-12, br., couv.

360. Geoffroy. Gestes et profils. Dessins de Henry Geoffroy. Précédés d'une Etude par Urbain Gohier. *Paris, Charles Davis, s. d.* (1906), in-8, cart., non rog. (*Cart. de l'édit.*).

361. Gérard (Jules). (Le Tueur de Lions). La Chasse au Lion, ornée de gravures, dessinées par Gustave Doré et d'un portrait de Jules Gérard. *Paris, Librairie Nouvelle,* 1855, in-12, br., couv.

362. Gerbault (Henry). Ach'tez-moi, joli blond ! Contenant 100 Dessins. Préface de Charles Monpel. *Paris, H. Simonis Empis,* 1900, pet. in-8 carré, br., couv. illust. en coul.

> Premier tirage.
> L'un des **50** exemplaires tirés sur **papier de Chine** (n° 6).

363. Gerbault (Henry). Boum.. voilà ! album inédit en couleurs. Préface de Sully Prudhomme, de l'Académie française. *Paris, H. Simonis Empis, s. d.,* album in-4, br., couv. illust. en coul.

> 20 planches en couleurs.
> L'un des **25** exemplaires tirés sur **papier du Japon** (n° 15), numérotés et signés par l'auteur.

364. Gibson (C. D.). People of Dickens. Drawn by C. D. Gibson. *New-York, R. H. Russell.* — *London, John Lane,* 1897, in-fol. de 6 planches, en feuilles, dans un carton.

365. Gibson (Charles Dana). London as seen by Charles Dana Gibson. *London, John Lane,* 1898, album in-4 obl., cart. dos de toile, plat illust., de l'Editeur.

> 33 planches représentant 48 sujets avec légendes.

366. Gibson (Charles Dana). Sketches and Cartons, by Charles Dana Gibson. *New-York, R. H. Russell.* — *London, John Lane,* 1898, Album in-4 obl., cart. dos de toile, plat illust., des Editeurs, dans une boîte en carton.

> 43 planches représentant 85 sujets avec légendes.

367. **Gibson** (Charles Dana). Drawings, by Charles Dana Gibson. *New-York, R. H. Russell. — London, John Lane*, 1900. Album in-4 obl., plat illust., des Editeurs, dans une boîte en carton.

43 planches représentant 85 sujets avec légendes.

368. **Gibson** (Charles Dana). Pictures of People, by Charles Dana Gibson. *New-York, R. H. Russell. — London. John Lane*, 1900. Album in-4 obl., cart. dos de toile, plat illust. des Editeurs, dans une boîte en carton.

43 planches représentant 85 sujets avec légendes.

369. **Gibson** (Charles Dana). The Education of Mr Pipp, by Charles Dana Gibson. *New-York, R. H. Russell*. 1900. Album in-4 obl., cart. dos de toile, plat illust., des Editeurs, dans une boîte en carton.

38 planches représentant 75 sujets avec légendes.

370. **Gibson** (Charles Dana). A Widow and Her Friends. Drawn by Charles Dana Gibson. *New-York. R. H. Russell. — London, John Lane*. 1901. Album in-4 obl., cart. dos de toile, plat illust., des Editeurs, dans une boîte en carton.

39 planches représentant 76 sujets avec légendes.

371. **Gibson** (Charles Dana). Americans. Drawn by Charles Dana Gibson. *New-York. R. H. Russel. — London. John Lane*. 1902. Album in-4 obl., cart. dos de toile, plat illust., des Editeurs. dans une boîte en carton.

43 planches représentant 85 sujets avec légendes.

372. **Gibson** (Charles Dana). The Social Ladder. Drawings by Charles Dana Gibson. *New-York. R. H. Russel. — London. John Lane*, 1902. Album in-4 obl., cart. dos de toile, plat illust., des Editeurs. dans une boîte en carton.

39 planches représentant 76 sujets avec légendes.

373. **Gibson** (Charles Dana). Eighty Drawings Including The Weaker Sex. The Story of a Susceptible Bachelor, by Charles Dana Gibson. *New-York. Ch. Scribner's Sons. — London. John Lane*. 1903. Album in-4 obl., cart. des Editeurs, dans une boîte en carton.

38 planches représentant 76 sujets.

374. **Gibson** (Charles Dana). Everyday People. by Charles Dana Gibson. *New-York. Ch. Scribner's Sons. — London. John Lane*. 1904. Album in-4 obl., cart. dos de toile, plat illust., des Editeurs. dans une boîte en cart.

37 planches représentant 74 sujets avec légendes.

375. **GILLE** (Philippe). **Versailles et les deux Trianons.** Dessins et Relevés par Marcel Lambert. *Tours. A. Mame et Fils*. 1899. 2 vol. in-fol., nombr. fig. dans le texte et planches hors texte. demi-rel. dos et coins de mar. rouge. dos ornés. fil. sur les plats. tête dor., non rog., couv. impr. or et couleurs.

376. **Ginisty** (Paul). De Paris au Cap Nord. Notes pittoresques sur la Scandinavie. Ouvrage comprenant 47 Gravures. *Paris. J. Rouam et Cie*. 1892. gr. in-8. demi-rel. mar. bleu. tête dor., non rog., couv. illust. (*Dupré*).

377. GIRARD (A.). **Lettre d'un Candidat,** ou l'entrée à Bibliopolis (Compositions de Paul Avril, gravées à l'eau-forte par Gaujean). *Paris, imprimé pour A. Girard (par Chamerot et Renouard),* 1896, plaq. pet. in-4, br., couv.

Tirage unique à **115** exemplaires numérotés à la presse sur papier Whatman (n° 44), avec les eaux-fortes en 3 états, dont l'eau-forte pure.

378. Giraud (J.-B.). Lucien Magnin, Relieur Lyonnais (1849-1903). Quatre-vingts planches hors texte. *Lyon,* 1905, gr. in-8, cart. dos et coins de toile, non rog., couv.

Tiré à **125** exemplaires numérotés sur **papier du Japon** (n° 39).

379. Girod de l'Ain (Maurice). Vie militaire du Général Foy. Ouvrage accompagné de 2 portraits en héliogravure, 6 cartes et 3 facsimile d'autographes. *Paris, Plon, Nourrit et Cie,* 1900, in-8, br., couv.

Edition originale, avec la couverture.

380. Glossaires Genevois, 4 vol. in-12, br., couv.

Nouveau Glossaire Genevois, par Jean Humbert. *Genève,* 1852, 2 vol. — Glossaire Vaudois, par P.-M. Callet. *Lausanne,* 1861. — Glossaire Fribourgeois, ou Recueil des locutions vicieuses usitées dans le canton de Fribourg, par L. Grangier. *Fribourg,* 1864.

381. Goldsmith. Le Vicaire de Wakefield, trad. en français avec le texte anglais en regard, par Ch. Nodier. *Paris, Burgueleret,* 1838, in-8, portr. et fig., cart. non rog. de l'éditeur.

Edition ornée d'environ 100 vign. sur bois dans le texte et 10 gravures sur acier, par Tony Johannot.

382. GONCOURT (E. et J. de). **L'Art du XVIII° siècle.** *Paris, Dentu,* 1859-1875, 12 livraisons in-4, avec eaux-fortes gravées par J. de Goncourt, br., couv.

Edition originale. Rare.
Contient : Les Saint-Aubin. — Watteau. — Prudhon. — Boucher. — Greuze. — Chardin. — Fragonard. — Debucourt. — La Tour. — Les Vignettistes Gravelot. — Cochin-Eisen. — Moreau — Notices, additions, errata.

383. Goncourt (E. et J. de). Germinie Lacerteux. Dix compositions par Jeanniot, gravées à l'eau-forte par L. Muller. *Paris, Quantin,* 1886, in-8 carré, br., couv.

384. Goncourt (E. et J. de). Histoire de la Société Française pendant la Révolution. Ouvrage illustré de nombreuses planches hors-texte en taille-douce, phototypie, chromotypographie et des fac-similés en noir et en couleur des documents du temps. *Paris, Quantin,* 1889, in-4, pap. vél., couv. en chromotypographie.

385. Goncourt (E. et J. de). Histoire de Marie-Antoinette. Edition ornée d'encadrements à chaque page, par Giacomelli, et de 12 planches hors texte, reproductions d'originaux du XVIII° siècle. *Paris, Charpentier,* 1878, in-4, br., couv.

Exemplaire de premier tirage.

386. Goncourt (E. et J. de). La Lorette, vignette par Gavarni, 5° édit. *Paris, Dentu,* 1856, in-32, br., couv.

387. Goncourt (Edmond de). La Fille Elisa. Compositions et eaux-fortes originales de Georges Jeanniot. *Paris, Emile Testard.* 1895, in-8, br., couv. ill. en coul.

De la Collection des Dix.
Tiré à 300 exemplaires numérotés (n° 292). — L'un des 160 sur papier vélin à la cuve, avec une seule suite des eaux-fortes.

388. Goncourt (Edmond de). La Maison d'un Artiste. *Paris, Charpentier*, 1881, 2 vol. in-12, br.

Edition originale, avec les couvertures. — Mouillures au tome 2.

389. Goncourt (Eaux-fortes de J. de), notice et catalogue de Ph. Burty. *Paris, Librairie de l'Art*, 1876, in-fol., en carton.

L'un des 200 exemplaires sur papier teinté avec les eaux-fortes sur papier de Hollande.

390. Gontaut-Biron (Correspondance inédite d'Armand de), Maréchal de France, publiée par Edouard de Barthélemy. *Bordeaux. Ch. Lefebvre.* 1874, in-4, pap. vergé, br., couv.

391. GOUDEAU (Emile). **Paris qui consomme.** Dessins de Pierre Vidal. *Paris, imprimé pour Henri Béraldi (Paris, Librairie L. Conquet.* 1893, gr. in-8, titre r. et n., fig. en couleurs, br., couv.

Tirage unique à **138** exemplaires numérotés à la presse sur **papier vélin** des Vosges (n° 16).

392. GOUDEAU (Emile). **Poèmes Parisiens,** illustrations de Ch. Jouas, gravées sur bois par H. Paillard. *Paris. Imprimé pour Henri Beraldi (impr. de Lahure).* 1897, in-8, br., couv.

Tirage unique à **138** exemplaires tous sur **papier de Chine** numérotés à la presse.

393. Grand-Carteret. Les Almanachs Français. Bibliographie — Iconographie des Almanachs — Années — Annuaires Calendriers — — Chansonniers — Etrennes — Etats — Heures — Listes — Livres d'adresses — Tableaux — Tablettes et autres Publications annuelles éditées à Paris (1600-1895). *Paris. J. Alisié et Cie.* 1896, 1 fort vol. gr. in-8, fig., br., couv.

Ouvrage illustré de 5 planches coloriées et de 306 vignettes (Affiches, reliures, titres et figures d'almanachs).

394. Grand-Carteret (John). La Femme en Allemagne, avec 141 illustrations dont 2 eaux-fortes et 3 planches en couleur. *Paris. Westhausser.* 1887, gr. in-8, br., couv. illust.

Exemplaire avec envoi autographe de l'auteur.

395. Granges de Surgères (Mis de). Répertoire historique et Biographique de la Gazette de France, depuis l'origine jusqu'à la Révolution (1631-1790). *Paris. H. Leclerc.* 1902-1906, 4 vol. in-4 à 2 col., br., couv.

Tiré à 325 exemplaires numérotés (n° 164). — L'un des 300 sur papier vélin teinté, signature de l'auteur.

396. Grandville. Cent proverbes, par Grandville et par trois têtes sous un bonnet. *Paris. H. Fournier,* 1845, gr. in-8, br., couv.

Frontispice et 50 grands sujets tirés à part et gravés sur bois. Fleurons, lettres ornées et culs-de-lampe dans le texte.
Premier tirage, avec la couverture illust.

397. **Gras** (L.-Pierre). Dictionnaire du Patois Forézien. *Lyon, A. Brun*, 1863, in-8, demi-rel. dos et coins de mar. rouge, dos orné, fil. sur les plats, tête dor. non rog. (*Magnin*).

398. **Grasset** (E.). Les Mois, douze compositions d'Eugène Grasset, gravées sur bois et imprimées en chromotypographie. *Paris, G. de Malherbe, s. d.*, 12 planches, in-4, en feuilles, couv.

Epreuves en **2 états** : avant la lettre, en noir, sur **Japon pelure**, et avec la lettre, en couleurs, sur **Japon**.

399. **Grèce et Orient.** 10 vol. in-12, br., couv.

Un Mois à Constantinople : Janvier 1855 (par Loredan-Larchey). *Alençon*, 1856. — Voyage en Orient, par Gérard de Nerval. *Paris*, 1867, 2 vol. — Une Course à Constantinople, par M. de Blowitz. *Paris*, 1884. — Promenade en Egypte, par Harry Alis. Ouvrage contenant 28 gravures. *Paris*, 1895. — Excursions Archéologiques en Grèce, par Ch. Diehl. *Paris*, 1897. — Le Parthénon et le génie grec, par Emile Boutmy. *Paris*, 1897. — La Grèce d'aujourd'hui, par Gaston Deschamps. *Paris*, 1901. — Vers l'Orient, par Robert de Flers. *Paris, s. d.* (Envoi autog. de l'auteur). — Cartier (Mme Emilie). Au milieu des massacres. Journal de la femme d'un Consul de France en Arménie. *Paris, s. d.*

400. **Gubernatis** (A. de). Dictionnaire international des Ecrivains du jour. *Florence, L. Niccolai*, 1888-1891, 2 vol. gr. in-8 à 2 col., demi-rel. mar. violet, tr. peig.

401. **Guerre de 1870.** 6 vol. in-12, br., couv.

Souvenirs d'un Prisonnier de Guerre allemand, en 1870, par Théodore Fontane. *Paris*, 1892. — Les Chemins de fer pendant la Guerre de 1870-1871. *Paris*, 1874. — Six Mois de Guerre (1870-1871). Lettres et Journal de Mme Cornelis de Witt. *Paris*, 1894 (2 exemp.). — Andrieux (Louis). La Commune à Lyon, en 1870 et 1871. *Paris*, 1906. — Déroulède (Paul), 1870. Feuilles de route. Des Bois de Verrières à la Forteresse de Breslau. *Paris*, 1907.

402. **Guerville** (A.-B. de). La Nouvelle Egypte. *Paris, Librairie Universelle, s. d.* (1905), gr. in-8, sur papier couché, avec de nombreuses fig. dans le texte, et planches hors texte tirées en photographies, br., couv.

403. **Guiffrey** (J.-J.). L'OEuvre de Ch. Jacque. Catalogue de ses eaux-fortes et pointes sèches, avec une eau-forte inédite. *Paris, Lemaire*, 1866, in-8, cart. dos et coins de mar. vert, fil. sur les plats, tête dor., non rog., couv. (*Dupré*).

Dans le même volume, Nouvelles Eaux-fortes et pointes sèches de Ch. Jacques 1884. Supplément au Catalogue dressé par J.-J. Guiffrey. *Paris, Jouaust et Sigaux*, 1884, in-8, de 24 pp.
Exemplaire interfolié de papier blanc.

404. **Guillaume** (Albert). Des Bonshommes (1re série). Préface de Francis Chevassu. *Paris, H. Simonis Empis, s. d.*, Album gr. in-4, br., couv. impr. en coul.

L'un des **25** exemplaires tirés sur **papier du Japon** (n° 20).

405. **Guillaume** (Albert). Des Bonshommes (2e série). Préface de Henri Lavedan. *Paris, H. Simonis Empis, s. d.*, Album gr. in-4, br., couv. impr. en coul.

L'un des **10** exemplaires tirés sur **papier de Chine** (n° 6).

406. **Guillaume** (Albert). Petites Scènes de la vie. 8 Estampes en couleurs, d'après les tableaux d'Albert Guillaume, in-fol. en feuilles, couv.

407. Guillaume (Albert). Y a des Dames. Album en couleurs. Préface
de Willy. *Paris, H. Simonis Empis, s. d.*, in-4, br., couv. illust.
en coul.

> 20 planches en couleurs.
> L'un des 25 exemplaires tirés sur papier du Japon (n° 22), signé par l'auteur.

408. Guillemot (Maurice). Entr'actes de Pierres. Eaux-fortes d'Eugène Béjot *Paris, H. Floury,* 1899. plaq. pet. in-4, br., couv.
impr. en couleurs.

> Tiré à 325 exemplaires numérotés avec signatures autographes de l'auteur et du dessi-
> nateur (n° 211).

409. Guinot (Eugène). L'Été à Bade, illustré par MM. Tony Johannot, Eug. Lami, François et Jaquemot. Deuxième édition, revue et
corrigée. *Paris. E. Bourdin. s. d.*, gr. in-8, nombr. fig. dans le
texte, et planches hors texte en noir et en couleurs, carte, plein
chag. rouge. dos orné, ornem. et fil. dor. sur les plats, tr. dor.
(*Rel. de l'éditeur*).

410. Gusman (Pierre). Pompeï — La Ville — Les Mœurs — Les Arts.
Préface de M. Max. Collignon. Ouvrage orné de 600 Dessins dans
le texte et de 32 aquarelles de l'auteur. *Paris. Société française
d'Éditions d'art. L.-Henry May. s. d..* in-4. pap. vél.. titre r. et
n., chag. rouge, dos et plats ornés de papier illustré, tête rouge,
non rog. (*Rel. de l'éditeur*).

411. Gusman (Pierre). Pompeï — La Ville — Les Mœurs — Les Arts.
Préface de M. Max. Collignon. Ouvrage couronné par l'Académie
Française. Orné de 600 dessins dans le texte et de 32 aquarelles de
l'auteur. Nouvelle édition entièrement revue et complétée. *Paris.
E. Gaillard.* 1906. 1 fort vol. in-4. br.. couv.

412. HALÉVY (Ludovic). **La Famille Cardinal**. Suite des illustrations de Charles Léandre, pour illustrer la Famille Cardinal.
Paris. E. Testard, gr. in-8, en feuilles. dans des cartons.

> Recueil de planches comprenant :
> 1° la suite des 10 grandes compositions de Ch. Léandre, gravées à l'eau-forte par
> L. Muller, en 4 états dont l'eau-forte pure avec remarque. tirées sur vélin de cuve ;
> 2° la suite des en-têtes et culs-de-lampe, en 3 états dont l'eau-forte pure avec remar-
> que, tirée sur vélin de cuve ;
> 3° le tirage à part des compositions intercalées dans le texte et gravées sur bois par
> Léveillé et Ruffe (épreuves sur papier vélin).

413. Halévy (Ludovic). L'Invasion (1870-1871). par Ludovic Halévy.
Dessins par L. Marchetti et Alfred Paris. *Paris. Boussod. Valadon
et Cie. s. d..* gr. in-4. nombr. fig. dans le texte et planches hors
texte en noir et en couleurs. demi-rel. dos et coins de mar. rouge.
tête dor.. non rog., couv. (premier plat seulement).

414. Halévy (Ludovic). Karikari. Illustré de 16 aquarelles d'après
Henriot. *Paris. L. Conquet.* 1888. in-16. br.. couv. papier.

> Tiré à 300 exemplaires sur **papier du Japon**. et non mis dans le commerce.

415. Halévy (Ludovic). Une Lettre de Madame Cardinal. *Lyon. Société des Amis des Livres,* 1886. broch. in-12 de xvIII pag.. couv.

> Tiré à **15** exemplaires numérotés à la presse (n° 1).
> Exemplaire sur **papier du Japon**.

416. Halévy (Ludovic). Mariette. Quarante compositions de Henry Somm. *Paris, L. Conquet*, 1893, in-8, br., couv.

Tirage unique à 400 exemplaires numérotés (n° 263). — L'un des 250 sur papier vélin teinté avec les encadrements tirés en bistre.

417. Halévy (Ludovic). Princesse ! Illustrations par L. Morin et Mme Chennevière. *Paris, Boussod, Valadon et Cie*, 1886, in-4, illustré de 50 dessins dans le texte et de 5 photogravures hors texte, br., couv.

Édition originale, avec la couverture.
Tiré à 50 exemplaires numérotés (n° 15), dont 30 mis dans le commerce.

418. Halévy (Ludovic). Trois coups de foudre. Dix dessins de Kauffmann, gravés par T. de Mare. *Paris, Conquet*, 1886, in-16, br., couv.

Exemplaire tiré sur papier vergé du Marais.

419. Hamel (Maurice). Corot et son œuvre. *Paris, Goupil et Cie — Manzi, Joyant et Cie, Succrs*, 1905, gr. in-4, pap. de Hollande de Van Gelder Zonen, titre r. et n., en feuilles, dans des cartons.

Album, précédé d'une étude par M. Maurice Hamel qu'accompagne un portrait du maître, et composé de 103 planches en typogravure Goupil, remontées sur passe-partout.

420. Haussonville (Comte d'). Œuvres. *Paris*, 1879-1907, 7 vol. in-12, br., couv.

Études Biographiques et littéraires, 1879. — A Travers les États-Unis, notes et impressions, 1888. — Prosper Mérimée. — Hugh Elliot, 1885. — Salaires et Misères de femmes, 1900. — Après la Séparation, suivi du Texte de la Loi, concernant la Séparation des Églises et de l'État, 1906. — A l'Académie Française et autour de l'Académie, 1907.— Varia, s. d.

421. Haussonville (le Comte d'). Socialisme et Charité. *Paris, Calmann-Léry*, 1875, in-8, br., n. c., couv.

Édition originale, avec la couverture. — Envoi autographe de l'auteur (non adressé). On y joint : Comte d'Haussonville. Mon Journal pendant la guerre (1870-1871). Publié par son Fils. *Paris, Calmann-Lévy, s. d.,* in-8, br., n. c., couv. — L'Enfance à Paris, par le Vicomte d'Haussonville. *Paris, Calmann-Léry,* 1879, in-8, br., couv.

422. Hay (Robert). Illustrations of Cairo. Drawn on stone by J. C. Bourne, under the superintendance of Owen. B. Carter, architect. *London, Tilt and Bogue*, 1840, in-fol., demi-rel. chag. bleu, de l'éditeur.

30 planches lithogr. par Bourne, sous la direction de Carter, architecte.

423. Heine (Henri). 4 vol. in-12, br., couv.

Satires et Portraits, par Henri Heine. *Paris*, 1868. — Souvenirs de la vie intime de Henri Heine recueillies par sa nièce Princesse Della-Rocca, née Embden-Heine. *Paris*, 1881. — Les Derniers jours de Henri Heine, par Camille Selden. *Paris*, 1884. — Mémoires de Henri Heine. Traduction de J. Bourdeau. *Paris*, 1884.

424. HELLEU. Nos Bébés. *Paris, H. Bouquet, Éditeur, s. d.*, in fol. de 23 planches représentant 83 sujets en noir et en couleurs dessinés par Helleu, en feuilles, dans un carton.

L'un des **50** exemplaires numérotés sur **papier du Japon** (n° 17), réservés à Lecaplain et Vidal, neveux et successeurs de Adolphe Legoupy.

425. Hennique (Léon). La Mort du Duc d'Enghien, en trois tableaux. Compositions de Julien Le Blant, eaux-fortes de L. Muller. *Paris, E. Testard*, 1895, in-8, br., couv. illust.

De la Collection des Dix.
Tiré à 300 exemplaires numérotés (n° 273). — L'un des 160 sur papier vélin de cuve, avec une seule suite des eaux-fortes.

426. Hennique (Léon). Le Songe d'une Nuit d'Hiver, pantomime inédite. Dix compositions de Jules Chéret, gravées à l'eau-forte par Braquemond. *Paris, A. F. Ferroud*, 1903, in-12, br., couv.

Tiré à 350 exemplaires numérotés (n° 337).

427. Hennique (Léon) et J.-K. **Huysmans**. Pierrot Sceptique, pantomime. Dessins de Jules Chéret. *Paris, E. Roureyre*, 1881, plaq. in-8, br., couv. illust.

Tiré à 312 exemplaires numérotés (n° 129).
L'un des 260 sur papier Seychall Mill.

428. Herbert (George). The Temple. Sacred Poems and private ejaculations. *London, George Bell and Sons*, 1904, pet. in-4, cart. toile blanche, fil. dor., fers spéciaux, non rog., chemise. (*Cart. des Edit.*).

429. Hermann-Paul. Alphabet pour les grands enfants. Album inédit. Préface de Henri Bauër. *Paris, H. Simonis Empis, s. d.*, album in-4, de 26 pl.

L'un des **25** exemplaires tirés sur **papier du Japon** (n° 16) numérotés à la presse et signés par l'auteur.

430. Hermann (Paul). Les Grands Spectacles de la Nature. *Paris, Edition de la Plume, s. d.*, in-fol., en feuilles, dans un carton.

La Vie de Madame quelconque, en dix tableaux lithographiés.
La Vie de Monsieur quelconque, en dix tableaux lithographiés.
L'un des 5 exemplaires tirés sur papier du Japon avec les figures en deux états sur Japon et sur Chine volant.
On y joint : Images pour les Demoiselles. 10 lithographies par Hermann Paul, in-fol., en feuilles.

431. Heylli (Georges). Dictionnaire des Pseudonymes, recueillis par Georges d'Heylli. Nouvelle édition, entièrement refondue et augmentée. *Paris, Dentu et Cie*, 1887, in-12, pap. vél., titre r. et n., demi-rel. mar. rouge, tête dor., non rog. (*Dupré*).

432. Heylli (Georges d'). Journal du Siège de Paris. Décrets, Proclamations, Circulaires, Rapports, Notes, Renseignements, Documents divers, officiels et autres. Publiés par Georges d'Heylli (Du 6 Juillet 1870 au 1er Février 1871). *Paris, Librairie générale*, 1871-1874, 3 vol. gr. in-8, br., n. c., couv.

433. Heilly (Georges d'). Cotillon III. Jeanne Bequs, comtesse du Barry. 1867. — Morts Royales. 1867. — Bressant, sociétaire retiré de la Comédie française (1833-1877). Portrait à l'eau-forte par Masson. 1877. — Sedaine. Le Philosophe sans le savoir, comédie en 5 actes. Publié pour la première fois d'après le manuscrit de la Comédie française. Avec une Préface par Georges d'Heilly. 1880. — Delaunay, sociétaire de la Comédie-Française. Orné d'un portrait à l'eau-forte par Ad. Lalauze. *Paris*. 1867-1883. Ens. 5 vol. in-12, br., couv.

434. Heilly (Georges d'). OEuvres. 4 vol. et broch.

Les Fils de leurs OEuvres. *Paris*, 1868, in-18. — Dictionnaire des pseudonymes recueillis par Georges d'Heylli. Nouv. édit. *Paris*, 1887, in-12. — Journal intime de la Comédie française (1852-1871). *Paris*, 1879, in-12 (exemplaire sur grand papier vergé). — Rachel, d'après sa correspondance. *Paris*, 1882, gr. in-8.

435. HISTOIRE DES QUATRE FILS AYMON, très nobles et très vaillants chevaliers, illustrée de compositions en couleurs, par Eug. Grasset, gravure et impression par Ch. Gillot, introduction et notes par Ch. Marcilly. *Paris, H. Launette*, 1883, in-4, pap. vél. teinté, br., couv. impr. en couleurs.

436. **Histoire naturelle populaire.** Les grandes cultures du monde. Leur histoire — leur exploitation — leurs différents usages ; sous la direction de M. le Dr Van Someren Brand, avec la collaboration des plus éminents spécialistes de divers pays. Traduit du hollandais par F. Rode. *Paris, Ernest Flammarion, s. d.,* in-4. très nombreuses illustrations dans le texte, et planches hors texte en noir et en couleurs. br., couv. illust.

437. **Hoffmann.** Contes nocturnes. Traduction nouvelle par P. Christian. Vignettes de Gavarni. *Paris, Morizot*, 1862, in-12, br., couv. illust.

438. **Hohenlohe.** Denkwürdigkeiten des Fürsten Chlodwig zu Hohenlohe-Schillingsfürst. *Stuttgart und Leipzig : Deutsche Verlags-Unstalt*, 1906, 2 forts vol. in-8, portraits, br., couv.

439. **Hommage au Tsar.** Le Tsar et la Tsarine en France (Octobre 1896). Préface de François Coppée. *Paris, Librairies-Imprimeries réunies, May et Motteroz, s. d.,* gr. in-8, pap. vél. glacé, titre r. et n., nombreuses illustrations dans le texte et planches hors texte en noir et en couleurs, cart. toile grise, de l'éditeur, fers spéciaux, tête dor., non rog.

   Ouvrage publié sous la direction artistique de F.-G. Dumas.

440. **Houssaye** (Arsène). Les Comédiennes de Molière. *Paris, Dentu*, 1879, in-8, pap. vergé de Holl., titre r. et n., avec 10 portraits hors texte, gravés à l'eau-forte, br., couv.

   Édition originale, avec la couverture.
   L'un des 400 exemplaires numérotés (n° 340)

441. **Houssaye** (Arsène). Œuvres. *Paris*, 1863-1870, 4 vol. in-8, fig., br., couv.

   Les Charmettes, Jean-Jacques Rousseau et Madame de Warens, 1863. — Histoire de Léonard de Vinci, 1869. — Princesses de Comédie et Déesses d'Opéra, Portraits, Camées, Profils, Silhouettes, 1870. — Voyage à ma fenêtre, voyage à Venise, voyage au Paradis, 1870.

442. **Houssaye** (Arsène). Le Roi Voltaire. *Paris, Dentu*, 1878, in-12, portraits, br., couv.

   Exemplaire imprimé sur **papier de Hollande** ; envoi d'auteur à M. Piedagnel.

443. **Houssaye** (Arsène). Le Royaume des Roses. Vignettes par Gérard-Séguin. *Paris, E. Blanchard*, 1851, pet. in-8, couv. papier.
   Première édition.

444. **Huart** (A.). La Nouvelle Vie Militaire. Illustrations par Draner. *Paris, Librairie illustrée, s. d.,* gr. in-8, nomb. fig. dans le texte et planches hors texte color., br., couv. illust. en coul.

445. **Huard** (Charles). Berlin comme je l'ai vu. Texte et Dessins par Charles Huard. *Paris, E. Rey*, 1907, pet. in-8 carré, titre r. et n., br., couv.

   Édition originale, avec la couverture.
   L'un des 100 exemplaires tirés sur papier du Japon (n° 100).

446. **Huart** (Louis). Paris au Bal. 50 vignettes par Cham (de N.). *Paris, Aubert et Cie, s. d.* (1845), pet. in-8, br., couv. illust.

Premier tirage, avec la couverture.

447. **Hugo** (Victor). L'Homme qui rit. Illustrations de Daniel Vierge. *Paris, Librairie illustrée*, 1885, gr. in-8, en feuilles.

Premier tirage, avec la couverture illustrée.

448. **Hugo** (Victor). Les Misérables. Nouvelle édition illustrée par MM. J.-P. Laurens, de Neuville, Edm. Morin, Dan. Vierge, etc., etc. *Paris, Hugues, s. d.*, 5 vol. gr. in-8, en livraisons.

449. **Hugo** (Victor). OEuvres. *Paris, Imprimé par l'Imprimerie nationale. Edité par la librairie Ollendorff.* 1904-1907, 9 vol. gr. in-8, br., couv.

L'un des 300 exemplaires tirés sur **papier vélin** du Marais (n° 58).
Notre-Dame de Paris. — Les Contemplations. — Le Rhin, lettres à un ami. — Théâtre. Marie Tudor, Angelo, La Esmeralda, Ruy Blas, Les Burgraves. — La Légende des Siècles, 2 vol. — L'Homme qui rit. — Napoléon le Petit et Histoire d'un Crime, 2 vol.
Les 2 volumes de : Napoléon le Petit et Histoire d'un Crime, sont sur *papier ordinaire*.

450. **Hugo** (Victor). Quatre-vingt-Treize. Edition illustrée par MM. Em. Bayard, Ferdinandus, Edm. Morin, H. Scott, Daniel Vierge, etc., etc. *Paris, Hugues,* 1877, gr. in-8, br., couv. illust.

451. **Huysmans** (J.-K.). Croquis Parisiens, eaux-fortes de F... n et Raffaelli. *Paris, H. Vaton,* 1880, in-8, pap. de Holl., br., couv.

Edition originale.

452. **Huysmans** (J.-C.). Les Vieux Quartiers de Paris. La Bièvre, avec vingt-trois dessins et un autographe de l'auteur. *Paris, L. Genonceaux,* 1890, in-8, br.

Edition originale française, avec la couverture.

453. **Illustration Théâtrale**. 1899 à 1908. Réunion de 116 livrais. gr. in-8, fig., br., couv.

454. **Image** (L'). Revue littéraire et artistique, ornée de Figures sur bois (Décembre 1896 à Novembre 1897). *Paris, H. Fleury,* 1896-1897, in-4, en livrais., couv.

Revue publiée par la corporation Française des graveurs sur bois, sous la direction littéraire de Roger Marx et Jules Rais, et sous la direction artistique de Tony Beltrand, Auguste Lepère et Léon Ruffe.

455. **INTERMÉDIAIRE DES CHERCHEURS ET CURIEUX** (de l'origine année 1864 à l'année 1908). *Paris,* 1864-1908, 44 années in-8. Plus 1 vol. de Table générale (1864-1896. — Tomes 1 à 34), br. et en livraisons.

Manquent les années 1901-1902-1903-1904. — Dans l'année 1890 le 25 Septembre, N° 537. — Dans l'année 1908, le 30 avril, N° 1182 — 10 mai, N° 1183, 10 juin, N° 1186.

456. **Irving** (Washington). Rid Van Winkle. Illustrée par Arthur Rackham. *Paris, Hachette et Cie,* 1906, in-4, très nombr. planches hors-texte en couleurs, remontées sur papier fort, cart. vél. blanc des édit., tête dor., non rog., étui.

L'un des **20** exemplaires de grand luxe sur **papier du Japon** numérotés et signés par l'artiste (n° 1).

457. Irving (Washington). Rip Van Winkle. Illustrée par Arthur Rackham. *Paris, Hachette et Cie,* 1906, in-4, très nombr. planches hors-texte en couleurs, remontées sur papier fort, cart. vél. blanc des édit., tête dor., non rog., étui.

Édition tirée sur **papier Whatman** à 200 exemplaires numérotés (n° 1).

458. Janin (Jules). L'Ane mort. Édition illustrée par Tony Johannot. *Paris, E. Bourdin,* 1842, gr. in-8, br., couv.

Ouvrage illustré d'environ 100 vignettes dans le texte, de 12 planches à part gravées sur bois et tirées sur papier teinté Chine.
Premier tirage, avec la couverture illust.

459. Janin (Jules). Un Hiver à Paris. *Paris, L. Curmer. — Aubert et Cie,* 1843. — L'Eté à Paris. *Paris, L. Curmer, s. d.* (1843). — Ens. 2 vol. gr. in-8, vign. sur bois dans le texte, et planches hors texte, dess. par Eug. Lami et grav. sur acier par Heath, reliés.

Exemplaires de premier tirage.
Un Hiver à Paris est relié en plein chagrin bleu, dos orné, large dent. et milieux dor., tr. dor. (Rel. de l'éditeur). — Un Eté à Paris est en demi-rel. chag. violet, dos orné, tr. dor. (Rel. de l'époque).

460. Janin (Jules). Rachel et la tragédie. Ouvrage orné de dix photographies représentant Mlle Rachel dans ses principaux rôles. *Paris, Amyot,* 1859, gr. in-8, br., couv.

Édition originale, avec la couverture illustrée.

461. Janin (Jules). Les Symphonies de l'hiver. Illustrations de Gavarni. *Paris, Morizot,* 1858, gr. in-8, br., couv.

Ouvrage orné de 15 planches hors texte gravées sur acier par Ch. Colin, Ed. Willmann, Rouargue et Calamatta.
Premier tirage.

462. JAPON (Le) artistique, Documents d'art et d'industrie réunis par J. Bing. Publication mensuelle, avec la collaboration de MM. Ph. Burty, V. Champier, Th. Duret, Ed. de Goncourt, L. Gonse, E. Guillaume, de l'Institut, etc. *Paris, Japon artistique. — Marpon et Flammarion,* 1888-1891. (N° 1. Mai 1888. — N° 36. Avril 1891). Ensemble 36 numéros, en 6 vol. in-4, avec de nombreuses fig. dans le texte et planches hors texte en noir et en couleurs, cart. dos et coins de perc., plats papier japonais illust., têtes dor., non rog., avec les couvertures de toutes les livraisons illustrées en couleurs.

463. Journal des Débats. Le Livre du Centenaire du Journal des Débats, 1789-1889. *Paris, Librairie Plon — E. Plon, Nourrit et Cie,* 1889, in-4, très nombr. planches hors texte, portraits, fac-simile, etc., demi-rel. mar. bleu foncé, tête peig., non rog. (*Dupré*).

464. Kelekian (La Collection). Etoffes et Tapis d'Orient et de Venise. Notice de M. Jules Guiffrey. Cent planches reproduisant les pièces les plus remarquables de cette collection, décrites et classées par M. Gaston Migeon. *Paris, Librairie centrale des beaux-arts. Emile Lévy, Editeur, s. d.,* gr. in-4, planches en noir et en couleurs, en feuilles, dans un carton.

Tiré à 200 exemplaires numérotés (n° 86).

465. La Bédollière (Emile de). Les Industriels. Métiers et professions en France. Avec cent dessins par Henry Monnier. *Paris, Vve Louis Janet,* 1842, in-8, demi-rel. chag. vert.

Premier tirage.

466. **La Bédollière** (E. de). Le Bois de Vincennes, décrit et photographié, par Em. de La Bédollière et Ildefonse Rousset. *Paris, A. Giroux*, 1866, in-4, planches hors texte, cart. toile bleue, de l'éditeur, fers spéciaux, tr. dor., planches mont. sur onglets.

Ouvrage orné de 25 magnifiques photographies et d'un plan du Bois de Vincennes.

467. **La Bédollière** (E. de). Le Tour de Marne, décrit et photographié, par Em. de La Bédollière et Ildefonse Rousset. *Paris, A. Lacroix et Cie*, 1865, in-4, pl. hors texte, cart. toile bl., fers spéciaux, tr. dor., pl. mont. sur onglets (*Cart. de l'éditeur*).

468. **Labiche** (Eug.). Théâtre choisi. La Grammaire — L'Affaire de la Rue de Lourcine — La Poudre aux yeux — La Cigale chez les Fourmis — Les deux Timides — Embrassons-nous. Folleville ! Préface de Ed. Pailleron, illustrations de S. Arcos. *Paris, Calmann Lévy*, 1895, gr. in-8, pap. vél., cart. dos de perc., non rog., couv. illust. en couleurs et or.

469. **Laborde** (Léon de). Glossaire Français du Moyen Age à l'usage de l'archéologue et de l'amateur des arts, précédé de l'inventaire des bijoux de Louis, duc d'Anjou, dressé vers 1360. *Paris, A. Labitte*, 1872, in-8, demi-rel. mar. rouge, tête dor., non rog.

470. **La Bruyère**. Les Caractères, suivis des Caractères de Théophraste, traduits du grec par le même. *Paris, Aimé André*, 1829, 2 vol. in-8, pap. vél., portr. par Taurel, veau fauve, dos ornés, compart. de fil. dor., milieux et ornem. aux angles, tr. dor. (*Rel. de l'époque*).

471. **La Bruyère**. Les Caractères ou les mœurs de ce siècle, précédés des Caractères de Théophraste, traduits du grec, texte revu sur la neuvième édition originale de 1696, avec une notice et des notes par Ch. Asselineau. *Paris, Lemerre*, 1872, 2 vol. in-8, portr. à l'eau-forte, br., couv.

L'un des **150** exemplaires numérotés sur **papier de Hollande** (n° 125), avec double épreuve du portrait, *avant et avec lettre*.

472. **Lacroix** (Paul). Bibliographie et Iconographie de tous les ouvrages de Restif de la Bretonne, par P.-L. Jacob, Bibliophile. *Paris, A. Fontaine*, 1875, in-8, pap. de Holl., portr., br., couv.

473. **Lacroix** (Paul). Contes et Nouveaux Contes du Bibliophile Jacob (Paul Lacroix) à ses petits-enfants, sur l'Histoire de France. *Paris, Firmin Didot et Cie*, 1874-1881, Ens. 2 vol. gr. in-8, avec 23 grandes gravures d'après les dessins de H. Philippoteaux et de P. Kauffmann, et une chromolithographie d'après Emile Wattier. br., couv.

474. **Lacroix** (Paul). Dissertations Bibliographiques, par P.-L. Jacob, Bibliophile (Paul Lacroix). — Enigmes et Découvertes Bibliographiques. *Paris, J. Gay et Ad. Lainé*, 1864-1866. Ens. 2 vol. in-12, br., couv.

Tirés à 260 exemplaires numérotés. — Exemplaires sur papier vergé.

475. **Lacroix** (Paul). Les Arts au moyen âge — Mœurs, Usages et Costumes au moyen âge — La Vie militaire et religieuse au moyen âge. *Paris, Firmin Didot et Cie*, 1869-1873, 3 vol. gr. in-8, fig. en noir et en couleurs, br., couv.

476. **Lacroix** (P.). Directoire, Consulat et Empire, Mœurs et Usages. Lettres, Sciences et Arts. France (1795-1815). *Paris, Firmin-Didot et Cie.* 1884, in-4, br., couv.

> Exemplaire de premier tirage, tiré sur **grand papier**.
> Ouvrage illustré de 12 chromolith. et de 410 gravures sur bois, d'après Ingres, Gros, Prud'hon, Carle Vernet, Monnet, etc.

477. **Lacroix** (P.). XVIIe siècle. Lettres, Sciences et Arts. France (1590-1700). *Paris, Firmin Didot et Cie.* 1882, in-4, br., couv.

> Exemplaire de premier tirage.
> Ouvrage illustré de 17 chromolith. et de 300 gravures sur bois (Dont 16 tirées hors texte) d'après les monuments de l'art de l'époque.
> L'un des **500** exemplaires tirés sur **grand papier** (n° 360).

478. **Lacroix** (P.). XVIIIe siècle. Institutions, usages et costumes. France (1700-1789). — Lettres, Sciences et Arts. France (1700-1789). *Paris, Firmin-Didot et Cie.* 1875-1878, 2 vol, in-4, illustrés de chromolithographies et de nombr. gravures sur bois, br., couv.

> Exemplaire de premier tirage en **grand papier**.

479. **Lacroix** (Paul). Ma République, précédée d'un à-propos de l'auteur. Sept eaux-fortes originales de Ed. Rudaux. *Paris, Librairie L. Conquet, L. Carteret et Cie, Successeurs.* 1902, pet. in-8, br., couv.

> L'un des **40** exemplaires de grand luxe sur **Japon** (n° 6), contenant **3 états** des gravures, dont l'eau-forte pure.

480. **La Fontaine.** Fables. *Paris, P. Didot l'aîné,* 1843, 2 vol. in-12, veau fauve, dos ornés, fil., dent. int., tr. dor. (*Vre Niédrée*).

> Exemplaire sur papier fin. De la Collection des meilleurs ouvrages de la langue françoise, dédiée aux amateurs de l'art typographique. Provenant de la Bibliothèque de Techener, avec son nom en queue des volumes.

481. **La Fontaine.** Fables de La Fontaine, avec les dessins de Gustave Doré. *Paris, Hachette et Cie.* 1868, gr. in-4, br., couv. illust.

> Portrait, vignettes dans le texte et planches hors texte grav. sur bois.
> Taches de rousseur.

482. **La Fontaine.** Choix de Fables de La Fontaine, illustrées par un groupe des meilleurs artistes de Tokio, sous la direction de P. Barboutau. *Tokio, Imprimerie de Tsoukidji-Tokio, S. Magata, Directeur.* 1894, 2 vol. pet. in-8 carré, pap. Japon, fig. en couleurs, br., couv. illust., dans un étui, avec le dos en chag. vert poli.

483. **La Fontaine.** Fables. Cent Fables choisies. Illustrations (en noir et en couleurs) de Henry Morin. Introduction de M. L. Tarsot. *Paris, H. Laurens, s. d.,* in-4, br., couv. illust. en coul.

484. **La Fontaine.** Fables, illustrées par Benjamin Rabier, 310 Compositions dont 85 en couleurs. *Paris, J. Talandier, s. d.,* in-4, titre r. et n., br., couv. illust. en couleurs.

> L'un des **20** exemplaires tirés sur **papier du Japon** (pour la Librairie L. Conquet) (n° 4).

485. **La Fontaine.** La Morale en action des Fables de La Fontaine. Collection de vignettes dessinées par Henri Monnier, et gravées par Thompson. *Paris, chez les marchands de nouveautés,* 1828, plaquette in-8, br., couv.

> Seule livraison parue, la publication ayant été frappée d'interdiction.

486. **La Fontaine.** OEuvres de J. de La Fontaine, d'après les textes originaux, suivies d'une notice sur sa vie et ses ouvrages, etc., par Alph. Pauly. *Paris, Lemerre*, 1875-1884, 6 vol. gr. in-8, portr. à l'eau-forte par Le Rat. br., couv.

> Fables et Poëmes, 2 vol. — Contes, Psyché, Lettres. 2 vol. — Théâtre. Poésies diverses, 2 vol.
> L'un des 150 exemplaires tirés sur papier de Hollande (n° 44), auquel on a joint : 1° la suite des 72 eaux-fortes d'après Oudry pour illustrer les *Fables*. — 2° la suite des 40 eaux-fortes d'après Fragonard. Lancret, Pater, etc., pour illustrer les *Contes*, le tout gravé par Courtry, Greux, Lemaire, Le Rat, Martinez, Mongin, Monziès, Rousselle (épreuves sur papier de Hollande avec la lettre).

487. **La Fontaine.** OEuvres, publiées par M. Alphonse Pauly. Contes, Psyché, Lettres. *Paris, A. Lemerre*, 1875-77, 2 vol. in-8, pap. de Holl., br., couv.

488. **Lamennais.** Paroles d'un Croyant (par Lamennais). 1833. *Paris, Eugène Renduel*, 1834, in-8, br.

> Édition originale, avec la couverture.

489. **Lamennais** (F. de). OEuvres. 8 vol. in-32, in-12 et in-8, br., couv.

> De l'Absolutisme et de la Liberté (Dialoghetti). *Bruxelles*, 1836, in-32. — Le Livre du Peuple. *Bruxelles*, 1838, in 32. — 1838, in-32. — La Religion. *Paris*, 1841, in-32. — De la Société première et de ses lois, ou de la Religion. *Paris*, 1848, in-12. — OEuvres posthumes, publiées selon le vœu de l'auteur, par E. D. Forgues. Correspondance. *Paris*, 1859, 2 vol. in-8. — De l'Art et du Beau. *Paris*, 1872, in-12. — Études et Notice biographique sur l'abbé F. de Lamennais, par M. Edmond Robinet. *Paris*, 1835, in-8.

490. **LAMI** (Eug.). et H. **MONNIER**. Voyage en Angleterre. *Paris, Firmin Didot frères et Lami-Denozan*. 1830, en 4 livraisons pet. in-fol., couv.

> Suite de 24 planches représentant 25 lithographies en couleurs d'Henri Monnier et d'Eugène Lami, avec texte explicatif. *Rare.*

491. **Lançon** (A.). Les Trappistes. 10 dessins gravés à l'eau-forte, par A. Lançon. *Paris, Quantin*, 1883, 10 grandes compositions in-fol., imp. sur papier de Hollande, en feuilles, dans un carton.

492. **Larchey** (Lorédan). Les Cahiers du Capitaine Coignet (1776-1850), publiés d'après le manuscrit original. Illustrés par J. Le Blant. *Paris, Hachette et Cie*, 1888, in-4, avec 18 grands dessins reproduits en héliogravure par Dujardin et 66 dessins intercalés dans le texte, reproduits par les procédés de Guillaume frères, br., couv.

> Épuisé.

493. **Larchey** (Lorédan). Dictionnaire historique d'Argot. Huitième édition des Excentricités du langage, augmentée d'un supplément, mis à la hauteur des révolutions du jour. *Paris, E. Dentu*, 1880, in-12, demi-rel. mar. vert. tête dor., non rog., couv. (*Dupré*).

> On y joint : Lorédan Larchey. Nouveau Supplément du Dictionnaire d'Argot, avec le vocabulaire des chauffeurs de l'an VIII et le répertoire du largongi. *Paris, Dentu*, 1889, in-12, br., couv. — Rigaud (Lucien). Dictionnaire des Lieux Communs de la Conversation, du Style épistolaire, du Théâtre, du Livre, du Journal, de la Tribune, du Barreau, de l'Oraison funèbre, etc., etc. *Paris, P. Ollendorff*, 1881, in-12, br., couv.

494. **Larchey** (Lorédan). OEuvres. 4 vol.

> Gens singuliers. *Paris*, s. d., in-12. — Les Joueurs de mots. *Paris*, 1867, in-18. — Les Excentricités de la Langue française en 1860. *Paris*, s. d., in-12, frontispice. — Dictionnaire des Noms, contenant la recherche étymologique de vingt mille deux cents noms relevés sur les annuaires de Paris. *Paris*, 1880, in-12.

495. Larchey (Lorédan). Œuvres. 5 vol. br., couv.

Extraits et notices par Lorédan-Larchey : Le Grenadier Coignet. L'espion Méhée. Le Professeur Dardenne. Le sergent Dalouzi. Les pontonniers Chapelle et Chapuis. Le lieutenant de Rocca. Le comte Roederer. (De la « Bibl. des Mém. du XIXe siècle). *Paris*, s. d., in-18. — Origines de l'artillerie française. Première période 1324-1354. *Paris*, 1862, in-12. — L'Esprit de tout le monde. Joueurs de mots. *Paris et Nancy*, 1892, in-12. — Dictionnaire des noms contenant la recherche étymologique de vingt mille deux cents noms relevés sur les annuaires de Paris. *Paris*, 1880, in-12. — Paul Cottin. Lorédan Larchey (1831-1902). Souvenirs ; bibliographie. *Paris*, 1905, in-8, portraits.

496. Larroumet (Gustave). Discours prononcés à la Direction des Beaux-Arts (1888-1891). *Paris. Imprimé pour l'auteur, par les soins de MM. Hachette et Cie*, 1899, in-8, pap. de Holl., br., couv.

497. Larroumet (Gustave). Œuvres. *Paris*, 1893-1902, 8 vol. in-12, br., couv.

Le Centenaire de Scribe. 1892, broch. *(Envoi autog. de l'auteur)*. — Etudes de littérature et d'art. 1893-1896. 3 vol. — Nombreuses Etudes de littérature et d'art. 1894, 1 vol. — Petits Portraits et notes d'art, 1897, 1 vol. — Etudes de Critique Dramatique. Feuilletons du « Temps » (1898-1902). 1906, 2 vol.
Deux lettres autographes de l'auteur au sujet de l'Etude sur Adrienne Lecouvreur, ajoutées.

498. Larroumet (Gustave). Vers Athènes et Jérusalem. Journal de voyage en Grèce et en Syrie. Troisième édition. *Paris. Hachette et Cie*. 1898, in-8, br., couv.

499. Lavallée (Joseph). Voyage pittoresque et historique de l'Istrie et de la Dalmatie, rédigé d'après l'itinéraire de L. F. Cassas. *Paris*, An X. — 1802, in-fol., planches, demi-rel. chag. vert.

Ouvrage orné d'Estampes, Cartes et Plans, dessinés et levés sur les lieux par Cassas, peintre et architecte, et gravés par les meilleurs artistes en ce genre, sous la direction de Née. — Mouillures.

500. Lazare (Félix et Louis). Dictionnaire administratif et historique des Rues et Monuments de Paris. Deuxième édition. *Paris, au Bureau de la Revue municipale*, 1855, 1 fort vol. in-4 à 2 col., br., couv. illust.

501. Le Bon (Le Dr Gustave). La Vie, physiologie humaine appliquée à l'hygiène et à la médecine. Ouvrage orné de 339 gravures sur bois. *Paris. J. Rothschild*, 1874, gr. in-8, en livrais.

502. Lefeuve. Le Tour de la Vallée. Histoire et Description de Montmorency — Enghien-les-Bains — Napoléon — Saint-Leu. Eaubonne. Deuil. Ermont — Franconville. Béthemont — Herblay — etc., etc. *Paris, Dumoulin*. 1856, in-8, cart. dos et coins de perc., non rog.

Edition originale. — Mouillures.

503. Legouvé (E.). Réunion de 11 plaquettes, in-8 et in-12, tirées à très petit nombre, br., couv.

Lamartine. *Paris*, 1876. — Daniel Manin. *Paris*, 1891. — Une Querelle entre Deux Collaborateurs. *Paris*, 1894. — Béranger (Extrait du Journal « Le Temps »). *Paris*, 1894. — Les Trois Dumas (Extrait du Journal « Le Temps »). *Paris*, 1896. — Voltaire poète romantique (Extrait du Journal « Le Temps »). *Paris*, 1897. — Un Souvenir de Ponsard et de l'Académie (Extrait du Journal « Le Temps »). *Paris*, 1899. — Contre les années (Extrait du Journal « Le Temps ». *Paris*, 1901. — M. Samson et ses élèves. *Paris*, s. d. — Victor Duruy, souvenirs personnels. *Paris*, s. d. — Dernières pages recueillies (1898-1903). Etude sur le style des poètes du XVIIe siècle. *Evreux*, 1904.
Envoi autographe de l'auteur à Mr Pingard (sur 7 plaquettes).

504. **Legouvé** (Ernest). Soixante ans de souvenirs. *Paris, J. Hetzel et Cie,* 1886-87, 2 vol. in-8. br., couv.

> Édition originale, avec les couvertures.

505. **LEMAITRE** (Jules). **Contes Blancs**. La Cloche. — La Chapelle blanche. — Mariage blanc. Illustrations à l'aquarelle, page à page, par Mlle Blanche Odin. *Paris, Imprimé pour les Bibliophiles indépendants,* 1900, pet. in-4. br., couv., chemise en satin blanc, dans un étui en vélin blanc, titre en lettres dor. et 3 aquarelles de Atalaya (sur le premier plat).

> Édition publiée spécialement pour les Bibliophiles indépendants, par les soins de M. Octave Uzanne, et tirée pour les Souscripteurs à 200 exemplaires (n° 145), avec un tirage des illustrations, avant texte et sans couleur.

506. **Lemaitre** (Jules). Dix Contes, illustrations de Luc-Olivier Merson, G. Clairin, F.-H. Lucas, Cornillier, Loevy, gravures sur bois de Léveillé, Ruffe, Dutheil, couverture artistique en couleur dessinée par Grasset. *Paris, Lecène et Oudin,* 1890, gr. in-8. pap. vél., titre r. et n., br., couv. illust.

507. **LEMAITRE** (Jules). **Sérénus**. Histoire d'un martyr. Compositions de Aug.-Fr. Gorguet, gravées sur bois par Paillard. *Paris, Société des Amis des Livres,* 1905, gr. in-8. br., couv.

> Tiré à 115 exemplaires (n° 81).
> Publié par les soins de MM. Victor Mercier et Raymond Claude-Lafontaine.

508. **Lemonnier** (Camille). Les Maris de Mlle Nounouche, histoire de chats. Soixante-cinq aquarelles de A. Vimar. *Paris, H. Floury,* 1905, pet. in-4. titre r. et n., br., couv. illust. en couleurs.

> Tiré à 400 exemplaires numérotés (n° 45). — L'un des 368 sur papier d'Arches à la forme.

509. **Lenotre** (G.). Un Agent des Princes pendant la Révolution. Le Marquis de La Rouërie et la Conjuration Bretonne (1790-1793), d'après des documents inédits. *Paris, Perrin et Cie,* 1899, in-8. portraits et fig., br.

> Édition originale, avec la couverture.
> L'un des 10 exemplaires tirés sur papier de Hollande Van Gelder (n° 9).

510. **Lenotre** (G.). La Chouannerie Normande au temps de l'Empire. Tournebut (1804-1809), d'après des documents inédits. Avec une préface de Victorien Sardou. *Paris, Perrin et Cie,* 1901, in-8. portraits et fig., br.

> Édition originale, avec la couverture.
> L'un des 5 exemplaires tirés sur **papier de Hollande** Van Gelder (n° 5).

511. **Lenotre** (G.). Paris révolutionnaire. Vieilles maisons, vieux papiers. *Paris, Perrin et Cie,* 1900, gr. in-12. fig., br.

> Édition originale, avec la couverture.

512. **LENOTRE** (G.). **Les Quartiers de Paris** pendant la Révolution (1789-1804). Dessins inédits de Demachy, Bélanger, Fragonard, Lallemand, Debucourt, L. Moreau, Schwebach, Ransonnette, Raffet, David, Prieur, Civeton, etc., etc. Texte et Plans reconstitués d'après des documents inédits, par G. Lenotre. *Paris, E. Bernard et Cie,* 1896, in-fol., avec 94 planches, en portefeuille.

513. Le Prieur (J.-C.). Tableau pittoresque de la vallée de Montmorency. Ouvrage orné d'une infinité de planches, qui représentent des Ruines, des Obélisques, des Cabanes, des Chalets, entr'autres les tombeaux d'Haller et de Court de Gébelin (par J.-C. Le Prieur). *Paris, Laurens le jeune, s. d.*, in-8 de IV et 43 pp., br.

Ouvrage orné de 26 planches hors texte.

514. Le Roux (H.). Les Jeux du Cirque et la vie foraine. Illustrations de J. Garnier. *Paris, Plon et Cie*, 1889, in-4, nombr. fig. color. dans le texte, en feuilles, dans un carton.

L'un des **50** exemplaires tirés sur **papier du Japon** (n° 34).

515. Le Sage. Histoire de Gil Blas de Santillane. Vignettes par Jean Gigoux. *Paris, Paulin*, 1835, gr. in-8, texte encadré d'un double filet, demi-rel. veau bleu, dos orné, tr. marb. (*Rel. de l'époque*).

Manque le portrait de Gil Blas, sur Chine volant, déchirure au faux-titre dans la marge du fond.

516. Lesseps (Sur M^r de). 3 vol. in-8, br., couv.

De Lesseps intime, par Th. Batbedat. Ouvrage illustré de très nombreuses gravures d'après des originaux et des documents photographiques. *Paris, s. d.* — Les de Lesseps, par L. Bridier. *Paris*, 1900. — Ferdinand de Lesseps et son œuvre, par S. Berteaut. *Marseille*, 1874.

517. Lesseps (Ferdinand de). Souvenirs de quarante ans, dédiés à mes enfants. *Paris, Nouvelle Revue*, 1887, 2 vol. gr. in-8, br., couv.

Edition originale, avec les couvertures. — Envoi autographe de l'auteur, nom coupé.

518. Letellier (Maurice). A Travers La Norvège et Spitzbergen. Ouvrage contenant 30 phototypies d'après des photographies et une carte du Spitzberg. *Paris, Lamulle et Poisson*, 1897, gr. in-8, demi-rel. mar. bleu, tête dor., non rog. (*Dupré*).

519. Letters of queen Victoria (The) : a selection from Her Majesty's correspondence Between the years 1837 and 1861. Published by authority of His Majesty the King. Edited by Arthur Christopher Benson. M. A., and Viscount Esher, G. C. V. O., K. C. B. *London, John Murray*, 1907. 3 forts vol. in-8, très belles planches hors texte, en feuilles.

520. Linguistique. 8 vol. in-8 et in-12, br., couv.

Dictionnaire critique et raisonné du langage vicieux ou réputé vicieux : par un ancien professeur. 1835. — Maurice Duhamel. Essai sur la littérature bretonne ancienne. 1903. — Petit glossaire pour servir à l'intelligence des auteurs décadents et symbolistes par Jacques Plowert, 1888. — Antoine Albalat. Le Travail du style enseigné par les corrections manuscrites des grands écrivains. 1903. — Dictionnaire univ. des synonymes de la langue française. Tome premier. *S. d.* — Quelque six mille proverbes et aphorismes usuels, par le P. Ch. Cahier, 1858. — A travers les mots, par Charles Rozan. 1876. — Charles Rozan. Les Végétaux dans les proverbes. *S. d.*

521. Linguistique, 9 vol. ou br. in-8 et in-12, br., couv.

Patois de la Commune de Vionnaz (Bas-Valais), par J. Gilliéron, accompagné d'une carte. *Paris*, 1880. — Congrès pour l'extension et la culture de la langue française (Liège, 10-13 septembre 1905). Le Parler Beige, par Gustave Cohen. — Actes de la Société Philologique (Tome IV, n° 2, Mai 1874). Études sur la Langue Basque, par Duvoisin. *Paris*, 1874. — Projet d'enquête sur les Patois Français, par Girard de Rialle (Extrait de la Revue de Linguistique et de Philologie comparée). *Paris*, 1868. — L Elémento Tedesco nel Dialetto Piemontese. Postille etimologische di Ugo Rosa. *Torino*

1883. — Essai sur l'origine et la formation des Dialectes vulgaires du Dauphiné, par M. Jules Ollivier. *Valence*, 1836, cart. toile, non rog. — Vocabulaire du Haut-Maine, par Charles-Raoul, comte de Montesson, 3e édit. augmentée. *Paris*, 1899. — Quôques Batifollâjos Rimaillatn, de J.-L. en Patois Meylanais, Edition de 40 exempléros. Imprim. J. L. à Meylan (1877). — Noëls en Patois de Grenoble. *Manuscrit de 28 pp., d'une écriture moderne*, cart., dos et coins de mar. bleu.

522. Linguistique. 10 vol. ou broch. in-8, br., couv.

Les transformations de la langue française pendant la deuxième moitie du XVIII° siècle (1740-1789) par F. Gohin, 1903. — De l'origine du langage d'après la Genèse, par Louis de Backer, 1869. — Des mots savoyen, savoisien et savoyard, par E. Pascalein, 1888. — Glossaire des dates ou explication par ordre alphabétique des noms peu connus des jours de la semaine, des mois, et autres époques de l'année employés dans les dates des documents du Moyen-Age, par L. de Mas-Latrie, 1888. — Les souscriptions de lettres dans la correspondance depuis le XVI° siècle jusqu'à nos jours, par Paul Dablin ; préf. par Georges Montorgueil, s. d. — De l'Enseignement des langues vivantes en France, par M. B. Lévy, 1865. — Observations et réflexions sur le développement de l'intelligence et du langage chez les enfants, par M. E. Egger, 1879.— Monuments des anciens idiomes gaulois par H. Monin. Texte. Linguistique, 1861. — Nouvelles et véritages étymologies médicales tirées du Gaulois, par Lenglet Mortier et Diogéne Vandamme, 1857. — Cahiers de remarques sur l'orthographe françoise... publiés avec une introduction, des notes et une table alphabétique, par Ch. Marty-Laveaux, 1863, in 16, demi-rel. dos et coins de mar. br., tête dor., non rog. [Tiré à 300 ex. (n° 165)].

523. Littré (E.). Dictionnaire de médecine, de chirurgie, de pharmacie, de l'art vétérinaire et des sciences qui s'y rapportent, etc. 18° édition, mise au courant des progrès des sciences médicales et biologiques et de la pratique journalière. Illustrée de 602 figures intercalées dans le texte. *Paris, J.-B. Baillière et Fils*, 1898. 1 fort vol. gr. in-8 à 2 col., demi-rel., mar. rouge, tr. peig. (*Dupré*).

524. Livres d'Etrennes, 8 vol. in-4, cart. des Editeurs.

Berquin. L'Ami des Enfants. Illustrations de H. Gerbault. Introduction par M. L. Tarsot. *Paris, H. Laurens, s. d.* — Les Contes de Perrault, illustrés, par E. Courboin, Fraipont, Geoffroy, Gerbault, Job, L. Morin, Robida, Vimar, Vogel, Zier. Introduction par M. Gustave Larroumet. *Paris, H. Laurens, s. d.* — M. Hurluberlu et ses déplorables aventures. Texte et dessins (en couleurs), par Bertall. *Paris, Hachette et Cie,* 1878. — Mlle Marie Sans Soin, par Bertall. *Paris, Hachette et Cie, s. d.* — La Princesse Eblouissante, par Ernest L'Epine (Manuel). Illustré de 53 vignettes par Bertall. *Paris, Hachette et Cie,* 1870. — Contes des Fées, par Mme Le Lasseur, née Perrier. Illustrés par Bertall. *Paris, A. Vertou, s. d.* — Cahun. La Bannière Bleue. Illustré de 73 gravures dessinées sur bois par J. Lix. *Paris, Hachette et Cie,* 1905. Les Petits Ménétriers de Duguay-Trouin, par J. Chancel. *Paris, Delagrave, s. d.*

525. Loftie (W. J). The Colour of London ; historic, personnal, and local Illustrated by Yoshio Markino. With an introduction par M. H. Spielmann, F. S. A., and an essay by the artist. *London, Chatto and Windus,* 1907, in-4, tr. nombr. pl. hors-texte en coul., non rog., préparé pour la reliure.

« Of this special edition of *London* two hundred and fifty copies have been printed, of which only two hundred and forty-three are for Sale. This is n° 1 ».

526. Loliée (Frédéric). La Comédie Française. Histoire de la Maison de Molière, de 1658 à 1907. Ouvrage illustré de 34 planches sur cuivre et 200 gravures sur bois, dont cent compositions de Georges Scott. Préface de Paul Hervieu. *Paris, L. Lareur,* 1907, gr. in-8, pap. vél., titre r. et n., br. n. c., couv.

527. Lorrain (Jean). Ma Petite Ville — Le Miracle de Bretagne — Un Veuvage d'Amour. Illustrations à l'aquarelle de Manuel Orazi, gravées à l'eau-forte par Frédéric Massé, et imprimées sur couleurs. Vignettes décoratives de Léon Rudincki. *Paris, L. Henry May,* 1898, pet. in-4 carré, br., couv.

Tiré à **300** exemplaires numérotés (n° 234).
L'un des 250 sur papier vélin à la Cuve de Rives.

528. Lorris (Guill. de). Le Rommant de la rose. Imprimé à Paris (par Jehan du Pré). *Paris, Delarue, éditeur, rue des Grands-Augustins*, 1878, in-4 goth. à 2 col., fig. sur bois, br., couv.

Cette reproduction fac-simile de l'édition Jehan Dupré (XVe siècle) a été tirée à 330 exemplaires numérotés (n° XIX). L'un des XX sur papier vergé extra-fort.

529. Losques (de). Album de Losques. Couloirs et Coulisses. Préface de Francis de Croisset. *S. l. n. d.* Album gr. in-4 obl. en portefeuille.

28 planches en couleurs par de Losques. — Manquent 2 planches.
Exemplaire n° 15 numéroté et signé par l'artiste.

530. Loti (Pierre). La Chanson des Vieux Epoux. Aquarelles d'après Henri Somm. *Paris, Librairie Conquet. J. Carteret et Cie, succ.*, 1899, in-16, br.

Edition originale avec la couverture illustrée.
L'un des exemplaires tirés sur **papier du Japon**, non mis dans le commerce.

531. LOTZ-BRISSONNEAU (A.). L'OEuvre gravé de Auguste Lepère. Catalogue descriptif et analytique orné de 5 planches originales et de quinze reproductions hors-texte. Préface de Léonce Bénédite. *Paris, chez Edmond Sagot, s. d.* (1905). gr. in-8, fig., br., couv.

Edition tirée à **125** exemplaires numérotés à la Presse et timbrés du monogramme de l'auteur (n° 2).

532. Luther. Mémoires, écrits par lui-même, par J. Michelet. *Paris, A. Delahays*, 1854, 2 vol. in-8, br., couv.

533. Lyonnet (Henry). Histoire du Théâtre. Dictionnaire des Comédiens Français (ceux d'hier). Biographie. Bibliographie. Iconographie. Ouvrage illustré de nombreux portraits, autographes, vues, scènes, etc. (Tome 1er Fascicules 1 à 40). *Paris, E. Jorel, s. d.*, gr. in-8 à 2 col., br., couv.

534. Mahan (Captain A. T.). Sea Power in its Relations to the War of 1812. *London, Sampson Low, Marston and company*, 1905, 2 vol. in-8 carré, portr., fig. et cartes, cart. toile bleue, fers spéciaux, têtes dor., non rog. (*Cart. des édit.*).

535. Maillard (Firmin). Les Derniers Bohèmes — Henry Murger et son temps. *Paris, Sartorius*, 1874, in-12, br.

Edition originale, avec la couverture illustrée du portrait de Mimi.

536. Maillard (Léon). Etudes sur Quelques Artistes originaux. — Henri Boutet, graveur et pastelliste. *Paris, H. Floury*, 1894-95, 2 vol. pet. in-4, portr., nombreuses illustrations marginales, et planches hors texte, en noir et en couleurs et eaux-fortes, br., couv. illust.

L'un des **38** exemplaires sur **papier du Japon** avec deux états du tirage des planches (n° 28).

537. Maillard (Léon). L'OEuvre de Auguste Boulard. *Paris, H. Floury*, 1896, gr. in-8, br., couv. illust.

1 portrait, 1 fleuron, vignettes dans le texte et figures hors texte.
Envoi autographe signé.
L'un des **50** exemplaires tirés sur **papier du Japon** (n° 4), contenant un triple état des planches hors texte.

538. MAINDRON (Ernest). Les Affiches illustrées. Ouvrage orné de 20 chromolithographies par Jules Chéret, et de nombreuses reproductions en noir et en couleurs, d'après les documents originaux. *Paris, H. Launette et Cie,* 1886, 1 vol. — Les Affiches illustrées (1886-1895). Ouvrage orné de 64 lithographies en couleurs et de 102 reproductions en noir et en couleur, d'après les affiches originales des meilleurs artistes. *Paris, G. Boudet,* 1896, 1 vol. — Les Affiches Etrangères illustrées, par MM. M. Bauwens, T. Hayashi. La Forgue. Meier-Graefe. J. Pennell. Ouvrage orné de 62 lithographies en couleurs et de 150 reproductions en noir et en couleurs, d'après les affiches originales des meilleurs artistes. *Paris, G. Boudet,* 1897, 1 vol. — Ensemble 3 vol. in-4, pap. vél., titre r. et n., br., couv. illust.

Sur le premier ouvrage : Envoi autographe de Jules Chéret, aux bons amis Duez et Cadet.

539. Maindron (Ernest). Le Champ de Mars (1751-1889). Ouvrage illustré de 70 lettres ornées par J. Adeline et de 114 reproductions d'après les documents originaux. *Lille et Paris,* 1889. gr. in-8, br., couv.

540. Maindron (Ernest). Marionnettes et Guignols. Les poupées agissantes et parlantes à travers les âges. Ouvrage illustré de 8 planches en couleurs et de 148 planches ou figures en noir, d'après les documents originaux. *Paris, F. Juven, s. d.,* gr. in-8, br., couv.

Exemplaire tiré sur papier du Japon, contenant le tirage à part sur Chine volant de toutes les illustrations en noir.

541. Maitre (Léon). L'Ancienne Baronnie de la Roche-Bernard. *Nantes. E. Grimaud.* 1893. in-4, pap. de Holl., titre r. et n., planches hors texte, br., couv.

Tiré à 150 exemplaires numérotés (n° 39), imprimé au nom de M. Paul Mirabaud.

542. Maîtres de l'Affiche (Les). Publication mensuelle contenant la reproduction des plus belles affiches illustrées des grands artistes français et étrangers, éditée par l'Imprimerie Chaix. Préfaces par Roger Marx. *Paris,* années 1896 à 1900. 5 albums in-fol. en 60 livraisons, planches en couleurs.

543. Malte-Brun. Géographie Universelle, ou Description de toutes les parties du monde, sur un plan nouveau. d'après les grandes divisions naturelles du globe. 5e édit., revue, corrigée et augmentée de toutes les nouvelles découvertes, par J.-J. N. Huot. *Paris, Furne et Cie.* 1841-45. 6 vol. gr. in-8 à 2 col., nombreuses planches hors texte. demi-rel. chag. bleu. dos ornés. tr. marb. (*Rel. de l'époque*).

Déchirure au titre du tome Ier, et taches de rousseur.
On y joint : Mager (Henri). Atlas complet de Géographie en relief. *Paris, s. d., in-4,* de 28 cartes en couleurs. — Grand Atlas de Géographie physique et politique, par Emile Levasseur. *Paris, Delagrave, s. d.,* gr. in-4, demi-rel. mar. bleu, tr. peig. (*Dupré*). — Atlas Universel de Géographie, physique, politique, ancienne et moderne, contenant les cartes générales et particulières de toutes les parties du monde. Nouv. édition composée de 65 feuilles, par A. Brué. *Paris, s. d., in-fol., demi-rel. veau brun (Rel. fatiguée).* — Hand Atlas über Alle Theile der Erde, und über das Weltgebande. herausgegeben von Adolf Stieler. *Gotha. Justus Perthes, s. d., gr.* in-4 obl., demi-rel. chag.

544. Margoliouth (D. S.). Caira : Jérusalem ; Damascus. Three chief cities of the Egyptian Sultans. With illustrations in colour by W. S. S. Tyrwhitt, R. B. A., and additional plates by Reginald Barratt, A. R. W. S. *London, Chatto and Windus.* 1907, in-4, très nombr.

pl. en coul. hors texte, tête dor., non rog., préparée pour la reliure.

« Of this special edition of *Cairo* one hundred and twelve copies have been printed,
of which only one hundred and five are for Sale. This is n· 1 ».

545. Marine. 4 vol. in-8, br., couv.

Charmes (Gabriel). La Réforme de la Marine. *Paris*, 1886. — La Marine de Guerre.
Six mois rue Royale, par Edouard Lockroy. *Paris*, 1897 (manque le faux titre). — La
Défense Navale, par Edouard Lockroy. *Paris*, 1900. (Envoi autog. de l'auteur). — Le
Péril National, par l'amiral Bienaimé et P. Colliard. *Paris, s, d.*

546. Marine. 6 vol. in-12, br., couv.

Les Abus dans la Marine. Lettres adressées au Temps, par Paul Bourde. *Paris*, 1888.
— La Marine et le Progrès, les luttes de l'avenir par la science, par les millions, par
M. Loir et G. de Caqueray. *Paris*, 1901. — Les Marines Française et Allemande, par
Edouard Lockroy. *Paris*, 1904. — La Marine russe dans la Guerre russo-japonaise, par
le Capitaine de frégate N.-L. Klado, traduit avec l'autorisation de l'auteur, par René
Marchand, avec portraits et croquis. *Paris*, 1905. — Les Enseignements Maritimes de
la Guerre Russo-Japonaise, par J.-L. de Lanessan. *Paris*, 1905. — Bos (Charles). La Marine qu'il nous faut, avec une Préface de Edouard Lockroy. *Paris*, 1906.

547. Marine. 7 vol. in-12, br., couv.

Les Ports de la Grande-Bretagne, par L. Simonin. *Paris*, 1884. — Notre Marine Mar-
chande, par Charles Roux. *Paris*, 1898. — La Défense de nos Côtes, par Cabart-Danne-
ville *Paris*, 1895. — Les Chemins du rêve. Journal de Bord sentimental, par Jean de
La Jaline. *Paris*, 1905. — La Faillite du Cuirassé, par Alfred Duquet. *Paris*, 1906. —
Abeille (Léonce). Marine Française et Marines Etrangères, politique navale des grandes
puissances, etc. *Paris*, 1906. — La Marine d'aujourd'hui, par le vice-amiral Jurien de
la Gravière. *Paris*, 1872, demi-rel. chag. vert.

548. MARTY (André). L'Histoire de Notre-Dame de Paris d'après
les estampes, dessins, miniatures, tableaux exécutés aux XVe, XVIe,
XVIIe, XVIIIe et XIXe siècles, par Aveline, Bérain, Blondel, Bollery,
Bosse, Jacques Cellier, C. N. Cochin, Corot, Courvoisier, Gros, Isa-
bey, Jaime, Jollain, Le Clère, Lemercier, Marot, Méryon, Mon-
cornel, Perrier et Fontaine, Pérelle, Picart, Prieur, Raffet, Sergent
Marceau, Israel Silvestre, Testard et Roger, Vierge, Viollet-Leduc,
etc. Fac-similés des originaux, accompagnés d'un résumé chronologique et d'une bibliographie, par André Marty. *Paris, chez l'auteur*, 1907, gr. in-4, pap. de Holl., titre r. et n., fig., br., couv.

Ouvrage orné de 100 planches hors texte, en noir, en couleurs, en héliogravure, etc.
Tiré à **125** exemplaires numérotés (n· 32).

549. Maspero (G.). Histoire ancienne des peuples de l'Orient Clas-
sique. — Les Origines, Egypte et Chaldée. — Les Premières mêlées
des Peuples. *Paris, Hachette et Cie*, 1895-1897, 2 vol. gr. in-8,
nombr. fig. dans le texte et planches hors texte, br., couv.

550. Masson (Frédéric). L'Impératrice Marie-Louise, illustrations
d'après des documents contemporains. *Paris, Manzi, Joyant et
Cie*, 1902, in-4, br., couv.

Exemplaire tiré sur papier de Rives. Planches imprimées en camaïeux divers. Frontispice en couleurs.

551. Masson (Frédéric). Napoléon et son Fils. Illustrations d'après
les Documents contemporains. *Paris, Manzi, Joyant et Cie*, 1904,
in-4, br., couv.

Exemplaire sur papier de Rives. Planches imprimées en camaïeux, deux planches fac-
similé en couleurs.

552. Masson and Fulleylove. Edinburgh Painted by John Fulleylove, R. I. Described by Rosaline Masson, with twenty-one-full-

page illustrations in colour. *London, Adam and Charles Black*. 1904, in-4, non rog., préparé pour la reliure.

« The edition de luxe is limited to two hundred and fifty copies, of which this is n° 39 ».

553. MAUCLAIR (Camille). Jean-Baptiste Greuze. Introduction de Henry Marcel, administrateur général de la Bibliothèque Nationale (Suivi du Catalogue raisonné de l'œuvre peint et dessiné de J.-B. Greuze, établi par les soins de M. J. Martin, Conservateur du Musée Greuze à Tournus, avec la collaboration de M. Ch. Masson, Conservateur-Adjoint au Musée du Luxembourg. *Paris, l'Edition d'Art. H. Piazza et Cie*, s. d., gr. in-4, fig., en feuilles.

Ouvrage contenant 60 héliogravures dont 40 héliogravures hors texte (10 en couleurs) L'un des 500 exemplaires tirés sur papier vélin vergé (n° 257).

554. Maupassant (Guy de). Bel-Ami. — Boule de Suif. — Fort comme la Mort. — Le Rosier de Mme Husson. — Sur l'Eau. — Une Vie. *Paris, P. Ollendorff*, 1902-1904, 6 vol. in-12 carré, avec illustrations, br., couv. illust.

555. MAUPASSANT (Guy de). Boule de Suif. Compositions de François Thévenot, gravures sur bois de A. Romagnol. *Paris, A. Magnier*, 1897, in-8 raisin, br., couv. impr. en couleurs.

De la Collection des Dix.
Exemplaire tiré sur papier vélin de cuve, contenant un tirage à part, sur Chine, des illustrations du texte et une triple suite des hors texte.

556. Maupassant (Guy de). Des Vers. *Paris, G. Charpentier*, 1880, in-12, br.

Edition originale, avec la couverture.

557. Maupassant (Guy de). En Famille. Trente-deux compositions en couleurs de Pierre Vidal. *Paris, A. Blaizot*, 1905, gr. in-8, br., couv.

Tiré à 150 exemplaires numérotés (n° 124).
L'un des **140** exemplaires sur **papier vélin d'Arches** contenant un état des eaux-fortes.

558. MAUPASSANT (Guy de). Hautot père et fils. — *Paris, Imprimé pour la Société des Bibliophiles Contemporains*, 1892, gr. in-8, illustré par G. Jeanniot, br., couv.

Ce présent Conte a été illustré par Georges Jeanniot dont les compositions héliogravées en creux ont été retouchées à l'eau-forte et au burin par Henri Manesse, et tirées en taille-douce polychrome par la Maison Wittman, sous la Direction du Président Octave Uzanne. Le texte composé en italique spéciale de la fonderie Peignot a été tiré sur les presses à bras de l'Ancienne Maison Quantin.

559. Maupassant (Guy de). La Maison Tellier. — Boule de Suif. — Une Vie. *Paris, L. Conard*, 1908, 3 vol. pet. in-8, pap. vergé, portr., br., couv.

560. Maupassant (Guy de). Pierre et Jean, illustré par Ernest Duez et Albert Lynch. *Paris, Boussod, Valadon et Cie*, 1888, in-4, illustré de 36 planches en photogravure, dont 18 hors texte, br., couv.

Exemplaire tiré sur papier vélin. Planches imprimées en noir.

561. MAUPASSANT (Guy de). **Le Vagabond**. Lithographies en couleurs par Steinlen. *Paris, Imprimé aux frais de la Société* *des Amis des Livres, par Ph. Renouard*, 1902, in-4, br., couv. illust. en couleurs.

Tiré à 115 exemplaires (n° 97).
Publié par les soins de M. Paul Villebœuf.

562. Mémoires et Souvenirs, 8 vol. in-8, br., couv.

Le Comte de Cavour, par Charles de Mazade. *Paris*, 1877. — Souvenirs de Alexis de Tocqueville, publiés par le Comte de Tocqueville. *Paris*, 1893. — Belleval (Marquis de). Souvenirs Contemporains. Le Comte de Chambord. La Duchesse de Parme. Napoléon III. Versailles et la Commune. *Paris*, 1900. — Mémoires de Charles Bocher (1816-1907), précédés des Souvenirs de Famille (1760-1816). *Paris, s. d.* — Lottin (Lieutenant). Le Général de Billy, d'après sa correspondance et ses papiers. Avec un portrait et une carte. *Paris*, 1901. — Souvenirs de Ma Vie Militaire (1792-1822), par le Commandant Vivien. *Paris*, 1906. — La Marquise de Boufflers et son fils le Chevalier de Boufflers, par Gaston Maugras. *Paris*, 1907. — Papiers inédits du Duc de Saint-Simon, Lettres et Dépêches sur l'Ambassade d'Espagne (Tableau de la Cour d'Espagne en 1721). *Paris*, 1880.

563. Mendès (Catulle). L'Evangile de l'enfance de Notre Seigneur Jésus-Christ selon Saint-Pierre, mis en français par Catulle Mendès d'après le manuscrit de l'abbaye de Saint-Wolfgang, compositions et encadrements de Carloz Schwabe. *Paris, A. Collin et Cie, s. d.,* in-4 encadrem. et fig. en couleurs, br., couv. illust.

564. Mendès (Catulle) Les Iles d'Amour, avec 6 eaux-fortes et 38 dessins originaux de G. Fraipont. *Paris, L. Frinzine et Cie,* 1886, in-4, br., couv. pap. Japon.

Exemplaire sur papier vergé.

565. Mendès (Catulle). Le Mouvement Poétique Français de 1867 à 1900. *Paris, Imprimerie Nationale. — E. Fasquelle, Editeur,* 1903, gr. in-8, br., couv

Rapport de M. le Ministre de l'Instruction publique et des Beaux-Arts, précédé de Réflexions sur la personnalité de l'esprit poétique de France, suivi d'un Dictionnaire bibliographique et critique et d'une nomenclature chronologique de la plupart des poètes français du XIX° siècle.

566. Menpes. Japan. A Record in colour by Mortimer Menpes. Transcribed by Dorothy Menpes. *Published by Adam and Charles Black : Soho Square. London. W.,* 1903, pet. in-4, très nombr. pl. en couleurs hors texte, cart. toile bleue, fers spéciaux, tête dor., non rog. *(Cart. des édit.).*

567. Menpes. The Durbar, by Mortimer Menpes. Text by Dorothy Menpes. *Published by Adam and Charles Black. London. W.,* s. d. (1903), pet. in-4, très nombr. pl. en coul. hors texte, cart. toile, fers spéciaux, tête dor., non rog. *(Cart. des édit.).*

568. Menpes. Venice, by Mortimer Menpes ; text by Dorothy Menpes. *Published by Adam and Charles Black. London W., s. d.* [1904], fort vol. in-4, très nombreuses planches en couleurs hors texte, cart. toile, fers spéciaux, tête dor., non rog. *(Cart. des éditeurs).*

« The edition de luxe is limited to five hundred copies, of which this is n° 39 ». — Signature autogr. de l'illustrateur au verso du faux titre.

569. Menpes. War Impressions. Being a Record in colour by Mortimer Menpes. Transcribed by Dorothy Menpes. *Published by Adam and Charles Black. Soho Square. London. W. s. d.* (v. 1901), pet. in-4, très nombr. pl. et portr. en couleurs, hors texte et « facsimile letters », cart. toile verte, fers spéciaux, tête dor., non rog. *(Cart. des édit.).*

570. **Menpes** (Mortimer). Whistler as I Knew Him. *London, Adam and Charles Black*, 1904, fort. vol. in-4, portrait et très nombreuses planches hors texte, cart. toile, tête dor., non rog. (*Cart. des édit.*).

    « The edition de luxe is limited to five hundred copies, of which this is n° 110 ». — Signature autographe de l'auteur au verso du faux titre.

571. **Menpes**. World's Children, by Mortimer Menpes. Text by Dorothy Menpes. *Published by Adam and Charles Black. London. W., s. d.* (1903), pet. in-4, très nombr. pl. en couleurs hors texte, cart. toile bleue, fers spéciaux, tête dor., non rog. (*Cart. des édit.*)

572. **Menpes**. World Pictures, by Mortimer Menpes. Text by Dorothy Menpes. *Published by A. and C. Black. Soho Square London. W.* 1902, pet. in-4, très nombr. pl. en noir et en coul. hors texte et fig. dans le texte, cart. toile rouge, fers spéciaux, tête dor., non rog. (*Cart. des édit.*).

573. **Mérimée** (Prosper). Lettres à M. Panizzi. 1850-1870. Publiées par M. Louis Fagan, du Cabinet des Estampes au British Muséum. *Paris, Calmann Lévy*, 1881, 2 vol. in-8, portr., demi-rel. mar. La Vall., têtes peig., non rog.

574. **Michel** (Francisque). Etudes de philologie comparée sur l'argot et sur les idiomes analogues parlés en Europe et en Asie, par Francisque-Michel. Développement d'un mémoire couronné par l'Institut de France. *Paris, Firmin Didot et Cie*, 1856, gr. in-8 à 2 col., de LV et 546 pp., br., couv.

    Edition originale, avec la couverture. — Taches de rousseur.

575. **Michelet** (Jules). L'Amour. *Paris, Hachette et Cie*, 1858, in-12, br.

    Edition originale, avec la couverture au millésime de 1859.

576. **Michelet** (Jules). La Femme. *Paris, Hachette et Cie*, 1860, in-12, br.

    Edition originale, avec la couverture.

577. **Michelet** (Jules). Les Femmes de la Révolution. *Paris, A. Delahays*, 1854, in-12, br.

    Edition originale, avec la couverture.

578. **Michelet** (Jules). Histoire de France. Nouvelle édition, revue et augmentée. Avec illustrations par Vierge. *Paris, A. Lacroix et Cie*, 1876-1880, 19 vol, in-8, br., couv.

579. **Michelet** (Jules). Histoire Romaine. Première partie : République. *Paris, L. Hachette*, 1831, 2 vol. in-8, br.

    Edition originale, avec les couvertures.

580. **Michelet** (Jules). L'Insecte. Nouvelle édition illustrée de 140 vignettes sur bois, dessinées par H. Giacomelli. *Paris, Hachette et Cie*, 1876, gr. in-8, br., couv.

    Premier tirage.
    Envoi autographe de H. Giacomelli, à Alexandre Piédagnel.

581. **Michelet** (Jules). Jeanne d'Arc (1412-1432). Avec 10 eaux-fortes de Boilvin, Boulard, Champollion, Courtry, Géry-Bichard, Milius et

Monziès, d'après les Dessins de Bida. *Paris, Hachette et Cie,* 1888,
gr. in-8, pap. vél., titre r. et n., texte encadré d'un fil. rouge, br.,
couv.

Première édition illustrée.

582. **Michelet** (Jules). La Montagne. *Paris. A. Lacroix, Verboeck-
hoven et Cie,* 1868, in-12, br.

Édition originale, avec la couverture.

583. **Michelet** (Jules). L'Oiseau, huitième édition, illustrée de 210
vignettes sur bois, dessinées par H. Giacomelli. *Paris, Hachette et
Cie,* 1867, gr. in-8, pap. vél. teinté, titre r. et n., texte encadré d'un
double filet noir, br., couv.

Envoi autographe de l'auteur à M. A. Piédagnel.

584. **Michelet** (Jules). Le Peuple. *Paris, Comptoir des Imprimeurs-
Unis — Hachette — Paulin,* 1846, in-12, br.

Édition originale, avec la couverture.

585. **Michelet** (Jules). La Sorcière. *Paris, Collection Hetzel, E.
Dentu,* 1862, in-12, br.

Édition originale, avec la couverture.

586. **Michelet**. 4 vol. in-12, br. et demi-rel.

Pologne et Russie. Légende de Kosciusko. *Paris,* 1852. — L'Oiseau, Étude par François Coppée. *Paris,* 1898. — La Mer. Deuxième édition. *Paris,* 1861. — Sur les chemins
de l'Europe. Angleterre. Flandre. Hollande. Suisse. Lombardie. Tyrol. *Paris,* 1893.

587. **Michelet**. 7 vol. br., couv.

Mme J. Michelet. Mémoires d'une Enfant. *Paris,* 1867, in-12. — Jules Michelet par
Gabriel Monod, avec un portrait à l'eau-forte par Boilvin, un sonnet par G. Lafenestre
et un fac-simile. *Paris,* 1875, in-12. — Mme Michelet. La Tombe de Michelet. *Paris,*
1875, in-8. — Madame Michelet. La Mort et les Funérailles de Michelet. *Paris,* 1876,
in-8. — Eugène Noël. J. Michelet et ses enfants. *Paris,* 1878, in-8. — J. Michelet. Le
Banquet. Papiers intimes. Première édition. *Paris,* 1879, in-8. — Jules Michelet. Lettres
inédites adressées à Mlle Mialaret (Mme Michelet). *Paris, s. d.,* in-8.

588. **Michelet** et **Quinet**. Des Jésuites. *Paris. Hachette. — Paulin,*
1843, in-8, br.

Édition originale, avec la couverture.

589. **Michiels** (Alfred). Les Bucherons et les Schlitteurs des Vosges.
Dessins par Théophile Schuler. *Paris. Morizot, et Strasbourg. E.
Simon,* 1857, gr. in-4, avec 43 planches hors texte, tirées en bistre,
cart. illust. des Éditeurs, non rog.

590. **Millaud** (Albert). La Comédie du Jour sous la République Athénienne. Illustrations par Caran d'Ache. *Paris, Plon, Nourrit et Cie,
s. d.* (1886), in-8, carré, cart. toile des Éditeurs, fers spéciaux.

Premier tirage.

591. **Millaud** (A.). La Comédie du jour sous la République Athénienne.
Illustrations par Caran d'Ache. *Paris, Plon et Cie,* 1887, gr. in-8,
br., couv. illust.

592. **Millaud** (A.). Physiologies Parisiennes. Illustrations par Caran
d'Ache, Job et Trick. *Paris, Librairie illustrée, s. d.,* gr. in-8,
nomb. fig. dans le texte et planches hors-texte, br., couv. illust.

593. **MISTRAL** (Frédéric). Mireille. poème provençal. Traduction française de l'auteur, accompagnée du texte original, avec 25 eaux-fortes dessinées et gravées. par Eug. Burnand. et 53 dessins du même artiste, reproduits par le procédé Gillot. *Paris. Hachette et Cie*, 1884. in-fol., titre r. et n.. texte avec encadrements en couleur, en feuilles. dans une boite.

    L'un des exemplaires tirés sur papier du Japon.

594. **Mistral** (Frédéric). Les Secrets des Bestes. avec trente compositions de A. Robida. *Paris. H. Floury*, 1896. in-4. br.. couv. illust.

595. **Moisy** (Henri). Noms de famille Normands. étudiés dans leurs rapports avec la vieille langue et spécialement avec le Dialecte Normand ancien et moderne. *Paris. F. Vieweg*. 1875. in-8, br.. couv.

596. **Molière**. Œuvres complètes. avec les notes de tous les commentateurs (compilées par M. Jules Taschereau). *Paris. Lheureux (imp. de F. Didot)*. 1823-1824. 8 vol. in-8. port. par Deveria. gr. par Bertonnier. demi-rel.. veau brun (*Rel. de l'époque*).

597. **Molière**. Œuvres. précédées d'une notice sur sa vie et ses ouvrages, par M. Sainte-Beuve. Vignettes par Tony Johannot. *Paris. Paulin*. 1835-1836, 2 vol. gr. in-8. demi-rel.. veau vert. dos orné. tr. marb. (*Rel. de l'époque*).

    Exemplaire de premier tirage.

598. **Molière**. Œuvres. Accompagnées d'une vie de Molière. de Variantes. d'un Commentaire et d'un Glossaire. par Anatole France. *Paris. A. Lemerre*. 1876-1906. 7 vol. in-8. titres r. et n.. portr. à l'eau-forte par Ch. Courtry, br., couv.

    L'un des **152** exemplaires tirés sur **papier de Hollande** (n° 32) auquel on joint : la suite des 35 eaux-fortes d'après Boucher, gravées par Boilvin, Courtry, Rajon, Gaucherel, Milius, Massard, Greux, Mongin, Le Rat, Martinez (épreuves sur papier de Hollande avec la lettre).

599. **Monin** (Dr F.). Etude sur la Genèse des Patois. et en particulier du Roman ou Patois Lyonnais. suivie d'un essai comparatif de prose et prosodies romanes. *Paris. Dumoulin*. 1873. in-8. demi-rel.. dos et coins de mar. rouge. dos orné. fil. sur les plats. tête dor.. non rog. (*Magnin*).

600. **Monnier** (Henry). Scènes populaires dessinées à la plume. ornées d'un portrait de M. Prudhomme et d'un fac-similé de sa signature. *Paris. Leravasseur*. 1830. in-8. br.. couv.

    Première édition. avec la couverture. Déchirure au faux-titre.

601. **Monnier** (Henry). Scènes Populaires. dessinées à la plume. par Henri Monnier. Nouvelle édition. *Paris. Dentu*, 1879. 2 vol. in-8. titre r. et n.. br.. couv.

    Manque le premier plat de la couverture du tome 1er.

602. **Montagnac** (de). Lettres d'un soldat, neuf années de campagnes en Afrique. Correspondance inédite du Colonel de Montagnac. publiée par son neveu. *Paris. E. Plon. Nourrit et Cie*, 1885. in-8, port., demi-rel. mar. grenat. dos orné. tête dor.. non rog. (*Dupré*).

    Edition originale.

603. **Montaigne** (Les Essais de) avec notice, notes et glossaire, par MM. E. Courbet et Ch. Royer (Tomes I à IV). *Paris, Lemerre,* 1872-1877, 4 vol. in-8, titres r. et n., br., couv.

L'un des 150 exemplaires tirés sur papier de Hollande (n° 5).

604. **Montgailhard** (Guy de). Lecomte du Noüy. *Paris, A. Lahure,* 1906, gr. in-4, br., couv.

Orné de gravures dans le texte et de nombreuses planches hors-texte en héliogravure.

605. **Moreau** (Hégésippe). Le Myosotis. Nouvelle édition augmentée du Diogène et de pièces posthumes inédites et précédée d'une notice biographique, par M. Sainte-Marie Marcotte. *Paris, P. Masgana,* 1840, in-12, br.

Édition originale du format in-12, avec la couverture au nom de Charpentier à la date de 1842.

606. **Morel** (Emile). Les Gueules Noires. Préface de Paul Adam. Illustré de 15 Lithographies hors-texte et Vignettes par Steinlen. *Paris, E. Sansot et Cie,* 1907, pet. in-4, pap. vergé de Holl., br., couv. illust.

Édition originale, avec la couverture.

607. **Morin** (Louis). Histoires d'autrefois. — Jeannick, 87 dessins de l'auteur. Le Cabaret du Puits-sans-Vin, 95 dessins de l'auteur. — Les Amours de Gilles, 178 dessins de l'auteur. *Paris,* 1885. — Ens. 3 vol. in-8, fig., br., couv. illust.

608. **Morin** (Louis). Vieille Idylle, 12 pointes sèches et 20 ornements typographiques par l'auteur. *Paris, L. Conquet,* 1891, in-16, titre r. et n., br., couv. impr. en couleurs.

Il complète tiré sur papier vélin, non mis dans le commerce.

609. **Morot** (Aimé). L'OEuvre d'Aimé Morot, Membre de l'Académie des Beaux-Arts, avec une Introduction de M. Ch. Moreau-Vauthier. *Paris, Hachette et Cie,* 1906, in-fol. contenant 60 reproductions de tableaux et un portrait de l'artiste, en feuilles.

Tiré à 500 exemplaires numérotés à la presse et signés par l'artiste (n° 301).

610. **Mouton** (Eugène). Histoire de l'Invalide à la tête de Bois. — Le Squelette homogène. — Le Bœuf. — Le Coq du Clocher. Illustrations de G. Clairin. *Paris, L. Baschet, s. d.,* in-4, br., couv. imp. en coul.

L'un des 30 exemplaires tirés sur papier du Japon (n° 23) orné d'un **dessin original** à l'encre de Chine de **G. Clairin,** l'illustrateur du livre.

611. **Münchhausen** (Aventures du Baron de), traduction nouvelle par Théophile Gautier fils, illustrées par Gustave Doré. *Paris, Ch. Furne, s. d.* (1862), in-4, nombreuses illustrations dans le texte et hors-texte, cart. toile rouge, non rog., de l'éditeur.

Premier tirage des illustrations de G. Doré. — Déchirure dans la marge du bas au portrait du Baron de Münchhausen.

612. **Munster** (Baron de). Quintessence de l'Economie Politique transcendante, à l'usage des électeurs et des philosophes. Traduit de l'allemand par Emmanuel Lecoq. Dessins de Henry Monnier. *Paris, Dutertre,* 1842, 2 vol. in-16, br., couv. illust.

613. MUNTZ (Eugène). **Histoire de l'Art pendant la Renaissance.** — I. Italie, les Primitifs. — II. Italie, l'Âge d'or. — III. Italie, la Fin de la Renaissance. Michel-Ange — le Corrège — les Vénitiens. *Paris. Hachette et Cie,* 1889-1895. 3 vol. gr. in-8, avec nombreuses gravures dans le texte, planches hors-texte, en chromolithographie, en noir, etc. et cartes en couleurs, br., couv.

614. MURGER (Henry). **Scènes de la Vie de Bohème.** Compositions de Charles Léandre, gravées en couleurs par E. Decisy. *Paris. Librairie de la Collection des Dix. A. Romagnol. Éditeur.* 1902. gr. in-8. br., couv.

L'un des **200** exemplaires sur **papier vélin d'Arches** (n° 149), contenant l'état terminé avec lettre de toutes les illustrations, et la décomposition des couleurs d'une planche.

615. MUSSET (Alfred de). **Histoire d'un Merle blanc.** Compositions originales de Giacomelli, gravées au burin et à l'eau-forte par L. Boisson. *Paris. Librairie L. Conquet. — L. Carteret et Cie, succ.,* 1904. gr. in-8. br., couv, illust.

Tirage unique à **200** exemplaires de grand luxe sur **papier vélin** du Marais à la forme.

616. Musset (Alfred de). On ne badine pas avec l'Amour. Proverbe en 3 actes orné d'une couverture illustrée et de 35 lithographies originales par Louis Morin. *Paris, L. Carteret et Cie.* 1904. in-8. br., couv. illust. en couleurs.

Tirage unique à **200** exemplaires de grand luxe sur **papier vélin** du Marais à la forme (n° 136).

617. Musset (Alfred de). Rolla. Compositions de Georges Desvallières, reproduites en couleurs par Fortier et Marotte. *Paris. Librairie de la Collection des Dix. A. Romagnol.* 1906. gr. in-8, fig., br., couv. impr. en couleurs.

L'un des **175** exemplaires tirés sur **papier vélin** de cuve (n° 135), contenant un état des illustrations.

618. Musset (Alfred de). Illustrations pour les OEuvres de Alfred de Musset. Aquarelles par Eugène Lami. Eaux-fortes par Ad. Lalauze. *Paris. D. Morgand.* 1883. in-4. en feuilles, dans un emboîtage.

Collection de 60 planches gravées à l'eau-forte, y compris un titre, 4 grands frontispices et une table des sujets.
Exemplaire tiré sur **papier de Chine.**

619. Nadaillac (Marquis de). Les Premiers Hommes et les temps préhistoriques. Avec 12 planches et 244 figures dans le texte. *Paris, G. Masson.* 1881. 2 vol. in-8, demi-rel. chag. rouge poli. tr. peig.

620. Nadaud (G.). Une Idylle, avec 11 planches hors texte, d'après les dessins de Alb. Aublet. *Paris, librairie des bibliophiles.* 1883. gr. in-8, br., couv. repliée.

L'un des 70 exemplaires tirés sur papier du Japon (n° 13). Fait pour M. Edmond Rodier, contenant les planches hors texte en 2 états, *avec* la lettre et *avant* la lettre.

621. Napoléon Ier. 6 vol. ou broch. gr. in-8. in-8 et in-12. br., couv.

Bouchot (Henri). La Toilette à la Cour de Napoléon, chiffons et politique de grandes dames (1810-1815), d'après des documents inédits. *Paris. s. d.,* in-8. — Les Quadrilles à la Cour de Napoléon Ier (1806-1813), par Frédéric Masson. Eau-forte et Dessins par Eugène Courboin. *Paris.* 1904. in-16. pap. vél. du Marais (Tiré à 200 exemp. numérotés). — Vieux Soldats de Napoléon, par Gustave Schlumberger. Vignettes de MM. Paul

Chardin et Gusman, *Paris*, 1904, broch. gr. in-8. — Derniers Soldats de Napoléon, par Gustave Schlumberger. Dessins de Job. *Paris*, 1905, broch. gr. in-8. — Sainte-Hélène. Les Derniers Jours de l'Empereur, par Paul Frémeaux. *Paris, s, d.,* in-12. — Grand-Carteret (John). Napoléon en Images, estampes anglaises (Portraits et Caricatures). Avec 130 reproductions d'après les originaux. *Paris*, 1895, gr. in-8.

622. Napoléon. Lettres de Napoléon à Joséphine, pendant la première campagne d'Italie, le Consulat et l'Empire ; et Lettres de Joséphine à Napoléon et à sa fille. (Publiées par Mᵐᵉ Salvage de Faverolles). *Paris. Firmin Didot frères,* 1833, 2 vol. in-8, br. n. c., couv.

623. Necker. Eloge de Jean-Baptiste Colbert ; discours qui a remporté le prix de l'Académie Françoise, en 1773 (par Necker). *A Paris, chez Demonville,* 1776, in-8, mar. rouge, dos orné, large dent. dor. sur les plats, dent. intér., tr. dor. (*Rel. anc.*).

> Sur la garde, on lit cette note manuscrite de l'époque : « *Donné par Madame Necker.*»

624. Nénot (H.-P.). Monographie de la Nouvelle Sorbonne, par H.-P. Nénot, Membre de l'Institut, Architecte de la Sorbonne. Introduction par O. Gréard, Membre de l'Académie française. *Paris. Imprimerie Nationale,* 1903, in-fol., avec 50 planches hors texte, en héliogravure de Dujardin, en feuilles, dans un carton.

> Exemplaire auquel on lit sur le faux titre la mention suivante écrite à l'encre : « Exemplaire unique sur Japon.   P. Dujardin. »

625. Nicholson (William). Characters of Romance, by William Nicholson. *London, Published by William Heinemann,* 1900. Album in-fol. de 16 planches en couleurs, en portefeuille.

626. Nicholson (William). Douze Portraits par William Nicholson — Sa Majesté la Reine. — H. R. H. The Prince of Wales. — Sir Henry Irving. — Mr. Justice Hawkins. — The Archbishop of Canterbury.— W. E. Gladstone. — Madame Sarah Bernhardt. — Lord Roberts. — Mr. James Whistler. — Mr. Rudyard Kipling. — Mr. Cecil Rhodes. — Le Prince de Bismarck. *Paris. H. Floury, s. d.,* gr. in-4 de 12 planches, en portefeuille.

> Tiré à 100 exemplaires.

627. Nicholson (William). Twelve Portraits, by William Nicholson. *London. William Heinemann, Publisher,* 1899-1902. 2 Albums, gr. in-4, en portefeuilles.

> 24 portraits en couleurs par William Nicholson, savoir : H. M. The Queen — H. R. H. The Prince of Wales — Prince Bismarck — W. E. Gladstone — The Archbishop of Canterbury — Lord Roberts — Cecil Rhodes — Sir Henry Hawkins — James Mc Neill Whistler — Rudyard Kipling — Sir Henry Irving — Sarah Bernhardt — H. M. Queen Alexandra — The Kaiser — Pope Leo XIII — Président Roosevelt — Eleonora Duse — Li Hung Chang — Lord Kitchener — The Rt. Hon. Joseph Chamberlain — Thomas Edison — Sada Yacco — Mark Twain — Henrik Ibsen.

628. Nicholson (William). Twelve Portraits, by William Nicholson. Second Series. *London. William Heinemann, Publisher,* 1902. Album gr. in-4, en portefeuille.

> 12 portraits en couleurs par William Nicholson, savoir : H. M. Queen Alexandra — The Kaiser — Pope Leo XIII — Président Roosevelt — Eleonora Duse — Li Hung Chang — Lord Kitchener — The Rt. Hon. Joseph Chamberlain — Thomas Edison — Sada Yacco — Mark Twain — Henrik Ibsen.

629. Nietzsche (Frédéric). Ainsi parlait Zarathoustra. Un livre pour tout le monde et personne. Traduit par Henri Albert. *Paris. Société du Mercure de France. — Leipzig, C. G. Kaumann,* 1898, in-8, portrait, br., couv.

630. Nisard (Charles). Etude sur le Langage populaire, ou Patois de Paris et de sa banlieue, précédée d'un coup d'œil sur le commerce de la France au moyen âge, les chemins qu'il suivait, et l'influence qu'il a dû avoir sur le langage. *Paris, A. Franck,* 1872, in-8, br., couv.

631. Nisard (D.). Œuvres. *Paris,* 1859-1891, 9 vol. in-12, br., couv.

Etudes d'Histoire et de littérature, 1859. — Nouvelles études d'Histoire et de littérature, 1864 (nom à l'encre sur le titre). — Des Chansons populaires chez les anciens et chez les français, 1867, 2 vol. — Histoire de la Littérature française, 1889, 4 vol. — Essais sur l'Ecole romantique, 1891. (Envoi autographe).

632. Nodier (Charles). Contes — Trilby — Le Songe d'or — Baptiste Montauban — La Fée aux Miettes — La Combe de l'homme mort — Inès de Las Sierras — Smarra — La Neuvaine de la Chandeleur — La Légende de la sœur Béatrix. Eaux-fortes par Tony Johannot. *Paris, publié par J. Hetzel,* 1846, gr. in-8, br., couv.

Première édition illustrée de 8 eaux-fortes de Tony Johannot tirées sur Chine, avec le nom de l'artiste à la pointe.

633. NODIER (Charles). **Le Dernier Chapitre de mon Roman,** préface de Maurice Tourneux. Nouvelle édition illustrée de trente-trois compositions de Louis Morin. *Paris, L. Conquet,* 1895, in-8. Illustrations tirées en deux teintes superposées et rehaussées à l'aquarelle par l'artiste, en feuilles, dans un emboîtage.

Tirage unique à **200** exemplaires numérotés sur **papier vélin blanc** à la forme du Marais (n° 143).

634. NODIER (Charles). **Histoire du Chien de Brisquet,** précédée d'une lettre à Jeanne, par M. Anatole France, de l'Académie française. 25 Compositions de Steinlen, gravées par Deloche, E. Froment, E. et F. Florian. *Paris, E. Pelletan,* 1900, in-4, br., couv. imp. en couleurs.

Tiré à 127 exemplaires numérotés (n° 43).
L'un des 100 sur grand papier vélin à la cuve des papeteries du Marais.

635. NODIER (Charles). **Journal de l'expédition des portes de fer,** rédigé par Charles Nodier de l'Académie française. Ouvrage illustré de 200 vignettes grav. sur bois d'après Raffet, dont 40 grands sujets tirés à part sur papier de Chine et collés sur vélin. *Paris, Imprimerie royale,* 1844, gr. in-8 papier vélin, cart. non rogné.

Superbe livre illustré de figures hors texte sur papier de Chine, avant la lettre, et de nombreuses vignettes dans le texte d'après *Raffet, Decamps, Dauzats.*
Ce volume, un des chefs-d'œuvre de l'illustration au XIXe siècle, n'a été imprimé qu'à un petit nombre d'exemplaires destinés à être offerts en présent.

636. Noël (Edouard et Edmond) **Stoullig.** Les Annales du Théâtre et de la Musique, avec Préfaces par MM. Francisque Sarcey, Henri de Lapommeraye, Victorien Joncières, Emile Perrin, Jules Claretie, etc., etc. (Première année 1875 à Treizième année 1887). *Paris, Charpentier,* 1876-1888, 13 vol. in-12, br., couv.

On y joint les années 1896-1900-1905, avec Préfaces, par MM. A. Claveau, Lucien Muhlfeld, Jean Richepin. *Paris, P. Ollendorff,* 1897-1906, 3 vol. in-12, br., couv.

637. Noms propres. 5 vol. ou brochures.

I. Cte Hallez-Claparède. Des Noms propres. — II. Dictionnaire étymologique des noms propres d'hommes, par Paul Hecquet-Boucrand. — III. Le Nom, en droit romain et en droit français. Thèse pour le Doctorat par Henry Salveton. — IV. Etude philologique et liturgique sur les noms de baptême et les prénoms des chrétiens par l'abbé J. Corblet.— V. Dictionnaire des noms de baptême, par G. Beléze.

638. Noms propres. 9 brochures ou volumes.

I. Almanach des noms expliquant 2.800 noms de personnes.— II. Encyclopédie des noms propres par J. Sabatier. — III. Dictionnaire des noms vulgaires des habitants de diverses localités de France par M. L. Merlet. — IV. Etude sur la Langue française. De l'orthographe des noms propres et des mots étrangers introduits dans la langue par Théodore de Saussure. — V. Quelques noms gaulois par P. Charles Robert, de l'Institut. — VI. Origine et signification du nom de Franc par F. G. Bergmann. — VII. Des prénoms usités au Moyen-Age dans la région garonnaise. Raymond VII et Castelsarrasin par E. H. Rébouis. — VIII. Singularités de quelques noms propres par Bourdonné. — IX. Maugourit. Des noms propres (extr.). — X. Les noms de famille de Vendôme au XVIe siècle par Rigollot.

639. Noms de Lieux. 11 vol. ou brochures in-8, br., couv.

Essais Etymologiques sur les noms des lieux des Pyrénées Françaises et Espagnoles, etc. Extrait de l'histoire des Peuples Pyrénéens, par Cenac Moncaut. *Paris*, 1860. — Etude sur la signification des Noms de Lieux en France, par **A.** Houzé. *Paris*, 1864. — Etude sur la signification des noms des Communes de Provence, par Ed. Alexis. *Aix*, 1876. — Suite à l'Etude adressée en 1876, par Ed. Alexis, à un de ses Amis, sur la signification des noms des Communes de Provence. *Aix*, 1877. — Sobriquets des Villes et Villages de la Côte-d'Or, recueillis par Clément-Janin. Troisième partie. Arrondissement de Semur. *Dijon*, 1877. — Questions d'Etymologie et d'Orthographe. Noms de Lieux, Noms de Famille, par J.-L.-O. Puy de Labastie. *Paris*, 1882. — Ferrand (H.). De l'Orthographe des Noms de Lieux. Extrait de l'Annuaire du Club Alpin Français, 1884. *Paris*, 1882. — Les Noms Topographiques devant la Philologie, par Ferd. Pennier. *Paris*, 1886. — Etymologie des noms de lieux : Fol, Folie et leurs analogues, par Hippolyte Boyer (*Bourges*, 1886). — De l'Explication des Noms Géographiques et des noms de lieux, par E. Hanriot. *Paris*, 1887 — Méthode de Transcription rationnelle générale des Noms Géographiques (T. R. G.), par Christian Garnier (Extrait de la Revue de Géographie. *Paris*, 1899.

640. Nordenskiold (A.-E). Voyage de la Vega autour de l'Asie et de l'Europe, accompagné d'un résumé des voyages précédemment effectués le long des côtes septentrionales de l'ancien continent. Ouvrage traduit du Suédois avec l'autorisation de l'auteur, par MM. Charles Rabot et Charles Lallemand, contenant 293 gravures sur bois, 3 gravures sur acier et 18 cartes. *Paris, Hachette et Cie*, 1883-85, 2 vol. gr. in-8, br., couv.

641. Nordenskiold (A.-E.). La seconde expédition Suédoise au Grönland (L'Inlandsis et la Cote orientale) entreprise aux frais de M. Oscar Dickson, traduite du suédois avec l'autorisation de l'auteur, par Charles Rabot, et contenant 139 gravures sur bois et 5 cartes hors texte. *Paris, Hachette et Cie*, 1888, gr. in-8, br., couv.

642. Okey (T.). Paris and its story. Illustrated by Katherine Kimball and O. F. M. Ward. *London, J. M. Dent and Co ; New-York, The Macmillan Co*, 1904, in-4, très nombr. pl. en coul. hors texte et fig. dans le texte, en feuilles.

« This edition of the *Story of Paris*, is limited to one hundred and fifty copies, of which this is n° 58 ».

643. Okey (T.). Venice and its story. Illustrated by Nelly Erichsen, W. K. Kincheliff and O. F. M. Ward. *London, J. M. Dent and Co ; New-York, The Macmillan Co* ; 1903, in-4, très nombr. pl. en noir et en coul. hors texte et fig. dans le texte, cart. parch., ornem. et titre dor. sur le dos et les plats. tête dor., non rog. (*Cart. des édit.*).

« This edition is limited to 250 copies of which this copy is n° 27. »

644. Old Nick. La Chine ouverte. Aventures d'un Fan-Kouei dans le pays de Tsin, ouvrage illustré par Auguste Borget. *Paris. H. Fournier*, gr. in-8. nomb. fig. dans le texte et planches hors texte, en livraisons.

Exemplaire à l'état de neuf, en livraisons avec leurs couvertures.

645. Ollivier-Beauregard. La Caricature Égyptienne, historique, politique et morale. Description. Interprétation. — Chez les Pharaons, études égyptiennes. Histoire, Religion, Cryptographie, Caricature. *Paris, Thorin et Fils*. 1894-96. 2 vol. in-8. pap. vergé de Holl., titres r. et n., fig. dans le texte, et planches hors texte, br., couv.

646. Onofrio. (J.-B.). Essai d'un Glossaire des Patois de Lyonnais, Forez et Beaujolais. *Lyon. Scheuring*. 1864, in-8, demi-rel. dos et coins de mar. rouge, dos orné, fil. sur les plats, tête dor., non rog. (*Magnin*).

647. Orléans (Louis-Philippe, duc d'). Extrait de mon Journal du Mois de Mars. 1815. *A Twickenham, de l'imprimerie de G. White*. 1816, in-8, cart.

648. Orléans (Duc d'). A Travers la Banquise du Spitberg au Cap Philippe. Mai-Août 1905. *Paris. Plon-Nourrit et Cie*. 1907. gr. in-8, pap. vél. glacé, titre r. et n., fig., br., couv. illust.

Édition originale avec la couverture.
Cet ouvrage est accompagné d'un portrait en héliogravure, de 10 planches en couleurs et de profils de côtes d'après les originaux de E. Mérite, de 400 gravures en noir dans le texte et hors texte d'après des documents photographiques, et de 2 cartes dressées par le Commandant A. de Gerlache.

649. Orléans (Princes d'). 5 vol. in-12, br., couv.

Joinville (Prince). Vieux Souvenirs (1818-1848). Avec illustrations de l'auteur. *Paris*, 1894. — Souvenirs de Voyage, une visite à quelques champs de bataille de la vallée du Rhin, par Robert d'Orléans, duc de Chartres. *Paris*. 1870. — Sous le Danebrog — Souvenirs de la vie militaire en Danemark (1894-1899), par Jean d'Orléans, duc de Guise. *Paris, s. d.* — L'Ame du Voyageur, par Henri-Ph. d'Orléans. *Paris, s. d.* — Une Visite à l'Empereur Ménélick. Notes et Impressions de route, par le Prince Henri d'Orléans. *Paris, s. d.*

650. Orthographe et prononciation. 10 broch. ou vol.

I. Marcel Boulenger. La Querelle de l'orthographe. — II. Émile Faguet. Simplification simple de l'orthographe. III. Lombard-Martin. Rapport sur l'écriture phonétique (extrait de revue). — IV. La Réforme de l'orthographe. Lettre ouverte à M. le Ministre de l'Instruction publique par Ferdinand Brunot. — V. Parlons Français. Quelques remarques pratiques dont on pourra profiter en Suisse et ailleurs. — VI. Recueil de mots français dérivés de la langue grecque, mis en ordre par Didier Loubens. — VII. Recueil de mots français dérivés de la langue latine, mis en ordre par Didier Loubens. — VIII. Exercices français entièrement nouveaux extraits du Dictionnaire de l'Académie par P. Clairin. — IX. Pour la simplification de notre orthographe, par Paul Meyer. X. Traité de langue latine. Écriture et prononciation du latin savant et du latin populaire et Appendice sur le Chant dit des frères Arvales (neuf planches dont deux hors texte) par Georges Edon.

651. Palat (le Commandant). Bibliographie générale de la Guerre de 1870-1871. Répertoire alphabétique et raisonné des Publications de toute nature concernant la guerre franco-allemande, parues en France et à l'Etranger. *Paris, Berger-Levrault et Cie*, 1896, in-8, br., n. c., couv.

652. **Paris** (Le Comte de). Histoire de la Guerre Civile en Amérique. *Paris, M. Léry frères*, 1874-75, 4 vol. in-8, demi-rel. dos et coins de mar. vert, tête dor., non rog. (*Dupré*).

> On y joint : l'Atlas en feuilles.

653. **Paris** (Gaston). Aventures Merveilleuses de Huon de Bordeaux pair de France et de la belle Esclarmonde ainsi que du petit roi de Féerie Auberon, mises en nouveau langage, par Gaston Paris, de l'Académie Française. *Paris, Didot, s. d.*, in-4, br., couv.

> Ouvrage orné de 12 Aquarelles reproduites en fac-simile, d'encadrements de pages et d'une couverture en couleur par Orazi.

654. **Paris-Actrice**. — Paris-Avocat. — Paris-Bohème. — Paris-Boursier. — Paris-Comédien. — Paris-à-l'Exposition. — Paris-en-Omnibus. — Paris-Etranger. — Paris-en-Voyage. — Paris-Fumeur. Paris-Gagne-Petit. — Paris-Grisette. — Paris-Faublas. — Paris-Journaliste. — Paris-Mariage. — Paris-Médecin. — Paris-Propriétaire. — Paris-Rapin. — Paris-Restaurant. — Paris-Saltimbanque. — Paris-un-de-Plus. *Paris, A. Taride*, 1854-55, 21 vol. in-16, br., couv. illust.

655. **Paris** (Le Beau Pays de France). Paris en plein air. Texte de MM. A. Silvestre, H. Céard, G. Maillard, A. Lemoyne, Edm. Périer, Léo Claretie, etc., etc. Illustrations de MM. Guillemet, A. Giraldon, A.-F. Gorguet, Gérardin, G. Stein, G. Redon, etc., etc. Gravures et reproductions photographiques de la Bibliothèque Universelle en couleurs. *Paris, Bibliothèque Universelle en Couleurs*, 1891, in-4, demi-rel. mar. bleu, tête dor., non rog. (*Dupré*).

656. **PARIS QUI CRIE**. Petits Métiers. Notices par Albert Arnal, Ashbée, J. Claretie, Meilhac, etc., etc. Préface par Henri Béraldi, dessins de Pierre Vidal. *Paris, Imprimé pour les Amis des Livres, par G. Chamerot*, 1890, in-8 carré, br., couv. illust.

> Edition imprimée à 120 exemplaires (n° 84).
> Publié par les soins de M. Eugène Paillet.
> On y a joint 8 tirages à part (4 sur Chine et 4 sur papier fort).

657. **Paris qui s'en va**. 25 eaux-fortes par Léopold Flameng. Texte par Alfred Delvau, Th. Gautier, Arsène Houssaye, etc. *Paris, Jules Taride, s. d.*, in-fol. en feuilles, dans un carton.

> Manque la 1re eau-forte « Coup d'œil rétrospectif sur Paris ».
> On y a ajouté : 1° La Morgue, texte par Alfred Delvau, eau-forte par Léop. Flameng. — 2° Cabaret du Lapin blanc, et l'Ancien Pont au Change, 2 eaux-fortes par Léop. Flameng.

658. **Paris Vivant**. Le Journal, par Clovis Hugues, avec une Préface de Henri Bouchot. — Le Théâtre, par Francisque Sarcey. *Paris, Société artistique du livre illustré*, 1890-1893. — Ens. 2 vol. in-8, avec Dessins et Eaux-fortes de MM. A. Gérardin, A. Lepère, L. Moulignié, L. Tinayre, gravures sur bois de Cl. Bellenger, E. Dété, A. Lepère, F. Noël, H. Paillard, J. Tinayre, br., couv.

> Exemplaires numérotés sur papier vélin du Marais.

659. Paris. 14 vol. in-8, in-12 et in-16, br., couv.

Les Ruines de Paris en 1908. Documents officiels et inédits. Troisième édition très augmentée. s. d. — Charles Sellier. Curiosités historiques et pittoresques du Vieux Montmartre. 1904.— Georges Normandy. L'Heure qui passe ; masques de Paris ; visages de partout (1905-1906); préface de Clovis-Hugues. 1907. — Louis Morin. Carnavals parisiens. s. d. (envoi de l'auteur à Théod. Cahu). — Charles Benoist. Les Ouvrières de l'aiguille à Paris. Notes pour l'étude de la question sociale. 1895. — Henri Boucher. Souvenirs d'un parisien pendant la seconde République (1830-1852). 1908.— Les Ruines de Paris en 1875. Documents officiels et inédits. Deuxième édition. 1875. — La Parisienne. par Paul Perret ; dessins de Vernier. 1868. — Les Petits mystères de l'Hôtel des Ventes par Henri Rochefort. s. d. — Paris sous Louis XV. Rapports des inspecteurs de police au roi ; publiés et annotés par Camille Piton. 1905. — Pensées d'un gamin de Paris. par un écrivain pas bégueule mais anti pornographe ; dessins. 1888. — Jean-Bernard. La Vie de Paris. 1904-1906. 3 vol.

660. Pascal. Pensées, texte revu sur le mss. autographe, avec une préface et des notes, par A. Molinier. *Paris, Lemerre,* 1877-79. **2** vol. in-8, titres r. et n., portr. à l'eau-forte, br., couv.

L'un des 100 exemplaires tirés sur papier de Hollande (n° 35), avec double épreuve du portrait, en *noir* et en *sanguine.*

661. Pascal. Les Pensées de Pascal disposées suivant l'ordre du cahier autographe. Texte critique établi d'après le manuscrit original et les deux copies de la Bibliothèque Nationale avec les variantes des principales éditions, précédé d'une introduction. d'un tableau chronologique et de notes bibliographiques par G. Michaut [Extr. : Collectanea Friburgensia. Commentationes Academicæ universatis Friburgensis Helvetiorum. Fasciculus VI]. *Fribourg (Suisse). en vente à la Librairie de l'Université.* 1896. fort vol. in-4. masque de Pascal. br., couv.

662. Pasteur (L.). Etudes sur le Vin. ses maladies. causes qui les provoquent. Procédés nouveaux pour le conserver et pour le vieillir. *Paris. Imprimerie impériale (V. Masson et Fils).* 1866. in-8. fig. dans le texte et planches hors texte. br., couv.

663. PATER (Le). Commentaire et Compositions de A.-M. Mucha. *Paris. H. Piazza et Cie. s. d.* (1899). gr. in-4. br., couv., étui.

L'un des **50** exemplaires tirés sur **papier du Japon** (n° 11), contenant une aquarelle originale de A. Mucha, une suite en couleurs sur papier spécial à la forme du Marais et une suite en noir sur Chine.

664. Pavillons des puissances maritimes en 1819. Albums de 1 titre, 1 table et 32 planches coloriées; pl. encadr. d'un double fil. noir. cart. dos de bas. (*Cart. de l'édit.*).

665. Peignot (Gabriel). Manuel du Bibliophile, ou Traité du choix des Livres. *Dijon. V. Lagier.* 1823. 2 vol. in-8, br.

666. Pelle (Clément). L'Empire Chinois. illustré d'après des dessins pris sur les lieux. par Thomas Allom. avec les descriptions des mœurs. des coutumes. de l'architecture. de l'industrie et du peuple chinois. depuis les temps les plus reculés jusqu'à nos jours. par Clément Pelle. *Londres. Fisher. s. d.* (1840). 4 vol. in-4. avec nombreuses planches hors-texte. cart. toile bleue. fers spéciaux. tr. dor. (*Cart. de l'Éditeur*).

667. Perey (Lucien) et Gaston **Maugras.** Une Femme du Monde au XVIIIe siècle. La jeunesse de Madame d'Epinac. d'après des lettres et des documents inédits. — Dernières années de Madame d'Epinay, son salon et ses amis, d'après des lettres et des documents inédits. *Paris, Calmann-Lévy*, 1882-83. Ens. 2 vol. in-8, portr., demi-rel. chag. La Vallière poli, tête peig., non rog.

668. **Perrault**. Contes de Perrault, illustrés par Grandville, Gérard-Séguin, Gigoux, Lorents, Gavarni et Bertall. *Paris, E. Blanchard*, 1851, pet. in-8, br., couv. illust.

    Premier tirage avec la couverture.

669. **Perrault** (Ch.). Les Contes de Perrault, dessins par Gustave Doré, préface par P.-J. Stahl. *Paris, J. Hetzel; Didot*, 1862, in-fol., fig., br.

    Premier tirage des illustrations de G. Doré, avec les figures tirées sur papier de Chine. — Manque la couverture.

670. **Perrault** (Les Contes de). Dessins par Gustave Doré, préface par P.-J. Stahl. *Paris, J. Hetzel*, 1867, gr. in-4, cart. toile rouge, fers spéciaux, de l'éditeur.

671. **Perrot** (Georges). Souvenirs d'un Voyage en Asie Mineure. *Paris, M. Lévy frères*, 1867, in-8, br. n. coupé, couv.

672. **Pesce** (G.-L.). La Navigation Sous-Marine. *Paris, Vuibert et Nony*, 1906, gr. in-8, de 498 pp., pap. vél., titre r. et n., nombreuses illustrations dans le texte, br., couv.

673. **Phidias**. Les Frises du Parthénon. Vingt-deux planches reproduites par le procédé de phototypie de Tessié Du Motay et Maréchal, par G. Aroza et Cie. *Paris, A. Morel*, 1868, in-fol. en feuilles dans un carton.

674. **Philipon** (Ch.) et Louis **Huart**. Parodie du Juif-Errant. 300 vignettes par Cham. *Bruxelles, Société Belge de librairie, Hauman et Cie*, 1845, 1 tome en 6 livrais., in-8, br., couv.

675. **Photographie**. 9 vol. in-4 et in-12, br., couv.

    La Photographie est-elle un art? par R. de Sa Sizeranne. *Paris*, 1899. — Les Maîtres de la Photographie. *Paris, s. d.* — Les Insuccès en Photographie, causes et remèdes, par V. Cordier. *Paris*, 1880. — Le Gélatino-Bromure d'argent, sa préparation, son emploi, son développement, par E. Andra. *Paris*, 1884 (Taches et notes marginales à l'encre). — La Photographie instantanée, théorie et pratique, par Alb. Londe. *Paris*, 1886. — La Photographie Astronomique à l'Observatoire de Paris et la Carte du Ciel, par M. le Contre-Amiral E. Mouchez. *Paris*, 1887. — Hydroquinone et Potasse. Nouvelle méthode de développement à l'hydroquinone pour négatifs sur glaces et sur papier pelliculaires, par Georges Balagny. *Paris*, 1895. — Hydroquinone et Potasse. Nouvelle méthode de développement à l'hydroquinone, par Georges Balagny, *Paris*, 1894. — Le Paysage artistique en Photographie, avec le procédé au gélatino-bromure d'argent, par Frédéric Dillaye. Ouvrage orné de 130 illustrations. *Paris, s. d.*

676. **Physiologies**. 35 vol. in-18, br., couv.

    Physiologies : du Bas bleu, par Frédéric Soulié ; dessins par Vernier — du Carnaval, du cancan et de la cachucha, par un vilain masque ; dessins de Henri Emy — du célibataire et de la vieille fille, par L. Couailhac ; illustrations d'Henri Monnier — des Champs-Élysées, par une Ombre ; illustrée par Porret — du Créancier et du débiteur, par Maurice Alhoy ; vignettes de Jannet-Lange — du débardeur, texte par Maurice Alhoy ; dessins par Gavarni — de l'Écolier, par Edouard Ourliac, dessins par Gavarni — de l'Employé, par H. de Calzac ; dessin, par Trimolet — de l'Étudiant, par Louis Huart ; vignettes de MM. Trimolet et Maurisset — de la Femme la plus malheureuse du monde, par E. Lemoine ; dessins par Valentin — du Flaneur, par Louis Huart ; Vignettes de MM. Adolphe Daumier et Maurisset — du Gamin de Paris, galopin industriel, par E. Bourget ; illustrations de Markl — du garde national, par M. Louis Huart ; vignettes de MM. Maurisset et Trimolet — de l'homme à bonnes fortunes, par Edouard Lemoine ; dessins par Alophe et Janet-Lange — de l'Homme de Loi, par un homme de plume, vignettes de MM. Trimolet et Maurisset — de l'Homme marié par Paul de Kock, etc., etc.

677. Plaquettes humoristiques. Collection Vanier, 5 plaq. in-8, br., couv. illust.

> Exemplaire sur Chine.
> La Chanson du Colonel, tirée de la Femme à Papa. etc. Illustrée par H. de Sta. *Paris*, 1882. — Le Général Fricassier, par Nadar et de Sta. *Paris*, 1882. — Nos militaires, par H. de Sta. *Paris*, 1882. — Légende de l'Orphéoniste. Paroles de Laurent de Rillé. Dessins de Baric. *Paris*, 1883. — La Vie à Cheval, par H. de Sta. Texte par Léon Vanier. *Paris*, 1885.

678. Plon (Eugène). Benvenuto Cellini, orfèvre, médailleur, sculpteur. Recherches sur sa vie, sur son œuvre et sur les pièces qui lui sont attribuées. Eaux-fortes de Paul Le Rat. *Paris. E. Plon et Cie*, 1883. gr. in-4 jésus, en feuilles. dans un carton.

> Ouvrage illustré de 16 eaux-fortes de Paul Le Rat, 1 eau-forte de Baudran, 25 héliogravures de Dujardin, 4 héliogravures de Lemercier, 40 dessins de Kreutzberger, gravés par Guillaume frères, 2 gravures sur bois de Peulot.
> Exemplaire réservé, **papier de Hollande**, imprimé pour M. F. Glairon-Mondet, contenant 3 états des gravures hors-texte, dont un en sanguine et l'autre sur Chine volant. avant la lettre.

679. Poë (Edg.). Histoires extraordinaires et Nouvelles Histoires extraordinaires, traduites par Ch. Baudelaire. Edition illustrée de 26 gravures hors-texte à l'eau-forte et en héliogravure, par Abot. Chiffart. Méaulle, Vierge. etc. *Paris, Quantin*, 1884. 2 vol. in-8, pap. à la cuve, br., couv. illust.

680. Poë (Edg.). La Mille et Deuxième Nuit. conte inédit. illustré par And. Gill. *Paris, Librairie du Petit Journal, s. d..* pet. in-4 de 45 pp., cart. illust. (*Cart. de l'éditeur*).

681. Politique. 7 vol. in-12, br., couv.

> Grand Carteret (John). Crispi. Bismark et la Triple-Alliance. en caricatures. Avec 110 reproductions de caricatures italiennes, françaises et autres. *Paris*, 1891. — Gavard (Charles). Un Diplomate à Londres, lettres et notes (1871-1877). *Paris*, 1895. Loiseau (Charles). L'Equilibre adriatique (L'Italie et la question d'Orient). *Paris*, 1901. — Bérard (Victor). Questions extérieures (1901-1902). *Paris*, 1902. — Moulin (René). Une Année de Politique extérieure. *Paris*, 1905. — Bérard (Victor). La France et Guillaume II. *Paris*, 1907. — Chevalley (Abel). La Reine Victoria. sa vie. son rôle, son règne. Avec illustrations dans le texte. *Paris, s. d.*

682 Pont (l'Abbé G.). Origines du Patois de La Tarentaise ancienne Kentronie. Précis historique — Proverbes — Chansons. Parallèle avec le Patois de la Suisse romande, etc., etc. *Paris, Maisonneuve et Cie.* 1872. in-8, demi-rel. dos et coins de mar. rouge, dos orné, fil. sur les plats. tête dor.. non rog. (*Magnin*).

682 bis. Porchat (J.-J.). La Mission de Jeanne d'Arc, drame en cinq journées et en vers. par J.-J. Porchat. Tiré de la Bibliothèque universelle de Genève (Janvier 1844) ; broch. in-8 de 16 pp.. couv. pap. bleu.

683. Portefeuille d'un talon rouge. contenant des anecdotes galantes et secrettes de la cour de France. *A Paris. de l'imprimerie du comte de Paradès.* l'an 178... in-12 de 42 pp., en feuilles.

> Pièce rare. violente satire contre Marie-Antoinette.

684. Prévost (Marcel). Lettres à Françoise. *s. d.* — Monsieur et Madame Moloch. 1906. — Le Jardin secret. 1897. — Trois Nouvelles — Nimba — Le Mariage de Julienne — Le Moulin de Nazareth. 1898. *Paris*, 1897-1906. — Ens. 4 vol. in-12. br., couv.

> Les deux derniers ouvrages sont cart. dos de mar. citron. dos ornés, têtes dor.. non rog. (*Dupré*).

685. **Primitifs** (Ouvrages sur les). 4 vol. gr. in-8 et in-8, br. couv.

Lafenestre (Georges). Les Primitifs à Bruges et à Paris. 1900-1902-1904. Vieux Maîtres de France et des Pays-Bas. *Paris*, 1904. — Lafenestre (Georges). L'Exposition des Primitifs Français. *Paris*, 1904, gr. in-8 avec illustrations. — Bouchot (Henri). Les Primitifs Français (1292-1500). Complément documentaire au Catalogue officiel de l'Exposition. *Paris*, 1904. — Exposition des Primitifs Français au Palais du Louvre (Pavillon de Marsan) et à la Bibliothèque Nationale. Catalogue rédigé par MM. H. Bouchot, Léop. Delisle, J.-J. Guiffrey, etc., etc. Préface de M. G. Lafenestre. *Paris*, 1904, gr. in-8, avec illustrations.

686. **Quatrelles**. A Coups de fusil. Ouvrage illustré de Trente dessins originaux hors-texte par A. de Neuville. *Paris, G. Charpentier*, 1877, in-4, pap. vél., titre r. et n., br., couv.

Première édition.

687. **Quatrelles**. La Dame de Gai-Fredon, illustrations d'après les aquarelles et les dessins d'Eugène Courboin. *Paris, Hachette et Cie*, 1884, in-4, cart. perc., fers spéciaux, tr. r.

688. **Quatrelles**. Légende de la Vierge de Münster. Illustrations par Eug. Courboin. *Paris, Charpentier, s. d.*, gr. in-8, br., couv. illust.

689. **Quérard** (Œuvres posthumes de J.-M.), publiées par J. Brunet. Livres à clef. *Bordeaux, Ch. Lefebvre*, 1873, 2 vol. in-8, pap. de Holl., titres r. et n., br., couv.

Édition originale, avec les couvertures.
Tiré à 300 exemplaires numérotés (n° 112).

690. **Quérard**. Les Supercheries littéraires dévoilées. Seconde édition considérablement augmentée, publiée par Gustave Brunet et Pierre Jannet. *Paris, Paul Daffis*, 1869-1870, 3 vol. gr. in-8 à 2 col., demi-rel., mar. rouge, non rog.

691. **Quinet** (Edgar). Merlin l'Enchanteur. *Paris, Michel Lévy frères*, 1860, 2 vol. in-8, br.

Édition originale, avec les couvertures.

692. **Quinet** (Edgar). Œuvres. *Paris*, 1844-1872, 6 vol. in-8 et in-12, br., couv.

L'Ultramontanisme, ou l'Église Romaine et la Société moderne, 1844. — Révision, 1851. — La République, conditions de la régénération de la France, 1872. — Vie et mort du Génie Grec (inédit). Notes de M™ Edgar Quinet, *s. d.* — Cinquante ans d'amitié. Michelet-Quinet (1825-1875), par M™ Edgar Quinet *s. d.* — Westphal (Alfred). Lettres inédites d'Edgar Quinet, lettre-préface de M. Gabriel Monod, *s. d.*

693. **Rabelais**. Œuvres de Maistre François Rabelais. Accompagnées d'une Notice sur sa vie et ses ouvrages, d'une Etude bibliographique de Variantes, d'un Commentaire, d'une Table des noms propres et d'un Glossaire, par Ch. Marty-Laveaux (Tomes I à IV). *Paris, A. Lemerre*, 1868-1881, 4 tomes en 5 vol. in-8, br., couv.

L'un des 125 exemplaires tirés sur papier de Hollande (n° 2), avec la suite des 16 eaux-fortes dessinées par Bracquemond.

694. **Racine**. Œuvres complètes. Suite de 13 eaux-fortes d'après Gravelot, gravées par Monziès, Martinez et Lemaire. *Paris, Lemerre*, in-4, en feuilles, dans un carton.

Épreuves sur Hollande avant la lettre.

695. Rahir (Edouard). La Bibliothèque de l'Amateur. Guide sommaire à travers les Livres anciens les plus estimés et les principaux ouvrages modernes. *Paris. Librairie Morgand. — Ed. Rahir, succ.*, 1907, fort vol. in-8, fig. br., couv.

Avec 51 illustrations : figures, reliures, caractères et armoiries.
Épuisé. Rare.

696. Rambuteau (Mémoires du Comte de), publiés par son petit-fils. Avec une introduction et des notes par M. Georges Lecain. *Paris, Calmann-Lévy.* 1905, in-8, portraits et vignettes, br., couv.

Héliogravures de P. Dujardin. Vignettes spécialement dessinées par Paul Avril.

697. Randon. Mémoires du Maréchal Randon. *Paris, Typographie Lahure,* 1875-77. 2 vol. in-8, avec 2 cartes : 1º de l'Algérie, dressée au Dépôt de la Guerre ; 2º de la Kabylie du Djurjura et d'une partie de la Medjara, d'après les documents du Dépôt de la Guerre, demi-rel. dos et coins de mar. tête de nègre, tête dor., non rog. *(Dupré).*

Les cartes sont collées sur toile, et renfermées dans une boîte, même reliure que le texte.

698. RASSEMBLEMENTS (Les). Badauderies Parisiennes. Physiologies de la rue, observées et notées par P. Adam, A. Athys, V. Barrucand, L. Blum, E. Pilon, P. Veber et E. Veber, etc., etc. Prologue par Octave Uzanne. Gravures hors texte de Félix Vallotton, vignettes dans le texte par François Courboin. *Paris, imprimé pour les Bibliophiles Indépendants, chez H. Floury,* 1896, in-8 carré. br., couv. illust.

Édition tirée à 220 exemplaires numérotés (n· 15).

699. Raynouard. Lexique Roman, ou Dictionnaire de la langue des Troubadours, comparée avec les autres langues de l'Europe latine, précédé de nouvelles recherches historiques et philologiques, d'un résumé de la grammaire romane, d'un nouveau choix des poésies originales des Troubadours, et d'extraits de poèmes divers. *Paris, Silvestre,* 1844, 6 vol. in-8. br., couv.

700. Reclus (Onésime). Le Plus Beau Royaume sous le Ciel ; décrit par Onésime Reclus ; édité par Hachette et Cie ; imprimé par Paul Brodard. Deuxième édition. *Paris [Hachette et Cie],* 1901, in-4. pap. vergé, portrait-vignette au verso du faux titre, br., couv.

701. Regnier. Œuvres complètes, avec notice et notes par E. Courbet. *Paris, Lemerre.* 1875, in-8, br., couv.

L'un des 100 exemplaires numérotés sur papier de Hollande (n· 44).

702. Rémon (Georges). Intérieurs Modernes, par Georges Rémon. Architecte-Décorateur. *Paris, Librairie de l'Art ancien et moderne.* s. d. (1900). Album in-4 obl. de 60 planches en couleurs, en feuilles, dans un emboîtage.

Les planches de cet ouvrage ont été exécutées en fac-similé d'aquarelle par MM. Fortier-Marotte et imprimées sur papier fabriqué spécialement par MM. Breton et Cie.

703. Rémusat (Correspondance de M. de) pendant les premières années de la Restauration, publiée par son fils Paul de Rémusat (Tomes 1 et 2-1814-1817). *Paris, C. Lévy.* 1883. 2 vol. in-8. demi-rel. mar. bleu. dos ornés. tête peig., non rog.

6

704. RENAN (Ernest). **Prière sur l'Acropole.** Compositions de
H. Bellery-Desfontaines, gravées par Eugène Froment. *Paris, E.
Pelletan,* 1899, pet. in-4, br., couv., étui en chag. grenat, dos orné,
fil. et ornem. dor. sur les plats.

> Tiré à 400 exemplaires numérotés (n° 366). — L'un des **203** sur **papier vélin**
> à la cuve des papeteries du Marais.

705. Renard (Jules). Les Philippe ; précédés de Patric ! décorés de
cent et un bois originaux, dont huit camaïeux, de Paul Colin. *Paris, E. Pelletan,* 1907, gr. in-8, titre r. et n., br., couv.

706. RESTIF DE LA BRETONNE. La Dernière aventure
d'un homme de quarante-cinq ans ; nouvelle utile à plus d'un lec-
teur (par Restif de la Bretonne). *A Genève, et se trouve à Paris,
chés Regnault,* 1783, 2 vol. in-12, frontispices gravés, br., non rog.

707. Restif de la Bretonne. L'École des Pères. *En France, et à
Paris, chés la veuve Duchène, Humblot, Lejai et Dorez,* 1776,
3 vol. in-8, br., non rognés.

> Piqûres de vers dans la marge du fond au tome 1er.

708. Restif de la Bretonne. La Famille vertueuse. Lettres traduites
de l'anglais, par M. de la Bretonne. *A Paris, chés la veuve Duchesne,* 1767, 4 vol. in-12, br., non rognés.

> Nom à l'encre au verso du titre et au verso du dernier feuillet du tome 1er.

709. Restif de la Bretonne. Le Fin-Matois, ou histoire du Grand-
Taquin, traduite de l'espagnol de Quévédo, avec des Notes histo-
riques et politiques (par Restif de la Bretonne). *Imprimé à La
Haie,* 1776, 3 vol. in-12, br., non rognés.

> Le titre du tome 1er porte : Troisième partie.

710. Restif de la Bretonne. Les Françaises, ou XXXIV Exemples
choisis dans les mœurs actuelles, propres à diriger les filles, les
femmes, les épouses et les mères. *A Neufchâtel, et se trouve à
Paris, chés Guillot,* 1786, 4 vol. in-12, fig., br., non rognés.

> 34 figures numérotées, par Binet, ou non signées, et gravées par Giraud l'aîné ou non
> signées.
> Petit cachet sur les titres et quelques déchirures sur les marges du bord.

711. Restif de la Bretonne. La Paysane pervertie, ou les Dangers
de la ville : Histoire d'Ursule R***, sœur d'Edmond, le Paysan, mise
au jour d'après les véritables lettres des personnages. *A La Haie,
et se trouve à Paris, chez la dame veuve Duchesne,* 1784, 8 parties en 4 vol. — Les Figures de la Paysane pervertie, 1 vol. — Ens.
5 vol. in-12, fig., br., non rognés.

> 36 figures, dont 8 frontispices par Binet, gravées par Berthet, Giraud le jeune et Le-
> roy, ou non signées.
> Quelques mouillures.

712. Restif de la Bretonne. Philosophie de Monsieur Nicolas, par
l'auteur du cœur humain dévoilé (par Restif de la Bretonne). *A Paris, de l'imprimerie du Cercle Social* (1796) l'an V de la République française, 3 vol. in-12, br., non rog.

713. Restif de la Bretonne. Le Pied de Fanchette, ou l'Orpheline
française, histoire intéressante et morale (par Restif de la Bre-

tonne). *A La Haye, et se vend à Francfort, chez J. G. Eslinger,*
1769, 3 vol. pet. in-12, titre r. et n., demi-rel. veau fauve, tr.
marb.

714. Restif de la Bretonne. Les Posthumes, lettres reçues après
la mort du mari par sa femme, qui le croit à Florence, par feu
Cazotte. *Imprimé à Paris, à la maison; se vend chés Duchêne,
libraire,* 1802, 4 vol. in-12, br., non rognés.

715. Restif de la Bretonne. La Prévention nationale, action adaptée
à la scène, avec deux variantes et les faits qui lui servent de base.
A La Haie, et se trouve à Paris, chés Regnault, 1784, 3 vol. in-12,
br., non rognés.

> Titres ornés et 10 figures non signées.
> Petit cachet sur les titres.

716. Restif de la Bretonne. Les Veillées du Marais : ou Histoire
du grand Prince Oribeau, roi de Mommonie, au pays d'Evinland, et
de la vertueuse Princesse Oribelle, de Lagenie. *Imprimé à Water-
ford (Paris),* 1785, 4 vol. in-12, br., non rognés.

717. Reveilhac (P.). Etapes d'un Mobile parisien, avec 6 compositions de Sahib, gravées par Clapès. *Paris, Marpon et Flammarion,*
1886, in-12, br., couv.

> Edition originale, avec la couverture.
> L'un des **50** exemplaires tirés sur **papier du Japon** (n° 4), avec 3 états des gra-
> vures dont l'eau-forte pure.

718. Revue de l'Exposition Universelle de 1889. F.-G. Dumas,
directeur. — L. de Fourcaud, rédacteur en chef. *Paris, Motteroz.
— L. Baschet, s. d.,* 2 vol. in-4, nombreuses illustrations dans le
texte et planches hors-texte en noir et en couleurs, demi-rel. chag.
vert, plats toile, fers spéciaux, têtes dor., non rog. (*Rel. des Editeurs*).

719. Revue des Deux-Mondes (du 1er juillet 1833 à décembre
1835). *Paris,* 1833-1835, 3 années en 10 vol. gr. in-8, demi-rel. bas.,
dos ornés.

> Quelques mouillures et différence dans la reliure du tome 2 de l'année 1834.

720. Revue des Traditions Populaires (4e année. — 1889. —
Tome IV). *Paris, E. Leroux,* 1889, gr. in-8, avec illustrations dans
le texte, br. couv.

721. Reybaud (Louis). Jérôme Paturot à la recherche d'une position
sociale. Edition illustrée par J.-J. Grandville. *Paris, J.-J. Dubochet,
Le Chevalier et Cie,* 1846, gr. in-8, br.

> Exemplaire de premier tirage avec la couv. illust. — Taches de rousseur.

722. Richepin (Jean). La Chanson des Gueux. Suite de 7 dessins
originaux par Eugène Courboin. *Paris, M. Dreyfous,* 1883, in-12,
en feuilles, dans un carton.

> Epreuves en 2 états, en bistre avant la lettre sur Japon, en noir avec la lettre sur
> papier vélin.
> Plus 2 portraits de Jean Richepin, par E. de Liphart, épreuves sur Chine volant
> avant la lettre.

723. Richepin (Jean). Paysages et Coins de Rues. Illustrations en
couleurs dessinées et gravées sur bois par Auguste Lepère. Préface

de Georges Vicaire. *Paris. Librairie de la Collection des Dix*, 1900. in-8, br., couv. illust.

L'un des 200 exemplaires tirés sur papier vélin d'Arches.

724. Rigaud (Lucien). Dictionnaire d'argot moderne. *Paris, P. Ollendorff*, 1881. in-12. demi-rel. mar. vert, tête dor., non rog. (*Dupré*).

On y joint : Rigaud (Lucien). Dictionnaire du Jargon Parisien. L'Argot ancien et l'Argot moderne. *Paris, P. Ollendorff*, 1878, in-32. br., couv.

725. Robida (A.). La Grande Mascarade Parisienne. texte et dessins par A. Robida. *Paris, Librairie illustrée, s. d.*, 5 fasc. gr. in-8. br., couv.

On y joint : Voyages très extraordinaires de Saturnin Farandoul : texte et dessins par A. Robida. *Paris, Librairie illustrée, s. d.*, 4 fasc. gr. in-8, br., couv. (*Manque le 1er fascicule*).

726. Robida (A.). La Nef de Lutèce pour tous pérégrins et gentils-hômes voyageans es rües du mont viel quartier du Vieulx Paris inclyte. royalle et joyeuse cité. (Fait... par A. Robida maistre enlumineur et rubricquateur en la rüe des remparts a l'enseigne de la chèvre qui harpe. MDCCCC). *Se vend au Vieulx Paris a l'enseigne des trois Écritoires en la rüe des Vieilles Ecoles emprès sainct Julien des Ménestrels. Imprimé a Paris. pour Dorbon aisné, marchant libraire demuerdt emprès la rivière de Seine Quay des Grands Augustins, 53 ter l'an de grâce* MDCCCCV (1905). gr. in-8 tiré in-4. fig., cart. illust. en couleurs. non rog.

Exemplaire (nº XX) numéroté et signé par l'auteur.

727. Robida (A.). Le Voyage de M. Dumolet. texte et dessins par A. Robida. *Paris, G. Decaux, s. d.*, in-4. avec nombreuses illustrations dans le texte et planches hors texte. en noir et en couleurs. br., couv. illust.

728. Robida (A.) Œuvres. *Paris, s. d.*, 3 vol. in-12. br., couv.

Mesdames nos Aïeules, dix siècles d'élégances. Texte et Dessins par A. Robida. — L'Horloge des Siècles. Illustrations de l'auteur (Envoi autog. de l'auteur). — Le Porte-feuille d'un très vieux garçon. Illustré par l'auteur.

729. Rochefort (Henri). La Lanterne (Nº 1 — Samedi 31 mai 1868 au Nº 16 — Samedi 12 septembre 1868). — 2e série (Nº 1 — samedi 4 juillet 1874 au Nº 86 — Samedi 19 février 1876). — Ens. 102 numéros en 10 vol. in-18. rel.

Les numéros 1 à 16 de la première série sont rel. en 2 vol., en mar. roug. jans., dent. int., non rog. — Les numéros 1 a 86 de la deuxième série, sont rel. en 8 vol., demi-rel. bas. verte.

730. Rodocanachi (E.). La Femme italienne à l'époque de la Renaissance. Sa Vie privée et mondaine, son influence sociale. *Paris, Hachette et Cie*, 1907. fort vol. in-4. illustré de 76 planches hors texte. br. couv.

731. Roland (La Chanson de). Traduction nouvelle rhythmée et assonancée. Avec une Introduction et des Notes par L. Petit de Julleville. *Paris. A. Lemerre*, 1876. in-8. titre r. et n. br., couv.

L'un des **100** exemplaires tirés sur **papier de Hollande** (nº 37).

732. Rolland. Dictionnaire des Expressions vicieuses et des fautes de prononciation les plus communes dans les Départements Méridionaux, accompagnées de leurs corrections, d'après la Ve édition du Dictionnaire de l'Académie. Seconde édition. *Gap, J. Allier. s. d..* (1823), in-8, demi-rel. dos et coins de mar. vert. dos orné. fil. sur les plats. tête dor.. non rog. (*Magnin*).

Quelques mouillures.

733. **Rolland de Denus** (André). Les Anciennes Provinces de la France. Études étymologiques et ornomatologiques sur leur nom et celui de leurs habitants. Dictionnaire des Appellations Ethniques de la France et de ses Colonies. *Paris.* 1885-1889. Ens. 2 vol. gr. in-8. br.. couv.

734. **Roman du Renart** (Le). publié d'après les manuscrits de la Bibliothèque du Roi des XIIIe XIVe et XVe siècles. par M. D. M. Méon. *Paris. Treuttel et Würtz.* 1826. 4 vol.. fig. de Desenne.—Le Roman du Renart. Supplément. variantes et corrections, par P. Chabaille. *Paris. Silvestre.* 1835. 1 vol. — Ens. 5 vol. in-8. br.. couv.

Exemplaire sur grand papier vélin. avec les figures en 2 états. avant la lettre et eaux-fortes.
On y joint : Les Romans du Renard. examinés. analysés et comparés. d'après les textes manuscrits les plus anciens, etc.. par M. A. Rothe. *Paris, J. Techener.* 1845. in-8. br.. couv. papier.

735. **Romans contemporains.** 9 vol. in-12. br.. couv.

Chevassu (Francis). Visages. *Paris.* 1904. — Daudet (Ernest). Un Amour de Barras. *Paris,* 1895. — Doucet (Jérôme). Contes de Haute-Lisse et de la Fileuse. 101 illustrations de Alfred Garth-Jones. *Paris. s. d.* — Fromentin (Eugène). Dominique. *Paris.* 1905. — Janin (Jules). Les Amours du Chevalier de Fosseuse. *Paris.* 1867. — Mirbeau (Octave). Le Calvaire. Illustrations de Jeanniot. gravées sur bois par G. Lemoine. *Paris.* 1901. — Sarcey (Francisque). Etienne Moret. *Paris.* 1876 (manque le faux-titre et déchirure au titre). — Sienkiewicz (Henry K). Quo Vadis. roman des temps néroniens, traduction de B. Kozakiewicz et J.-L. de Janasz. Illustré par Jean Styka. *Paris. s. d.* — Yver (Colette). Princesses de science. *Paris. s. d.*

736. **Rook** (Clarence). Switzerland the Country and its people written by Clarence Rook. painted by ellie Jardine. *London. Chatto et Windus.* 1907. fort vol. in-4. très nombreuses planches en couleurs hors-texte. br.. préparé pour la reliure. dans une boîte carton.

« Of this special edition only one hundred and twelve copies have been printed. of which one hundred and five are for Sale (n° 1). »

737. **ROPS** (F.). Catalogue descriptif et analytique de l'OEuvre gravé de Félicien Rops. précédé d'une notice biographique et critique par Erastène Ramiro. Orné d'un Frontispice et de Gravures d'après des Compositions inédites de F. Rops. et de Fleurons et de Culs-de-lampe d'après F. Rops. J. La Palette et L. Legrand. *Paris. L. Conquet.* 1887. gr. in-8. br., couv. illust.

Tiré à 550 exemplaires numérotés (n° 72). L un des 500 sur papier vélin.

738. **Rops** (F.). Supplément au Catalogue de l'OEuvre gravé de Félicien Rops. par Erastène Ramiro. illustrations de Félicien Rops. fleurons et culs-de-lampe. par A. Rassenfosse. *Paris. Floury,* 1895. gr. in-8. br.. couv. illust.

Exemplaire tiré sur papier vélin.
Envoi autographe signé.

739. **Rothschild** (Arthur de). Histoire de la Poste aux Lettres et du Timbre-Poste. depuis leurs origines jusqu'à nos jours. 3e édit. *Paris. Calmann-Lévy.* 1876. 2 vol. in-12. pap. de Holl.. demi-rel. mar. La Vallière foncé. tête dor.. non rog.

740. Rousseau (J.-J.), ses Amis et ses Ennemis. Correspondance publiée par M. G. Streckeisen-Moultou. *Paris, Calmann-Léry, s. d.,* 2 vol. in-8, br., n. c., couv.

On y joint : Jean-Jacques Rousseau, Jour après Jour. *Genève, A. Jullien,* 1908, in-16, pap. vél., titre r. et n., texte encadré d'un fil. rouge, portr., cart. vél. blanc, tête dor., non rog. *(Cart. de l'éditeur).*

741. Royer (Alphonse). Histoire universelle du Théâtre. *Paris, A. Franck. — P. Ollendorff.* 1869-1878, 6 vol. in-8, br., n. c., couv.

742. St. Clair Baddeley and **Lina Duff Gordon.** Rome and its story. Illustrated by Aubrey Waterfield. *London, J. M. Dent and Co ; New-York, The Mac-Millan Co,* 1904, fort vol. in-4, très nombr. pl. en noir et en couleurs hors texte et fig. dans le texte ; en feuilles.

« This Edition is limited to 150 copies, of which this copy is n° 58 ».

743. Saint-Marc (C. de). Etat des personnes qui ont fait modifier leurs Noms Patronymiques, par additions, substitutions ou autrement (Décrets de 1871 à 1900). *Paris, H. Delaroque,* 1904-1906, 3 part. en 1 vol. gr. in-8, demi-rel. chag. vert.

Dans le même volume : Les Changements de Noms, ou Liste alphabétique d'après le bulletin des lois, de toutes les personnes qui ont obtenu du Gouvernement l'autorisation de changer ou de modifier leurs noms, par l'addition de la particule ou autrement. Depuis 1803 jusqu'à 1865, par M. Baffin. *S. l. n. d.,* gr. in-8 à 2 col. de 127 pp.

744. Saint-Pierre (Bernardin de). La Chaumière indienne. *Paris, P.-Fr. Didot le jeune,* 1791, in-18, br., non rogné.

Edition originale.
On y joint : Paul et Virginie, par Bernardin de Saint-Pierre. *Paris, Mareilly (impr. de Firmin Didot frères),* in-64, caract. microscopiques, portr. et fig., br.

745. SAINT-PIERRE (Bernardin de) **Paul et Virginie** (suivi de la Chaumière indienne). *Paris, L. Curmer, 25, rue Sainte-Anne,* 1838, gr. in-8, portr., fig. et carte, en feuilles.

Exemplaire de premier tirage, lavé et encollé, avec le portrait de *La bonne femme* qui manque presque toujours.
On y a ajouté : 1° Le portrait de B. de Saint-Pierre avant la Sphère et avant toute lettre :
2° Le portrait de Marguerite avec les noms des artistes à la pointe ;
3° Le portrait de Madame de la Tour, avant l'encadrement et avant toute lettre :
4° Le même portrait par J. Jenkins, gravé par J. Cochran, épreuve sur Chine avant la lettre :
5° Le portrait de Virginie, avant l'encadrement et avant toute lettre :
6° Le portrait de Paul, épreuve à l'état d'eau-forte :
7° Le portrait du Docteur, par Meissonier, avant l'encadrement et avec les noms des artistes à la pointe ;
8° Le portrait du Docteur, par Parsons, gravé par H. Cook, épreuve sur Chine avant la lettre :
9° Le même portrait, gravé par J.-T. Wedgwood, épreuve sur papier vélin avec la lettre ;
10° Le portrait de *La Jeune Bramine,* avant toute lettre, avec l'étoile au front :
11° Le portrait de *La Bonne femme,* en 2 états, tiré sur Chine volant :
12° Le même portrait, tiré sur Japon à 4 exemplaires :
13° La suite des grandes vignettes, épreuves sur Chine volant :
14° La même suite tirée sur Chine volant à toutes marges :
15° La Carte de l'Ile de France, tirée en noir sur Chine :
16° Les couvertures des livraisons 18e, 19e et 29e.
Ensemble 76 pièces.

746. Saint-Pierre (Bernardin de). Paul et Virginie. Illustré de 100 vignettes par Bertall, précédé d'un Essai philosophique et littéraire par d'Albanés. *Paris, G. Havard,* 1845, pet. in-8, cart. dos de toile, non rog.

Premier tirage.

747. Sainte-Beuve. Les Consolations, poésies (par Sainte-Beuve). *Paris, Urbain Canel. — Leravasseur*, 1830, in-18, br., couv.

Edition originale, avec la couverture.

748. Sainte-Beuve (C.-A.). Livre d'Amour. Préface par Jules Troubat. *Paris, A. Durel, Décembre* 1904, pet. in-8, br., couv.

L'un des 450 exemplaires petit in-8 numérotés à la presse sur beau papier vélin d'Arches, fabriqué spécialement pour cette édition (n° 448).

749. Sainte-Beuve (C.-A.). Tableau historique et critique de la poésie française et du théâtre français au seizième siècle, et Œuvres choisies de Pierre Ronsard, avec notice, notes et commentaires, par C.-A. Sainte-Beuve. *Paris, A. Sautelet et Cie, et A. Mesnier*, 1828. 2 vol. in-8, br., couv.

Edition originale, avec les couvertures au nom de Raymond-Bocquet.

750. Sainte-Beuve (C.-A.). Œuvres. *Paris*, 1848-1881, 8 vol. in-12, br., couv.

Madame Desbordes-Valmore : sa vie et sa correspondance. Lettres à la Princesse. — Chroniques parisiennes (1843-1845). — Le Clou d'Or. — La Pendule. Avec une préface de M. Jules Troubat. — Tableau historique et critique de la Poésie française et du Théâtre français au XVIe siècle. Edit. rev. et très-augm. suivie de portraits particuliers des principaux poëtes. — Les Cahiers de Sainte-Beuve, suivis de quelques pages de littérature antique. — Nouvelle correspondance ; avec des notes de son dernier secrétaire. — A.-J. Pons, Sainte-Beuve et ses inconnues avec une préface de Sainte-Beuve (Avec lettre autographe de l'auteur).

751. Sahib. Croquis Maritimes. *Paris, L. Vanier*, 1880, in-4, demi-rel. chag. bleu poli, tête dor., non rog. (*Dupré*).

Manquent 2 planches. — Raccommodages au faux-titre et au dernier feuillet de la table.

752. SALONS (Livrets de). 13 vol. in-12, cart. et br.

Années 1771-1781-1783-1785-1787-1789-1791-1793-1798-1799-1800-1801-1802.

753. Salon (Le) de 1833, par G. Laviron et B. Galbacio. Orné de douze vignettes à l'eau-forte, par Alfred et Tony Johannot, Gigoux, etc. *Paris, A. Ledoux*, 1833, in-8, demi-rel. bas., dos orné, tr. marb. (*Rel. de l'époque*).

754. Salon de 1885 (Les). Maîtres Modernes. Etude par O. Mirbeau. Publié sous la direction de F.-G. Dumas, *Paris, L. Baschet, s. d.*, in-fol., illustrations dans le texte et planches hors texte (20), en feuilles, dans un cartonn. artistique de l'éditeur.

755. Salverte (Eusèbe). Essai historique et philosophique sur les Noms d'Hommes, de peuples et de lieux, considérés principalement dans leurs rapports avec la civilisation. *Paris, Bossange*, 1824, 2 vol. in-8, veau brun, tr. marb.

756. Samain (Albert). Le Chariot d'Or. Compositions et gravures de Charles Chessa. *Paris, F. Ferroud*, 1907, in-8 carré, br., couv.

Tiré à 250 exemplaires numérotés (n° 159). — L'un des **120** sur **papier vélin** d'Arches.

757. Sand (George). Les beaux Messieurs de Bois Doré. *Paris, Cadot*, 1859, 5 vol. in-8, br., couv.

Edition originale, avec un nouveau titre.

758. Sand (George). La Filleule. *Paris, Cadot,* 1855, 4 vol. in-8, br., couv.

Edition originale, avec un nouveau titre.

759. Sand (George). Isidora. *Paris, H. Souverain,* 1847, 3 vol. in-8, br., couv.

Edition originale, avec un nouveau titre.

760. Sansrefus (Gaston). A travers les Pays Scandinaves. Impressions de route. [Dessins et croquis de André Boyer]. *Paris, Société libre d'édition des gens de lettres,* 1899, in-8, br., couv. illust.

761. Sarah-Bernhardt. Dans les Nuages, impressions d'une chaise. Illustré par G. Clairin. *Paris, Charpentier, s. d.,* pet. in-4, br., couv. illust.

Premier tirage.

762. Sarcey (Francisque). Quarante Ans de Théâtre (Feuilletons dramatiques). *Paris, Bibliothèque des Annales Politiques et Littéraires,* 1900-1902, 8 vol. in-12, portr., br., couv.

On y joint : Le Mot et la Chose, par Francisque Sarcey. *Paris, M. Lévy frères,* 1863, in-12, br., couv. (Edit. orig.). — Souvenirs de jeunesse, par Francisque Sarcey, 6e édit. *Paris, Ollendorff,* 1885, in-12, br., couv.

763. Saulcy (F. de). Voyage autour de la Mer Morte et dans les terres bibliques, exécuté de Décembre 1850 à Avril 1851. Relation du voyage. *Paris, Gide et J. Baudry,* 1853, 2 vol. gr. in-8, demi-rel. dos et coins de mar. rouge, tête dor., non rog.

Envoi autographe de l'auteur. — Raccommodage au faux titre du tome Ier.

764. Saulcy (F. de). Voyage en Terre Sainte. *Paris, Didier et Cie,* 1865, 2 vol. gr. in-8, nombreuses figures dans le texte et planches hors texte, cart. toile.

Envoi autographe de l'auteur.

765. Saussure (César de). Lettres et Voyages, en Allemagne, en Hollande et en Angleterre (1725-1729), où l'on trouve les descriptions des principales villes qu'il a vues, et des mœurs, coutumes et manière de vivre des différentes nations chez lesquelles il a fait quelques séjours, le tout entremêlé de faits historiques curieux et amusans, et de diverses avantures arrivées à l'autheur. Avec une introduction de B. van Muyden. *Lausanne, G. Bridel et Cie,* 1903, gr. in-8, pap. vergé de Holl., titre r. et n., portraits et figures, br., couv.

766. Savigny (A. de). Historiettes et Images. Texte, par M. A. de Savigny, illustrés par plus de 700 dessins, gravés d'après MM. Grandville, Daumier, Johannot, E. Forest, Watier et autres. Etrennes divertissantes et utiles. *Paris, Aubert et Cie, s. d.,* in-4, demi-rel. bas. (Rel. de l'époque fatiguée).

767. Schlumberger (G.). Portraits Mulhousiens de la fin du XVIe au commencement du XIXe siècle. 160 planches reproduites en phototypie par la maison Braun, Clément et Cie, à Dornach. *Ribeauvillé,* 1906, in-4, pap. vél., titre r. et n., en feuilles, dans un emboîtage.

Ouvrage tiré à 460 exemplaires.

768. Scholl (Aurélien). Denise. Aquarelles de Grivaz. gravées par Arents. *Paris. Rouveyre et Blond*, 1884, in-8, pap. de Holl., br., couv. illust.

769. Scott (Walter). Œuvres, traduction Defauconpret. *Paris, Furne — Pagnerre — Perrotin*, 1857-1868, 16 vol. in-8, fig.. demi-rel. chag. vert, dos ornés.

> L'Abbé. — L'Antiquaire. — Charles le Téméraire. — Guy Mannering. — Ivanhoé. — La jolie Fille de Perth. — Kenilworth. — Le Monastère. — Le Nain Noir. — Pévéril du Pic. — Le Pirate. — La Prison d'Edimbourg. — Quantin Durward. — Richard en Palestine. — Rob Roy. — Waverley.

770. Seippel (Paul). Terres lointaines (Voyage autour du monde). Ouvrage illustré de 17 planches hors texte et de 153 vignettes. *Lausanne, F. Payot*, 1897, pet. in-4, pap. vél. teinté. titre r. et n.. br.. couv. illust. en couleurs.

771. SEM. Monte-Carlo. Album in-fol.. en feuilles, dans le carton. de l'éditeur.

> 23 planches.
> Exemplaire en grand papier.

772. Sem. Silhouettes. Alphabet par Sem. Album in-4, en feuilles. dans le carton. de l'éditeur.

> 25 planches.

773. SEM (Albums de). 5 fascicules. — Les Acacias. — Monte-Carlo. Le Turf. — Ens. 8 Albums in-fol.. en feuilles. dans le carton. de l'éditeur.

> ' 201 planches.
> On y joint 17 planches. par Sem. en feuilles.

774. Shakspeare (The handy-volume). *London, Bradbury, Evans, and C°*, 1868. 13 vol. in-32. cart. toile des Editeurs. dans un étui toile.

775. Sienkiewicz (Henryk). Quo Vadis, roman des temps néroniens. Traduction de B. Kozakiewicz et J.-L. de Janasz. Edition du Jubilé. *Paris. Editions de la Revue Blanche*. 1901. in-8. portr.. br.. couv. étui en carton.

776. Sieurin (J.). Manuel de l'Amateur d'Illustrations. gravures et portraits pour l'ornement des Livres français et étrangers. *Paris. A. Labitte*. 1875. in-8. titre r. et n.. br.. couv.

> Exemplaire tiré sur papier de Hollande.

777. Silvestre (Armand). Floréal. Illustrations de Georges Cain. préface de Jules Claretie. musique de Jules Massenet. *Paris. Ch. Delagrave. s. d.*. gr. in-4. titre r. et n.. planches imp. en teintes variées, br.. couv. illust.

> Exemplaire sur **papier vélin.**

778. Silvestre (Armand). La Plante enchantée. illustrée par A. Robida. *Paris. Librairie illustrée*, 1895. plaq. in-4. br.. couv. illust.

> Tiré à 500 exemplaires numérotés (n° 376). — L'un des **450** sur **papier vélin.**

779. Silvestre (Armand). La Russie — Impressions — Portraits — Paysages. Illustrations de Henri Lanos. *Paris. E. Testard*. 1892. gr. in-8. pap. vél.. titre r. et n.. br.. couv.

780. **Simon** (Jules). Dieu, Patrie, Liberté. *Paris, Calmann-Lévy,* 1883, in-8, br.

> Edition originale, avec la couverture.
> L'un des **20** exemplaires tirés sur **papier de Hollande** (n° 15).

781. **Simon** (Jules). OEuvres, 4 vol. in-8, br., couv.

> Editions originales, avec les couvertures.
> Le Devoir. *Paris,* 1854. — La Réforme de l'Enseignement secondaire. *Paris,* 1874. — Thiers — Guizot — Rémusat. *Paris,* 1885. — Une Académie sous le 1er rectoire. *Paris,* 1885 (Envoi autog. de l'Auteur, à V. Duruy).

782. **Simon** (Jules). OEuvres, 5 vol. in-12, br., couv.

> Editions originales, avec les couvertures.
> La Liberté de Conscience. *Paris,* 1857. — Trois Condamnés à mort. *Paris,* 1882. — Nos Hommes d'Etat. *Paris,* 1887. — Mémoires des Autres. Illustrations de Noël Saunier. *Paris,* 1890. Nouveaux Mémoires des autres. Illustrations de Léandre. *Paris,* 1891.

783. **Simonson** (George A.). Francesco Guardi (1712-1793). With forty-two illustrations, of which five are in photogravure. *London, Methuen et Co, s. d.* (1904), gr. in-4, pap. de Holl., fig., en feuilles.

> Ouvrage orné de 1 frontispice, 40 planches hors texte, et d'un plan.

784. **Sire-Degrevaunt.** [*Edited by F. S. Ellis; and printed (and sold) by William Morris, at the Kelmscott Press,* 1896] ; pet. in-8 carré, veau fauve, fil. dor. sur le dos et les plats, sur le premier plat, cuir incisé, doublé de soie bleu foncé, bande de veau fauve avec fil. dor. et à froid formant encadrement, gardes de soie bleu foncé, tr. dor. sur broch., étui. (*Gruel*).

785. **Sites** et Monuments de la France. *Paris, Touring-Club de France,* 1900-1906, 32 fasc. in-4, nombreuses illustrations, br., couv.

786. **Slang Dictionary** (The), etymological, historical, and anecdotal. *London, Chatto and Windus, s. d.,* in-12, cart. toile noire, fers spéciaux. (*Cart. des Edit.*).

787. **Sociologie.** 8 vol. in-12, br., couv.

> Bastiat (Frédéric). Harmonies économiques. *Paris,* 1864. — Bocquillon (Emile). Pour la Patrie. Préface : Ecole et Patrie, par George Duruy. *Paris,* 1907. — Demongeot (Marcel). Citoyen et Soldat. Etude sur l'Armée Nationale, avec un Avant-propos de MM. Paul et Victor Margueritte. *Paris, s. d.* — Payot (Jules). Les Idées de M. Bourru (délégué cantonal). *Paris,* 1904. — Poincaré (Raymond). Idées Contemporaines, *Paris,* 1906. — Varigny (Henri de). La Nature et la Vie. *Paris,* 1905. — Waldeck-Rousseau. Pour la République (1883-1903). *Paris,* 1904. — Weiller (Lazare). Les Grandes Idées d'un Grand Peuple. *Paris, s. d.*

788. **Somm.** (Henry). La Berline de l'Emigré ou Jamais trop tard pour bien faire. Comédie en un acte, illustrée par l'auteur. Représentée pour la première fois au Théâtre du Chat Noir, le 25 décembre 1785. *Paris, L. Vanier,* 1892, in-12, br., couv. illust.

> L'un des **50** exemplaires sur **papier du Japon** (n° 3) **enrichi de 11 aquarelles originales de H. Somm,** l'auteur et l'illustrateur du livre (sur le faux-titre et sur les marges).

789. **Sorel** (Albert). Bonaparte et Hoche en 1797. *Paris, E. Plon, Nourrit et Cie,* 1796, in-8, pap. vél., br.

> Edition originale, avec la couverture.

790. Sorel (Albert). L'Europe et la Révolution française. *Paris, Plon, Nourrit et Cie.* 1887-1904. 8 vol. — Discours prononcé le 29 mars 1905 à la fête donnée en l'honneur de M. Albert Sorel à l'occasion de l'achèvement de son ouvrage. Avec une héliogravure. *Paris, Plon, Nourrit et Cie,* 1905, 1 vol. — Ens. 9 vol. in-8, br., couv.

1re partie : Les Mœurs politiques et les traditions (3e édit.). — 2e partie : La Chute de la Royauté. — 3e partie : La Guerre aux Rois (1792-1793). — 4e partie : Les Limites naturelles (1794-1795). — 5e partie : Bonaparte et le Directoire (1795-1799). *Envoi autog. de l'auteur à J.-M. de Heredia.* — 6e partie : La Trêve — Lunéville et Amiens (1800-1805). 7e partie : Le Blocus Continental — Le Grand Empire (1806-1812) 2e édit. — 8e partie : La Coalition, les Traités de 1815 (1812-1815).

791. Souvenirs Militaires. 7 vol. in-12, br., couv.

Misiner (Ch.). Souvenirs d'un Dragon de l'armée de Crimée (Avril 1854-Juillet 1856). *Paris,* 1887. — Souvenirs Militaires du Baron de Bourgoing, sénateur, ancien ambassadeur, etc., etc. (1791-1815), publiés par le Baron Pierre de Bourgoing, avec un portrait. *Paris,* 1897. — Ma Vie Militaire (1800-1810), par J. Cheville, trompette au 8e régiment de chasseurs à cheval, publié d'après le manuscrit original, par Georges Chevillet, petit-fils de l'auteur, avec une Préface par Henri Houssaye. *Paris,* 1906. — Corbin (Colonel Ch.). Notes et Souvenirs d'un Officier d'Etat-Major (1831-1904). *Paris,* 1906. — Souvenirs Historiques du Capitaine Krebly, trompette-major des Guides de Bonaparte. Mémoires authentiques, recueillis par Dick de Lonlay et Jean Carvalho. *Paris, s. d.* — Fix (Colonel). Souvenirs d'un Officier d'Etat-Major (1846-1894). Ouvrage illustré de très nombreuses gravures d'après des originaux et des croquis de l'auteur. *Paris, s. d.,* 2 vol.

792. Souvestre (Emile). Mémoires d'un Sans-Culotte bas-breton. *Bruxelles, Wouters, Raspoet et Cie,* 1843, in-8, br., couv.

Edition originale, avec la couverture.

793. Spetz (Georges). Légendes d'Alsace, poèmes. Frontispice de J.-J. Henner. Illustrations hors-texte et vignettes de Joseph Sattler, Léon Schnug et Charles Spindler. *Strasbourg. Revue Alsacienne illustrée.* 1905, in-4, pap. vél. fort. planches hors-texte en couleurs, br., couv.

794. Sports. 4 vol. gr. in-8, in-8 et in-12, br., couv.

Bergerat (Emile). La Chasse au Mouflon, ou petit voyage philosophique en Corse. Avec 43 gravures hors-texte et 55 dessins de Mme Émile Bergerat. *Paris, s. d.* — Niedieck (Paul). Mes Chasses dans les cinq parties du monde. Traduit de l'allemand par L. Roustan. Ouvrage orné de 206 gravures. *Paris,* 1907. — Les Courses de Chevaux en France, par A. de Saint-Albin (Robert Milton). Ouvrage contenant 19 gravures sur bois, 36 photogravures et 66 vignettes par Crafty. *Paris,* 1890. — Cunisset-Carnot (P.). Flâneries d'un Chasseur, par les Champs, par les Bois et ailleurs. *Paris,* 1905.

795. Stahl (P.-J.) (J. Hetzel). Nouvelles et seules véritables Aventures de Tom Pouce. Vignettes par Bertall. Quatrième édition. *Bruxelles, J. Hetzel-Meline, Cans et Cie.* 1853, pet. in-8, br., couv. illust.

796. Stanley (Henri M.). A Travers le Continent Mystérieux. Découvertes des Sources Méridionales du Nil. Circumnavigation du lac Victoria et du lac Tanganika. Descente du fleuve Livingstone ou Congo jusqu'à l'Atlantique. Durée de l'Expédition, 999 jours. Distance parcourue, 7.158 milles ou 11.517 kilomètres. Ouvrage traduit de l'anglais, par Mme H. Loreau, et contenant 9 cartes et 150 gravures. *Paris, Hachette et Cie.* 1879, 2 vol. in-8, br., couv.

797. Steinlen. Contes à Sara. Compositions de Steinlen, gravées sur bois par Desmoulins. *Paris Librairie L. Conquet, L. Carteret et Cie, Succrs.* 1899, pet. in-4 carré, br., couv.

Tirage unique à 50 exemplaires sur Chine, imprimés sur les presses à bras de A. Lahure (n° 30).

798. Steinlen. Des Chats. Dessins sans paroles. *Paris, Ernest Flammarion, s. d.*, in-fol., cart.

799. STENDHAL (de). (Henri Beyle). **La Chartreuse de Parme**. Réimpression textuelle de l'édition originale, illustrée de 32 eaux-fortes par V. Foulquier, préface de Francisque Sarcey. *Paris, L. Conquet.* 1883. 2 vol. in-8 cavalier, br., couv.

Tiré à 500 exemplaires numérotés (n· 386).
L'un des **350** sur **papier vélin** à la cuve.

800. STENDHAL (de) (Henri Beyle). **Le Rouge et le Noir.** Réimpression textuelle de l'édition originale, illustrée de 80 eaux-fortes par H. Dubouchet, préface de Léon Chapron. *Paris, L. Conquet.* 1884, 3 vol. in-8, pap. vél. à la cuve, br., couv.

Tirage unique à 500 exemplaires numérotés (n· 448). — L'un des **350** sur **papier vélin** à la cuve.

801. Süe (Eugène). Les Mystères de Paris. Nouvelle édition, revue par l'auteur. *Paris, Ch. Gosselin,* 1843-44, 4 vol. gr. in-8, br., couv. en papier.

Exemplaire de premier tirage.
Ouvrage orné d'une grande quantité de gravures sur bois dans le texte, et de 81 grands sujets tirés à part, dont 47 sont gravés sur bois et 34 sur acier. Les dessins sont de Daumier, E. de Beaumont, Daubigny, C. Nanteuil, Travies, Trimolet, etc., les gravures de Best, Leloir, Lavignat, Nargeot, Kolb et autres.
Quelques mouillures.

802. Suède et Norvège. 11 vol. in-12, br., couv.

Lettres de A. E. Nordenskiold racontant la découverte du passage nord-est du Pole Nord — 1878-1879 — avec une préface par M. Daubrée. Edition illustrée d'un portrait, d'un autographe et d'une carte. *Paris,* 1880. — Calas (Théophile). Au Cap Nord (aller et retour). Orné de 11 gravures. *Paris,* 1896. — Rabot (Charles). Au Cap Nord, itinéraire en Norvège Suède Finlande. Ouvrage contenant 32 illustrations et 4 cartes *Paris* 1898. — Rabot (Charles). Aux Fiords de Norvège et aux Forets de Suède. Ouvrage contenant 48 illustrations et 4 cartes. *Paris,* 1898. — Foy (Emil.) Les Littératures Danoises et Norvégienne d'aujourd'hui (Guy Ch. Gros traduxit). *Paris,* 1904. — Quillardet (M.). Suédois et Norvégiens chez eux. *Paris,* 1900. — A travers le Féminisme Suédois, par Marc Hélys, avec 10 gravures d'après des photographies. *Paris,* 1906. — Caradec (Th.). En Norvège. Notes et Impressions de Voyage. Orné de nombreuses illustrations photographiques, avec une lettre de M. Anatole Le Braz. *Paris, s. d.* — Nansen (Fridtjof). La Norvège et l'Union avec la Suède, traduit par Gabriel Rouy. *Paris, s. d.* — Tinseau (Léon de). En Norvège. *Paris, s. d.* — Notes sur la Norvège, par Hugues Le Roux. *Paris,* 1895, demi-rel. mar. bleu. tête dor., non rog. *(Dupré).*

803. Suisse. Feuille populaire de la Suisse Romande. Recueil de littérature nationale, publié avec le concours de ses principaux Ecrivains (Nᵒˢ 1 à 48). *Lausanne. Alex. Michot, s., d.,* 48 Nᵒˢ en 2 vol. in-8. demi-rel. chag. La Vallière.

804. Suisse. Lausanne à travers les âges, par M. le syndic van Muyden. M. Schnetzler, membre de la Municipalité, MM. Chavannes, de Montmollin et Chastellain, ingénieurs, M. Buttet, gérant des eaux, et M. Failletaz, secrétaire de la Société industrielle et commerciale. Publié par la Municipalité de Lausanne. *Lausanne, Librairie Rouge,* 1906, in-4, pap. vél. glacé, titre r. et n., nombreuses illustrations. br., couv. illust.

805. Suisse. Le Village Suisse à l'Exposition nationale Suisse. Genève 1896. Texte de MM. Jacques Mayor, Léon Genoud, D. Baud-Bovy, E. de Vevey. (Relevés photographiques de M. Fréd. Boissonnas. photographe à Genève). *Edité par les soins de la Commission du*

Village Suisse, in-4, pap. vél.. titre r. et n., nombreuses illustrations dans le texte et planches hors-texte, cart. toile verte, fers spéciaux, de l'éditeur.

806. Suisse. 5 vol. in-8 et in-12, br., couv.

Album Suisse. Mélanges de Littérature et d'Histoire Nationale par ses principaux écrivains (Première année 1856). *Berne et Genéve*, 1856. — Les Armoiries et les Couleurs de la Confédération et des cantons Suisses, par Adolphe Gautier. *Genéve et Bale*, 1879. — Une Course à Chamonix, conte fantastique, par Adolphe Pictet. *Genéve*, 1872. — Soldats Suisses au Service Etranger. Journal d'un Sous-Lieutenant de cuirassiers. F.-J.-L. Rilliet. — Souvenirs d'un Garde d'houneur. F.-A. Cramer. — Mémoires inédits d'un Soldat prisonnier en Russie. P.-L. Maye... Avec notices et portraits. *Genéve*, 1908. — Flore Analytique de la Suisse, par A. Gremli, traduite en français par J.-J. Vetter. *Bale et Paris, s. d.*, (cart. toile).

807. Suisse (Vues de). 6 Albums in-4 obl., couv. illust. en coul.

Chamonix. — Engadine. — Lac Léman. — Lac des Quatre Cantons. — Oberland Bernois. — Zermatt.

808. Supino (I. B.). Sandro Botticelli, traduit de l'Italien par M. J. de Crozals. *Florence, Alinari frères*, 1900 gr. in-8, port., nombreuses illustrations dans le texte et planches hors-texte en photogravure Fusetti, cart. toile, fers spéciaux, des Editeurs.

809. Taine (H.). Histoire de la Littérature Anglaise. *Paris, Hachette et Cie*, 1863-64., 4 vol. in-8, br., couv.

Edition originale, avec les couvertures.

810. Tchihatchef (P. de). Espagne. Algérie et Tunisie. Lettres à Michel Chevalier. Avec une carte de l'Algérie. *Paris, J.-B. Baillière et Fils*, 1880, gr. in-8, br., couv.

811. Tennyson (Alfred). Les Idylles du Roi — Enide — Viviane Elaine — Genièvre. poèmes traduits de l'anglais. par Francisque Michel. avec Trente-six gravures sur acier d'après les dessins de Gustave Doré. *Paris, Hachette et Cie*, 1869, in-fol., cart. toile rouge de l'éditeur.

812. Théâtre du XVIIIe siècle. 6 vol.

I. La Surprise de l'Amour ; Comédie (par Marivaux), 1723. — II. Les fausses confidences, comédie de Monsieur de Marivaux, 1738. — III. Arlequin poli par l'Amour ; comédie (par Marivaux), 1723. — IV. Le Mort marié, comédie, 1774. — V. Le Magnifique, comédie en trois actes, en prose et en vers mis en musique, terminée par un divertissement, par M. Sedaine, musique de M. Grétry, 1763. — VI. Raoul, Barbe-Bleue, comédie (par Sedaine).

813. Théâtre. 3 vol. in-12, br., couv.

I. L'Autographe, comédie en un acte par Henri Meilhac. — II. Henry Meilhac. Gotte ; comédie en quatre actes. — III. Henri Meilhac et Ludovic Halévy. Les Sonnettes, comédie en un acte.

814. Théâtre contemporain. 5 vol. in-12, br., couv.

Donnay (Maurice). La Douloureuse, comédie en 4 actes. *Paris*, 1897 (Envoi autog. de l'auteur). — L'Ornière, comédie en 2 actes, par André de Lorde et O. Bouwens van der Boijen. *Paris*, 1904. — Donnay (Maurice). Le Retour de Jérusalem, comédie en 4 actes. *Paris*, 1904. — Aicard (Jean). Le Manteau du Roi, pièce en 4 actes, en vers. *Paris, s. d.* — Les Variétés (1850-1870). par Roger Boutet de Monvel. *Paris, s. d.*

815. Théâtre. 3 vol. gr. in-8 et in-8, br., couv.

Adrienne Lecouvreur d'après sa correspondance, par Gustave Larroumet. *Paris*, 1892, gr. in-8 (Tiré à 150 exemplaires). — Ma double vie. — Mémoires de Sarah Bernhardt. Avec de nombreuses illustrations dont plusieurs en couleurs. *Paris*, 1907, in-8. — Delcamp (André). L'Année Théâtrale (1904-1905). Préface par Jules Claretie. Encyclopédie Théâtrale et Répertoire des Spectacles, illustré par de nombreuses Photographies et des Croquis d'André Rouveyre, Dauphin, Allard, A. Loir, Ed. Fournier, etc. (Première année). *Paris, s. d.*, in-8.

816. Théâtre. 5 vol. pet. in-8.

I. Georges Cain. Anciens théâtres de Paris. Le Boulevard du Crime. Les Théâtres du Boulevard (fig.). — II. His. génér. du Théâtre en France. I. Le Théâtre sérieux au Moyen-Age, par Eugène Lintilhac. — III. Paul Ginisty. La Vie d'un théâtre. Illustrations de Maurice de Lambert. — IV. L. Henry Lecomte. Hist. des Théâtres de Paris. Les Nouveautés. 1827-1832 ; 1866-1873 ; 1878-1906. — V. L. Henry Lecomte. Le Théâtre national. Le Théâtre de l'Egalité. 1793-1794.

817. Théâtre. 10 vol. ou pièces in-8 et in-12, br., couv.

La Vieillesse de Richelieu, comédie en cinq actes, en prose, par MM. Octave Feuillet et Paul Bocage. *Paris*, 1848 (couverture papier). — Le Théâtre et les Pauvres, par Edouard Fournier. *Paris, s. d.* (Tiré à 150 exempl. sur pap. de Holl., n° 97). — Le Duel de La Tour, comédie en un acte et en prose, de M. Arsène Houssaye, jouée sur le Théâtre de Saint-Quentin, le jour de l'inauguration de la Statue de La Tour, le 4 mai 1856. *Paris, s. d.* — Le Pamphlet, comédie en 2 actes, en prose, par Ernest Legouvé. *Paris*, 1857. — Pailleron (Edouard) Prière pour la France, poème dit par Mlle Favart, sur la scène du Théâtre Français le 16 juillet 1871. *Paris*, 1871. — Busnach (William). Trois Pièces tirées des romans, et précédées d'une préface de Emile Zola. L'Assommoir. — Nana. — Pot-Bouille. *Paris*, 1884. — Vidal (Jules) et Arthur Byl. Sœur Philomène, pièce en 2 actes, en prose, tirée du roman de MM. Edmond et Jules de Goncourt. *Paris*, 1887. (Envoi autog. des auteurs). — Goncourt (Edm. et J. de). La Patrie en danger, drame en 5 actes, en prose, précédée d'une préface. *Paris*, 1889. — Rostand (Edmond). L'Aiglon, drame en 6 actes, en vers. Représenté pour la première fois au Théâtre Sarah-Bernhardt, le 15 mars 1900. *Paris*, 1900. — Les Drames d'Euripide, traductions en vers, par Philippe Martinon — Alceste. Hecube. Hippolyte. *Paris*, 1907.

848. Theuriet (André). Bouquet de Fleurs. Illustrations (en couleurs) de Emile Monchau. *Paris. A. Ferroud. s. d.* (1908), pet. in-4, texte encadré, br., couv. ill. en coul.

819. THEURIET (André). **Nos Oiseaux.** Aquarelles de Hector Giacomelli, *Paris. H. Launette et Cie* 1886 1 tome en 3 fasc. in-4 dans des cartons

Exemplaire sur papier vélin.

820. Theuriet (A.). Les Œillets de Kerlaz. Edition originale, illustrée de 4 eaux-fortes de Rudaux, de 8 en-têtes et culs-de-lampe de Giacomelli, gravés par T. de Marc. *Paris, L. Conquet.* 1885, in-16, pap. vergé du Marais, br., couv.

Tiré à 1100 exemplaires numérotés (n° 551).

821. Thiers (A.) Histoire du Consulat et de l'Empire. *Paris. Paulin et Lheureux*, 1845-1862. 20 vol. plus 1 vol. de Table. Ens. 21 vol. in-8. fig., et Atlas in-4. demi-rel. mar. rouge. (*Kauffmann*).

L'Atlas est cartonné.

822. Thiollier (F.). L'Œuvre de J.-P. Laurens. Ouvrage contenant de nombreuses reproductions d'œuvres de cet artiste. Eaux-fortes. Phototypies, etc. Publié sous la direction de F. Thiollier. *Paris. H. Laurens. s. d.*, in-fol., fig. dans le texte et planches hors texte, en feuilles, dans un carton.

L'un des 520 exemplaires numérotés (n° 499), avec texte tiré sur papier de luxe fabriqué spécialement pour cet ouvrage à l'usine de Rioupéroux. Phototypies sur papier des Papeteries du Marais et Eaux-Fortes sur papier à la forme.

823. Thoinan (Ernest). Les Relieurs Français (1500-1800). Biographie critique et anecdotique, précédée de l'histoire de la Communauté des relieurs et doreurs de livres de la ville de Paris et d'une étude

sur les styles de reliure. *Paris, Em. Paul, L. Huard et Guillemin*,
1893, in-8, titre r. et n., fig. dans le texte et planches de reliures,
br., couv.

Tiré à 650 exemplaires numérotés (n° 424). — L'un des 550 sur beau papier vélin mécanique.

824. Tiersot (Julien). Chansons populaires, recueillies dans les Alpes
Françaises (Savoie et Dauphiné). par Julien Tiersot. *Grenoble,
H. Falque et F. Perrin*, 1903, in-4, pap. vél., titre r. et n., fig.
dans le texte et planches de musique, br., couv.

825. Tiersot (Julien). Histoire de la Chanson populaire en France.
Ouvrage couronné par l'Institut. *Paris, E. Plon, Nourrit et Cie*,
1889, in-8, br., couv.

Édition originale, avec la couverture.
On y joint : Les Mélodies populaires de la France. Paroles, musique et histoire, publiées par Anatole Loquin. (Première série). Il pleut, il pleut, bergère — La Folle. — L'Homme armé. — Stabat Mater. — Tandis que tout sommeille. — La Marseillaise. — Souvenez-vous-en. — Hélas ! je l'ay perduë. *Paris. L. Richault et Cie*, 1879, br., couv.

826. Tillier (Claude). Mon Oncle Benjamin, nouv. édit., illustrée
d'un portrait-frontispice et de 42 dessins de Sahib, gravés sur bois
par Prunaire, avec une Préface par Monselet. *Paris, L. Conquet*,
1881. 2 vol. gr. in-12. pap. vél. teinté, br., couv. illust. en couleurs.

827. Tillier (Claude). Pamphlets (1840-1844). Edition critique, publiée
avec introduction, notices historiques et notes. par Marius Gerin.
Paris et Nevers. 1906, in-8, portr. à l'eau-forte par Prunaire. br..
couv.

828. Touchatout. La Dégringolade impériale. Seconde partie de
l'Histoire Tintamaresque de Napoléon III. Dessins de G. Lafosse.
Paris, 1878, gr. in-8, nombreuses illustrations dans le texte et
planches hors texte en couleurs, br., couv. illust. en coul.

829. Touchatout. Grande Mythologie tintamarresque. Dessins de
G. Lafosse et Moloch. *Paris. chez tous les libraires*, 1881. gr. in-8,
texte encadré de fil., nomb. fig. dans le texte et pl. hors texte
color., br., couv. illust.

830. Toudouze (Georges). Henri Rivière. Peintre et Imagier. *Paris,
H. Floury*. 1907. pet. in-4, pap. vél., titre r. et n., illustré de 145
reproductions dont 42 planches hors texte, 1 portrait lithographié
par Steinlen, 1 héliogravure, 12 planches en trois couleurs. 28
planches en 2 tons et 103 gravures tirées en camaïeu dans le texte.
br., couv. illust.

831. Toussenel (A.). Le Monde des Oiseaux. ornithologie passion-
nelle. *Paris. Librairie phalanstérienne*. 1853-55. 3 vol. in-8.
portr., br., couv.

Édition originale. avec les couvertures.

832. Trélat (Emile). Questions d'Art. *Paris. Plon-Nourrit et Cie*.
1904, 2 vol. pet. in-8. fig. dans le texte et planches hors texte, br.

Édition originale, avec les couvertures.

833. Triomphe (Le) de Joseph Prudhomme, programme-souvenir de
la fête. Accompagné d'une étude sur Henry Monnier, par Louis

Morin. *Paris, Sevin et Rey, s. d.*, plaq. in-12 carré, pap. vergé, fig., br., couv. illust. en couleurs par Louis Morin.

Ce Programme-Souvenir (Juin 1904). Vendu au profit de la Caisse de secours des Dessinateurs humoristes, est illustré par MM. Caran d'Ache, Abel Faivre, Charles Léandre, Maurice Neumont, Jean Veber, Bac, Courboin, Chéret, Dillon, Lepère, Morin. Villon, etc.

834. Urines (Réunion d'ouvrages sur les). 10 vol. in-8 et in-12, br. et rel.

Séméiotique des Urines, ou traité des altérations de l'urine dans les maladies, etc., par le Dr Alf. Becquerel. *Paris*, 1841. — De l'Urine et des Dépôts Urinaires, etc., par Golding Bird, traduit et annoté par le Docteur O'Rorke, avec 143 figures dans le texte. *Paris*, 1861. — Guide pratique de l'Analyse des Urines, par S. Laache. Traduit de l'allemand, par X. Francotte, avec 26 gravures sur bois. *Bruxelles*, 1889. — De l'Urine des dépôts urinaires et des calculs, etc., par Lionel S. Beale, traduit de l'anglais, par A. Ollivier et G. Bergeron, avec 136 figures. *Paris*, 1865. — Urines. Dépôts — Sédiments — Calculs, etc., par E. Gautrelet. *Paris*, 1889. — Guide pratique pour l'Analyse chimique et microscopique de l'Urine, des sédiments et des calculs urinaires, par le Dr L. Gautier, avec 90 gravures dans le texte. *Paris*, 1887. — De l'Urine et de ses Altérations Pathologiques, etc., par le Dr G. Harley, traduites de l'anglais, par le Dr F.-L. Hahn, avec 35 gravures dans le texte. *Paris*, 1875. — Éléments d'Urologie, ou Analyse des Urines, des dépôts et calculs urinaires, par le Dr A. Rabuteau, avec 35 gravures dans le texte. *Paris*, 1875. — Procédés pratiques pour l'Analyse des Urines, des dépôts et des calculs urinaires, par le Dr E. Delefosse, avec 80 figures. *Paris*, 1885. — La Pratique de l'Analyse des Urines, et de la bactériologie urinaire, par le Dr E. Delefosse, avec 103 figures. *Paris*, 1891.

835. Uchard (Mario). Mon Oncle Barbassou, orné de 40 compositions gravées à l'eau-forte par Paul Avril. *Paris. J. Lemonnyer*, 1884; in-8 raisin.

L'un des 275 exemplaires numérotés sur papier vergé de Hollande (n 426).

836. Uzanne (Octave). Bouquinistes et Bouquineurs. Physiologie des Quais de Paris, du Pont-Royal au Pont Sully. Illustrations d'Emile Mas, eau-forte frontispice, fr. Montaner. *Paris, Librairies Imprimeries réunies. May et Motteroz*, 1893, in-8 raisin, pap. vél., titre r. et n., br., couv. illust.

837. Uzanne (Octave). Dictionnaire Bibliophilosophique, typologique, iconophilesque, bibliopégique et bibliotechnique à l'usage des Bibliognostes, des Bibliomanes et des Bibliophilistins, par Octave Uzanne, polybibliographe et philologue. *Paris. Imprimé pour les Sociétaires de l'Académie des beaux livres, Bibliophiles contemporains. En l'An de Grâce Bibliomaniaque*, 1896 (Janvier 1898). in-8, titre r. et n., texte avec ornements, lettres ornées, et 34 planches hors texte en héliogravure, tirées sur Japon, en noir et en couleurs, br., couv., emboîtage.

Édition originale de ce Dictionnaire Bibliophilosophique publiée pour MM. les Sociétaires de l'Académie des Beaux Livres.
Tiré à 170 exemplaires numérotés (n 80).

838. Uzanne (Octave). L'Éventail. Illustrations de Paul Avril. *Paris. A. Quantin*, 1882, gr. in-8, br., couv. impr. en couleurs, emboîtage en soie.

839. Uzanne (Octave). La Locomotion à travers l'Histoire et les Mœurs. Illustrations dans le texte et hors texte de Eugène Courboin. Nombreuses reproductions d'Estampes anciennes. *Paris. Société d'Éditions Littéraires et Artistiques — Librairie P. Ollendorff*, 1900, in-4, br., couv. illust.

840. **Uzanne** (Octave). L'Ombrelle. — Le Gant. — Le Manchon. Illustrations de Paul Avril. *Paris, A.Quantin*, 1883, gr. in-8, br., couv.
impr. en couleurs, emboitage en soie.

841. **Vachon** (Marius). Les Arts et les Industries du Papier en France
(1871-1894). *Paris, Librairies-Imprimeries réunies. May et Motteroz, s. d.*, gr. in-4, pap. vél., titre r. et n., nombreuses illustrations dans le texte, et planches hors texte en noir et en couleurs.
br., couv.

842. **Vachon** (Marius). W. Bouguereau. *Paris, A. Lahure.* 1900, gr.
in-4, br., couv.

> Orné de 110 gravures dans le texte et 20 planches hors-texte en héliogravure.

843. **Vachon** (Marius). Jules Breton. *Paris, A. Lahure.* 1899, gr.
in-4, br., couv.

> Orné de 100 gravures dans le texte et hors-texte et de 20 planches hors-texte en hélio-
> gravure.

844. **Vachon** (Marius). Edouard Detaille. *Paris. A. Lahure*, 1898,
gr. in-4, br., couv.

> Orné de 236 gravures inédites et 24 planches en héliogravure.

845. **Vallès** (Jules). La Rue à Londres. Edition ornée de **22** eaux-
fortes et de nombreux dessins, par A. Lançon. *Paris. Charpentier.* 1884, in-fol., cart. toile. fers spéciaux, non rog. (*Cart. de
l'éditeur*).

> Tiré à 600 exemplaires numérotés (n° 147). L'un des 500 sur papier vélin, avec tirage
> des eaux-fortes sur papier de Hollande.

846. **Vapereau** (G.). Dictionnaire universel des Contemporains contenant toutes les personnes notables de la France et des Pays étrangers. *Paris. Hachette et Cie.* 1858, demi-rel. mar. violet. tr. peig.

847. **Vautier** (Aug.). Les Alpes Vaudoises. Illustrations par Fréd.
Boissonnas. *Lausanne, G. Bridel et Cie. s. d.* (1907), in-4. pap.
vél., titre r. et n., nombreuses illustrations, br.. couv. illust.

848. **Vernet** (Horace). 20 Apologues. tirés de Lafontaine (*sic*). par
Horace Vernet. *Paris. à la Lithographie de G. Engelmann, s. d..*
in-4 obl. de 20 lithographies. en feuilles. couv.

849. **Verneuil** (P.). Documents Ornementaux. publiés sous la direction de M. P.-Verneuil. 250 Bordures. par MM. Albrizio. Bacard.
Barberis. Benedictus. Bellery-Desfontaines. Bourdon. Cauvy. Du-
frène. Follot. Gillet. M. P.-Verneuil. avec quelques notes sur la
composition des Bordures, de E. Grasset. *Paris. Librairie centrale
des Beaux-Arts. s. d..* in-4 obl.. planches en couleurs. en portefeuille.

850. **VICAIRE** (Gabriel). **Rosette en Paradis**. Quinze eaux-
fortes en couleurs par Louis Morin (*Paris*). *Gravé et Imprimé
pour les Amis des Livres.* 1904, in-8. br.. couv.

> Tiré à 115 exemplaires (n° 42).
> Publié par les soins de M. Charles Groudard.

851. **VICAIRE** (Georges). Manuel de l'Amateur de Livres du XIXe siècle (1801 1893). Editions originales. — Ouvrages et périodiques illustrés. — Romantiques. — Curiosités bibliographiques, etc., etc., avec une préface de Maurice Tourneux (Tomes I à V). *Paris, A. Rouquette*. 1894-1900. 5 vol. gr. in-8 à 2 col., pap. vél., cart. dos de mar. grenat, têtes dor., non rog., couv.

On y joint les fascicules 16, 17, 18, br., couv.

852. **Vigée Le Brun** (Souvenirs de Mme). de l'Académie royale de Paris, de Rouen, etc., etc. *Paris, E. Fasquelle, s. d.*, 2 vol. in-12, br., couv.

853. **VIGNY** (A. de). Servitude et Grandeur militaires. Compositions de Albert Dawant et Jean-Paul Laurens, eaux-fortes de Louis Muller, Champollion et Decisy. *Paris, Magnier*, 1898, 2 vol. in-8 raisin, titre r. et n., br., couv. illust.

De la Collection des Dix.
Tiré à 300 exemplaires numérotés (n° 281). L'un des 160 sur papier vélin de cuve.

854. **Villard** (Th.). Les Fleurs à travers les âges et à la fin du XIXe siècle. Reproductions d'aquarelles de Madeleine Lemaire, notes horticoles et botaniques, résumées avec le concours de M. Maxime Cornu et de M. A. Chagueraud, préface de Jean Aicard. *Paris, A. Magnier*, 1900, in-4, en feuilles, couv., emboîtage.

L'un des **50** exemplaires tirés sur **papier de Chine**, avec une double suite des illustrations et une page ornée d'une petite aquarelle originale et inédite de Madame Madeleine Lemaire.

855. **Villemot** (Jean). Pour défiler... Album militaire inédit. Préface de Franc-Nohain (1901-1905). *Paris. Librairie universelle, s. d.*, in-fol., fig. en noir et en couleurs, br., couv. illust. en coul.

L'un des **50** exemplaires tirés sur **papier du Japon** (n° 2).

856. **Villiers de l'Isle-Adam.** L'Annonciateur. Dix compositions de Louis-Ed. Fournier; gravées à l'eau-forte par N. Lesueur. *Paris, E. Ferroud*, 1905, in-12, br., couv.

Tiré à 350 exemplaires numérotés (n° 179).

857. **Vimar** (A.). Le Roy de Marius Bouillabès. Texte et Illustrations de A. Vimar. — La Poule à Poils. Texte et Illustrations de A. Vimar. *Paris, H. Laurens, s. d.* — Ens. 2 vol. pet. in-4, nombreuses illustrations dans le texte, et planches hors texte en couleurs, br., couv. illust. en coul.

858. **Vinet** (Lettres de Alexandre) et de quelques uns de ses correspondants — Bâle — Lausanne. *Lausanne, G. Bridel*, 1882, 2 vol. in-8, br., couv.

On y joint : Littérature de la jeunesse et de l'âge mûr, ou Choix de morceaux, tirés des meilleurs écrivains français, précédé d'un discours sur la littérature française, par A. Vinet. Lausanne G. Bridel. 1862, in-8, br., couv. (nom à l'encre sur le titre).

859. **Virmaitre** (Charles). Dictionnaire d'Argot fin-de-siècle. *Paris. A. Charles*, 1894, in-12, demi-rel. mar. vert, tête dor., non rog., couv. (*Dupré*).

860. **Vitu** (Aug.). Paris, avec 450 Dessins inédits d'après nature. *Paris. Quantin. s. d.*, gr. in-4, cart. illust., tête dor., non rog. (*Cart. de l'éditeur*).

861. Vivant-Denon. Point de lendemain. Conte, illustré de 43 compositions de Paul Avril. *Paris, Rouquette*, 1889, in-8. br., couv. illust.

Exemplaire tiré sur papier de Hollande.

862. Voisin Bey. Le Canal de Suez. Historique administratif et actes constitutifs de la Compagnie. *Paris, Vve Ch. Dunod*, 1902-1906, 6 tomes en 7 vol. in-8 et 2 albums in-4 pour les planches (plans et cartes), br., couv.

I. Période des études et de la construction. 1854-1869. — II. Période de l'exploitation. 1870-1882. — Période de l'exploitation, 1883-1902. — IV. Projets. Dispositions adoptées en exécution. — V. Exécution des travaux. — VI et VII. Exécution des travaux.

863. Voltaire. Les Vous et les Tu, épître de M. de Voltaire, ornée de lithographies à la plume, par Fraipont. *Paris. imprimé pour les Amis des Livres*. 1883, plaq. gr. in-8, br., couv.

Exemplaire avec les lithographies tirées à part sur papier du Japon.

864. Voyage où il vous plaira par Tony Johannot, Alfred de Musset et P.-J. Stahl (Hetzel). *Paris, publié par J. Hetzel*, 1843, in-4. fig.. br., couv.

Ouvrage illustré de vignettes sur bois gravées par Brugnot, Dujardin, Andrew Best et Leloir, etc., dont 63 sont tirées à part.
Premier tirage, avec la couverture illust. — Taches de mouillures à quelques feuillets.

865 Voyages. 5 vol. in-12, demi-rel. chag. vert.

Voyages et Aventures en Perse, dans l'Afghanistan, le Beloutchistan et le Turkestan, par J.-P. Ferrier, nouv. édit. avec notes trad. de l'anglais, par Bénédict Révoil. *Paris*, 1870, 2 vol. — La Nouvelle-Calédonie (Côte Orientale), par Jules Garnier. *Paris*, 1871. — Du Rhin au Nil. Tyrol — Hongrie — Provinces Danubiennes — Syrie — Palestine — Egypte, souvenirs de voyages, par X. Marmier. *Paris, s. d.*, 2 vol.

866. Voyages. 10 vol. in-12, br.. couv.

Australie. Voyage autour du monde, par le Comte de Beauvoir. Ouvrage enrichi de cartes et de gravures-photographies. *Paris*, 1872. — L'Espagne, splendeurs et misères, voyage artistique et pittoresque, par P.-L. Imbert. Illustrations d'Alexandre Prévost. *Paris*, 1876. — En Canot de papier, de Québec au Golfe du Mexique, 2.500 milles à l'aviron, par N. H. Bishop, traduit par Hephell. Ouvrage orné de cartes et de gravures, *Paris*, 1879. — Mer Rouge et Abyssinie, par Denis de Rivoyre. *Paris*, 1880. — Le Sahara, souvenirs d'une mission à Goléah, par Auguste Choisy. *Paris*, 1881. — En Zigzag, de Singapour à Moscou, notes de route, par Jean de Nettencourt-Vaubecourt. *Paris*, 1903. — L'Espagne, par Edmond de Amicis, traduit de l'italien, par Mme J. Colomb. *Paris*, 1878. — La Hollande et les Hollandais, Impressions de voyage etc., par Paul Eudel. *Paris*, 1906. — — Un Touriste au Caucase, Volga, Caspienne, Caucase, avec une carte par A. Koechlin-Schwartz. *Paris, s. d.* — Bigelow (Poultney). Au Pays des Boers, Le Cap — Lourenço-Marqués — Le Natal — Le Transvaal. Avec 66 illustrations. *Paris, s. d.*

867. Vulliéty (H.). La Suisse à travers les âges. Histoire de la civilisation depuis les temps préhistoriques jusqu'à la fin du XVIIIe siècle. Ouvrage orné de 853 illustrations. *Bâle et Genève, Georg et Cie. Editeurs, s. d.*, gr. in-8, br., couv. illust.

868. Walter Scott. The Lady of the Lake. *Edinburgh, Adam and Charles Black*. 1860. in-32, titre gr.. rel.. plats carton verni. tr. dor. *(Rel. angl. — Gordon)*.

869. Warsage. (Rodolphe de). Histoire du célèbre Théâtre Liégeois de Marionnettes. Un phénomène folklorique unique, propre au Pays de Liége. Etude par Rodolphe de Warsage. Cinquième édition. Dessins de Armand Henrion. *Bruxelles, G. Van Oest et Co*. 1905. in-8, br.. couv.

870. **Wey** (Francis). Histoire des révolutions du Langage en France. *Paris, Firmin Didot frères*, 1848, in-8, demi-rel. veau rouge, dos orné.

Envoi autographe signé de l'auteur.

871. **Willette** (Adolphe). 6 plaq. gr. in-8 et in-4, br., couv.

Masson (Armand). Par devant Notaire, fantaisie en vers. Illustrée par Willette. *Paris*, 1886. — Le Petit Chaperon Bleu, conte par Mélandri, 17 dessins de Willette. *Paris*, 1888. — Farandole de Pierrot, par Emile Vitta, 15 dessins de Willette. *Paris, s. d.* — Giboulées d'Avril. Fantaisies en vers de Mélandri. Illustrée par Willette. *Paris, s. d.* — Les Pierrots. Fantaisie en vers de Mélandri. Illustrée par Willette. *Paris, s. d.*. — A travers un Vitrail, poésies d'Emile Vitta. Dessins de Willette et de Boutet de Monvel. *Paris*, 1892, in-4.

872. **Willette** (Adolphe). Pauvre Pierrot. (Fantaisie artistique) composée de 40 planches par A. Willette. *Paris, L. Vanier, s. d.*, in-4. en feuilles, dans un cart. artistique.

873. **Willette**. V'là les English! *Paris, Juren et Floury, s. d.*, album in-4, br., couv. illust. en couleurs.

L'un des 100 exemplaires tirés sur papier du Japon (n° 77), contenant le tirage à part en noir, sur papier de Chine, des planches en couleurs.

874. **Yriarte** (Charles). Les Bords de l'Adriatique et le Monténégro. Venise — l'Istrie — le Quarnero — la Dalmatie — le Monténégro et la rive Italienne. Ouvrage contenant 257 gravures sur bois et 7 cartes. *Paris, Hachette et Cie*, 1878, in-4, br. couv.

L'un des exemplaires tirés sur papier de Chine.

875. **ZOLA** (Emile). **L'Attaque du Moulin.** Compositions de Emile Boutigny, gravures à l'eau-forte et en couleurs par Claude Faivre. *Paris, Librairie de la Collection des Dix, A. Romagnol*, 1901, in-8, br., couv. illust. en couleur.

De la « Collection des Dix ».
L'un des 175 exemplaires tirés sur papier vélin d'Arches (n° 135), contenant l'état avec lettre des planches en couleurs.

876. **Zola** (Emile). La Fête à Coqueville, dessinée par André Devambez. *Paris, E. Fasquelle*, 1898, in-4. illustrations en couleurs.

877. **Zamoyski** (Mémoire du Comte Jean). Au sujet de la demande en cassation de mariage présentée à Rome, et de la demande en divorce, introduite à Paris par sa femme, Louise-Eugénie-Sophie-Elisabeth Pélissier de Malakoff, fille de Amable Pélissier, duc de Malakoff, maréchal de France, et de Sophie, marquise de la Paniega. *Vienne*, 1886. — Le Procès du Comte Jean Zamoyski. Suite du Mémoire. Documents. *Vienne*, 1886. — Ens. 2 vol. in-12. demi-rel. chag. bleu. tête jasp., non rog., couv.

ŒUVRES DE TÖPFFER

878. La Bibliothèque de mon oncle. Seconde édition. *Genève, Imprimerie A.-L. Vignier, Maison de la Poste*, 1833, in-8, br., couv.

879. Le Presbytère (par R. Töpffer). *Genève, chez les principaux libraires*, 1839, 2 vol. in-8, br., couv.

    Exemplaire auquel on a ajouté un dessin original au crayon (représentant le chantre du Presbytère), par R. T. (Rodolphe Topffer).

880. Le Presbytère (par R. Töpffer). *Genève, chez les principaux libraires*, 1839, 2 vol. in-8, demi-rel. veau vert, dos ornés (*Rel. de l'époque*).

    Envoi autographe signé de l'auteur.

881. Le Presbytère [Édition revue par l'auteur]. *Paris, J.-J. Dubochet et Cie, éditeurs — Lecou, Libraire*, 1845, in-12, br., couv.

    Première édition publiée à Paris.

882. Le Presbytère [2e édition revue par l'auteur]. *Paris, J.-J. Dubochet [et Le Chevalier et Cie] et Cie, éditeurs — Lecou, libraire ;* 1846, in-12, br., couv.

883. Le Presbytère. *Paris, Victor Lecou*, 1852, in-12, br., couv.

884. Le Presbytère, suivi de Elisa et Widmer. *Paris, Passard*, 1852, 2 vol. in-32, br., couv.

885. Le Presbytère. Nouvelle édition. *Paris, L. Hachette et Cie*, 1855, in-12, br.

886. Le Presbytère, conte genevois, par R. Toepffer. Arrangé pour la traduction du Français en Russe, par Auguste Boltz. *Berlin, E. Siegfried Mittler et Fils*, 1859, pet. in-8 de 64 pp., cart.

    De la Collection de comédies et romans choisis, pour traduire dans les langues Russe, Française et Allemande (n° 1).

887. Le Presbytère. Nouvelle édition. *Paris, Hachette et Cie*, 1874, in-12, br., couv.

888. La Peur (Souvenirs d'enfance). Tiré de la bibliothèque universelle : Avril 1833. *S. l.*, broch. in-8 de **25** pag., couv. pap. bleu.

> Edition originale. Tirage à part à quelques exemplaires.
> Envoi d'auteur.

889. Elisa et Widmer. *Genève, chez les principaux libraires*, 1834,
broch. in-8 de 75 pag.

> Edition originale, avec la couverture violette.

890. Les deux prisonniers. *Genève, chez les principaux libraires*,
1837. broch. in-8 de 80 pag.

> Edition originale, avec la couverture, de cette nouvelle qui parut d'abord dans le
> nº 11 de la *Bibliothèque Universelle de Genève*, nov. 1836.

891. Couplets chantés au Baptême d'Esther Töpffer, le **21** février 1840.
1 feuillet in-4, autographié par R. Töpffer.

> Huit strophes de huit vers chacune, autographié de la main de l'auteur. Le dessin
> représentant un enfant dans son berceau, et des guirlandes de feuillage entourent les
> vers. Très rare.

892. Couplets chantés à la fin des *Quiproquo*. Trois couplets manuscrits de huit vers chacun, sur une page in-4.

893. Couplets chantés au Repas annuel de l'Académie, le **2** janvier
1844. Double feuillet in-4, autographié par R. Töpffer.

> Souvenir offert aux convives.
> Page 1. Les armes de la ville de Genève et la devise : *Post Tenebras Lux*, avec le
> titre entouré de guirlandes de feuillage.
> Page 2. Neuf couplets de 4 vers, avec refrain de 4 vers, au premier et au 9e couplet.
> Page 3. Traduction des vers ci-dessus en distiques latins par M. le Professeur Fer-
> rucci. Rare.

894. Rosa et Gertrude, par Rodolphe Töpffer, précédé de Notices sur
la vie et les ouvrages de l'auteur, par MM. Sainte-Beuve et de La
Rive. *Paris, J.-J. Dubochet, Le Chevalier et Cie*, 1847. in-12.
demi-rel. dos et coins de cuir de Russie, tr. marb.

> Edition originale, in-12.
> Manquent les pages, LXI, LXII et LXIII de la Notice par de La Rive.

895. Rosa et Gertrude, par Rodolphe Töpffer, précédé de notices sur
la vie et les ouvrages de l'auteur, par MM. Sainte-Beuve et de La
Rive. nouvelle édition. *Paris, Hachette et Cie*. 1873. in-12, br.,
couv.

896. Nouvelles Genevoises, par M. Töpffer, précédées d'une Lettre
adressée à l'Editeur, par le Comte Xavier de Maistre. *Paris, Charpentier*. 1841. in-12. demi-rel. veau rouge, dos orné.

> Edition originale. — Quelques notes marginales à l'encre.

897. Nouvelles Genevoises, par M. Töpffer, précédées d'une lettre
adressée à l'éditeur, par le comte Xavier de Maistre. *Paris, Charpentier*. 1844, in-12, de 435 pp. plus un feuillet pour la table, br.,
couv. (manque le dos).

898. Nouvelles Genevoises, par R. Töpffer, illustrées d'après les dessins de l'auteur, gravures par Best, Leloir, Hotelin et Regnier.
Paris, J.-J. Dubochet et Cie. 1845; in-8. nombr. illustrations dans
le texte et planches hors texte, demi-rel. dos et coins de veau bleu.
dos orné, fil. sur les plats, tr. dor. (*Champs*).

> Exemplaire de premier tirage.

899. Nouvelles Genevoises, par M. Topffer, précédées d'une lettre adressée à l'éditeur, par le Comte Xavier de Maistre. *Paris, Charpentier*, 1846, in-12, de 489 pp., plus un feuillet pour la table, br., couv.

900. Nouvelles Genevoises, par M. Töpffer, précédées d'une lettre adressée à l'éditeur, par le Comte Xavier de Maistre. *Paris, Charpentier*, 1848, in-12, de 439 pp. et table, br., couv. (manque le dos).

    Nom à l'encre sur le faux-titre.

901. Nouvelles genevoises précédées de notices sur la vie et les écrits de l'auteur par MM. de La Rive et H. Le Gai. *Paris, Passard*, 1852, in-32, br., couv.

902. Nouvelles Genevoises. — Rosa et Gertrude, par R. Töpffer, nouv. édit., précédée d'une Notice par Sainte-Beuve. *Paris, V. Lecou*, 1853, in-12, br., couv.

903. Nouvelles Genevoises, par Rodolphe Töpffer, nouvelle édition. *Paris, Hachette et Cie*, 1855, in-12 de 519 pp. et table, br., couv.

904. Nouvelles Genevoises, par Rodolphe Töpffer, nouvelle édition. *Paris, Hachette et Cie*, 1857, in-12, de 519 pp. et table, br., couv.

905. Nouvelles Genevoises, par Rodolphe Töpffer, nouvelle édition. *Paris, Hachette et Cie*, 1859, in-12, de 401 pp. et table br., couv.

906. Nouvelles Genevoises, par Rodolphe Töpffer. *Paris*, 1865, 3 vol. in-32, br., couv.

907. Nouvelles Genevoises. — Le Lac de Gers — Le Col d'Anterne — Le Grand Saint-Bernard, par Töpffer. Troisième édition. *Altenbourg, H.-A. Pierer*, 1868, in-12, de 86 pp., cart. dos de toile.

908. Genfer Novellen. Nach dem Franzosischen, von R. Töpffer. Herausgegeben von Heinrich Zschokke. *Aarau, H.-R. Taverlander*, 1839, 2 vol. in-12, br., couv.

909. Genfer Noveller, af Rudolph Toepffer, oversatte af Theodor Schorn. *Kjobenhavn, P.-G. Philipsens Forlag*, 1874, in-12, br., couv. illust.

910. Excursion dans les Alpes 1832 (par R. Topffer). *S. l. n. d.*, gr. in-8 obl., texte et dessins autographiés, demi-rel. veau bleu.

    Edition originale.
    1 frontispice et 32 dessins autographiés, 113 pages non chiffrées. Signé « R. T. 1833 » sur plusieurs dessins, et notamment sur le dernier. Autographié chez J. Freydig, à Genève.
    Exemplaire de Mme Duval.

911. Voyage à Milan, 1833. (par F. Topffer). *S. l. n. d.*, in-8 obl., texte et dessins autographiés, carte, cart.

    Edition originale.
    86 pages chiffrées, 5 dessins et 52 vignettes ; à la suite, dernier feuillet non chiffré, jolie autographie représentant un élève en classe se détournant de son travail pour regarder son sac et son costume de voyage ; ce feuillet est signé : « 1833. R. T. Genève ».

912. Voyage à Gênes. 1834 (par R. Topffer). *S. l. n. d. (autographie chez Frutiger. Genève, 1835).* in-4, carte et fig., cart.

> 62 pages non chiffrées et 94 vignettes.
> Première édition. Quelques raccommodages et déchirures.

913. Voyage à Chamonix. 1835 (par R. Topffer). *S. l. n. d.*, in-8 obl., texte et dessins autographiés, cart. toile.

> Edition originale.
> Frontispice, 41 pages chiffrées, 23 dessins et vignettes, sans signature ni indication d'imprimeur.
> Le texte est en entier de la main de Topffer.

914. Excursion dans l'Oberland Bernois. 1835 (par R. Topffer). *S. l. n. d.*, in-8 obl., texte et dessins autographiés, cart. toile.

> Edition originale.
> Frontispice, carte gravée, 67 pages chiffrées et 63 dessins : les dessins des pages 19 et 28 sont signés R. T.
> Ce voyage n'a jamais été reproduit.

915. Voyage en zigzag par monts et par vaux. 1836 (par R. Topffer). *S. l. n. d.*, in-8 obl., texte et dessins autographiés, front. et carte de la Suisse, demi-rel. mar. rouge à long grain, dos orné, non rog., couv. illust. (*Rel. de l'époque*).

> Edition originale.
> 112 pages chiffrées, 94 vignettes et 20 grands dessins ; au bas de la dernière page : Ecrit par David Jaquet. Grand Mezel, n° 212. Autographié par J.-F. Frutiger, Petit Perron, n° 147.
> Ce voyage n'a jamais été reproduit.
> Exemplaire de l'auteur avec autographie ; Pour Ketty.

916. Voyage de 1839. Milan, Côme Splügen (par R. Töpffer). *S. l. n. d. (Autographié chez Frutiger, à Genève).* in-8 obl., texte et dessins autographiés, br., couv. illust.

> Edition originale.
> 75 pages chiffrées et 72 dessins.

917. Voyage de 1840 (par R. Töpffer). *S. l. n. d.*, in-8 obl. front. et carte de Gemmi, demi-rel. chag. rouge, dos orné. (*Rel. de l'époque*).

> Edition originale.
> 67 pages chiffrées et 69 dessins autographiés.
> Exemplaire de l'auteur avec envoi : *Pour ma chère Ketty ?*

918. Voyage de 1840 (par R. Töpffer). *S. l. n. d.*, in-8 obl., texte et dessins autographiés, carte de la Gemmi, br., couv. illust.

> Edition originale.
> 67 pages chiffrées et 69 dessins.

919. Tour du Lac (1841). [*Librairie A. Julien; éditeur; Genève, 1906*]. in-8 obl., texte et dessins autographiés, br., couv. illust.

> L'un des 10 exemplaires tirés sur papier du Japon (n° 10).

920. Voyage autour du Mont-Blanc, dans les vallées d'Hérens, de Zermatt et au Grimsel. 1843. Autographié par R. T. (R. Töpffer). *S. l. n. d. (Genève)*, gr. in-8 obl. Suite de dessins autographiés, sans texte, br. couv. illust.

> Edition originale.
> Frontispice et 48 grands dessins. le n° 35 est suivi de 4 pages de texte numérotées 35 bis. 35 ter, 35 quater et 35 quinquies.

921. Carnet d'un Voyage de Töpffer en Savoie et en Italie, environ 25 feuillets soit 50 pages. Notes au crayon avec une page de croquis, in-8, cart. rouge.

On y joint 4 lettres signées Silvius Dapples, recommandant M. Topffer à différents banquiers d'Italie et une du Comte de Forbin. — Un croquis à la plume (caricature) et différents papiers relatifs au voyage.

922. Belles Lettres Générales. Cours donné par Rodolphe Töpffer aux Maccabées en 1844-1845. Cahier manuscrit in-4, de 128 pages, cart.

Manuscrit à pleines pages et à longues lignes d'une écriture fine et très serrée.

923. La Mission de Jeanne d'Arc en cinq journées et en vers, par J.-J. Pouliat de Lausanne. Tiré de la Bibliothèque Universelle de Genève (Janvier 1844).

Edition originale. Tirage à part à petit nombre de cette brochure in-8 de 16 p. signée R. T.

924. Voyages en zigzag ou excursions d'un Pensionnat en vacances dans les Cantons suisses et sur le revers italien des Alpes, par R. Töpffer. illustrés d'après des dessins de l'auteur et ornés de 15 grands dessins par M. Calame. *Paris, J.-J. Dubochet et Cie*, 1844, gr. in-8, cart. perc., non rog.

Exemplaire de premier tirage absolument non rogné.

925. Voyages en zigzag ou excursions d'un Pensionnat en vacances dans les Cantons suisses et sur le revers italien des Alpes, par R. Töpffer. illustrés d'après des dessins de l'auteur et ornés de 15 grands dessins par M. Calame. *Paris, J.-J. Dubochet et Cie*, 1844. gr. in-8, en feuilles, couv.

Exemplaire de premier tirage, avec la couverture.
Manquent 3 planches hors-texte. — Taches de rousseur et déchirures à la couverture.

926. Histoire de M. Jabot (par R. Töpffer). *Genève*, 1833, in-8 obl. de 52 pages chiffrées, br. couv.

...ition originale, très rare.
Autographié chez J. Freydig, Genève. 1833.
151 dessins et légendes. Chaque page est signée R. T. ; dessins et légendes autographiés en entier par l'auteur.

927. Histoire de M. Jabot. Tiré de la Bibliothèque universelle de Genève (Juin 1837); 4 pages in-8, signées : R. T.

Edition originale. Tirage à part d'un article de Topffer annonçant et expliquant l'album de caricatures de ce nom.

928. Les Voyages et aventures du Docteur Festus. *Genève : imprimerie A. Vignier ; Maison de la Poste*, 1833. in-8 de 30 pag., br., couv. illust.

Première partie, publiée 7 ans avant l'ouvrage complet, contenant 10 dessins inédits, hors-texte.

929. Voyages et aventures du Docteur Festus. *Genève, Ledouble ; Ab. Cherbuliez et Cie. — Paris, Ab. Cherbuliez et Cie*: 1840, in-8 de 160 pag.. broché, non coupé.

Edition originale, avec la couverture, contenant le frontispice, les six dessins et la carte « pour servir à l'intelligence des voyages et aventures du docteur Festus, dressée par Jean Renaud. arpenteur assermenté ». hors-texte.
On y a ajouté la suite *très rare*. des 15 dessins (dont 5 absolument inédits) pour illustrer les « Aventures du docteur Festus » et un projet de couverture autographiée.

930. Voyages et aventures du Docteur Festus (par R. Töpffer). *Genève, Ledouble, et Paris, Cherbuliez et Cie,* 1840, in-8, fig., mar. grenat. dos orné. compart. de fil. et ornem. dor. sur les plats, doublé et gardes de tahis. tr. dor. (*Brand*).

Edition originale.
Ouvrage orné de 1 frontispice. de 6 figures hors-texte et 1 carte autographiés ; tirés sur Chine appliqué avant la lettre.
Exemplaire unique enrichi de 106 dessins originaux à la plume de R. Topffer, l'auteur du livre.
Envoi autographe signé de l'auteur. à son affectionné beau-frère Monsieur François Duval.

931. Le Docteur Festus. par R. Töpffer. 5e édition. *Genève, J. Kessmann,* 1846, in-8 obl. de 90 pages chiff. y compris le titre et la carte. demi-rel. chag. violet.

210 dessins et légendes.

932. Le Docteur Festus. par R. Töpffer. 5e édition. *Genève, J. Kessmann,* 1846, in-8 obl. de 90 pages chiff. y compris le titre et la carte. br., couv. illust.

210 dessins et légendes.
Première édition avec légendes en français et en allemand.

933. Le Docteur Festus. par R. Toepffer (*sic*). 5e édition. *Genève, Librairie allemande de J. Kessmann ; Leipzig, Bernhard Hermann ;* 1846. in-8 obl. de 88 pag. chiffrées. br., couv. verte illust.

Première édition avec légendes en français et en allemand.
210 dessins et légendes.

934. Histoire de Mr Crépin (par R. Töpffer). *Genève,* 1837. *Autographié chez Frutiger,* in-8 obl. de 88 pp. chiff., demi-rel., bas. grenat.

Edition originale.
173 dessins et légendes.
Première édition.

935. Histoire de Mr Crépin. par R. Topffer, 5e édition. *Genève, J. Kessmann,* 1846, in-8 obl. de 89 pp. chiff., cart. toile.

Première édition avec légendes en français et er allemand.
173 dessins et légendes.

936. Histoire de M. Crépin. [*Réédité par le Comptoir suisse de Photographie avec le concours de la Société genevoise d'Edition. Genève, 1900*] album in-8 obl. de 88 pl. chiffrées.

173 dessins et légendes.

937. Monsieur Pencil. 1840. Autographié à Genève par l'auteur; lithographié de Schmidt. (sur la couverture :) *Paris, Librairie d'Ab. Cherbuliez et Cie, rue de Tournon, 17 ; s. d.,* in-8 obl. de 72 pag. chiffrées, br., couv.

Edition originale.
214 dessins et légendes.

938. Monsieur Pencil, par R. Topffer. 5e édition. *Genève, J. Kessmann,* 1846. in-8 obl. de 74 pages chiff.. br., couv. illust.

Première édition avec légende en français et en allemand.
214 dessins et légendes autographiés.

939. Histoire d'Albert, par Simon de Nantua. *Genève, 1845, in-8 obl. de 40 pp. chiffrées, br., couv.*

> Edition originale.
> Texte et dessins autographiés par l'auteur.
> Cet album de caricatures fut composé par Topffer au plus fort des troubles « genevois de 1844 ».

940. Histoire d'Albert, par R. Topffer, 2e édition. *Genève, J. Kessmann, 1846, in-8 obl. de 44 pages chiff., br., couv. illust.*

> Première édition avec légendes en français et en allemand.

941. Les Amours de M. Vieux-Bois, par R. Topffer. 5e édition. *Genève, J. Kessmann, 1846. in-8 de 95 pages chiff., br,, couv.*

> Première édition avec légendes en français et en allemand.
> 221 dessins et légendes autographiés.

942. **Monsieur Criptogame** (sic). Ci-derrière sont représentées au naturel les Vicissitudes de Monsieur Criptogame, et comme quoi c'est dans le ventre de la baleine qu'il fit connaissance avec l'Abbé. Aux dites sont annexés l'hymen de la belle Provençale, et la fin tragique d'Elvire qui fut victime du papier timbré.
Va, petit livre, etc., etc...
Autographié par l'auteur. Lithog. de Schmidt, à Genève, s. d. (1844). 1 cahier in-8 obl. de 8 ff. chiffrées, renfermant le frontispice avec le texte ci-dessus et 25 dessins avec légendes.

> *Exemplaire* de l'Auteur, probablement *unique* de cet *Essai*, tiré en *Epreuves*, imprimé *d'un seul côté*. Tout ce qui a paru de cette édition, dont les légendes et dessins sont notablement différents de ceux donnés par Dubochet en 1846, qui fut dessiné sur bois par Cham d'après les compositions de Topffer.
> Le Frontispice représente un jeune écolier, le bras droit appuyé sur une barrière, indiquant avec une baguette, qu'il tient de la main gauche, la légende de l'album imprimé sur une pancarte, suspendue à une palissade, entourée de feuillage. **Rarissime.**

943. Histoire de Monsieur Cryptogame. 1845. *Genève, Librairie J. Jullien, éditeur, 1896, alb. in-4 obl., en feuilles, couv. illust.*

> Reproduction exacte par le procédé de gravure photographique, de l'original.
> L'un des 45 exemplaires tirés sur papier du Japon.

944. Histoire de Monsieur Cryptogame. 1845. *Genève, Librairie J. Jullien, éditeur, 1896, album in-4 obl., br., couv. illust.*

> Reproduction exacte, par le procédé de gravure photographique, de l'original.

945. Monsieur Pencil. Le Docteur Festus. Deux nouvelles histoires, par l'auteur de M. Jabot, Monsieur Vieux-Bois, Monsieur Crépin. *Paris, Lib. d'Ab^m Cherbuliez, rue de Tournon, 17. Geneve, même Maison.* Placard in-4, autographié par Topffer.

> Affiche de librairie imprimée pour la mise en vente de M. Pencil et du Dr Festus.
> Rare.

946. Réflexions et menus propos d'un peintre Genevois. *Genève, chez tous les libraires, 1830, br. in-8 de 35 pag., couv.*

> Edition originale de ce premier opuscule.

947. Réflexions et menus propos d'un peintre genevois. Deuxième opuscule. *Genève, chez tous les libraires, 1831, br. in-8 de 36 pag.*

> Edition originale.

948. Réflexions et menus propos d'un peintre genevois. Quatrième
opuscule. Premier livre du traité du lavis à l'encre de Chine.
Genève, chez tous les libraires, 1833, br. in-8 de 43 pag.
   Edition originale.

949. Réflexions et menus propos d'un peintre genevois. Cinquième
opuscule. Deuxième livre du traité du lavis à l'encre de Chine.
Genève, chez tous les libraires, 1833, br. in-8 de 67 pag., couv.
   Edition originale.

950. Février. Réflexions et menus propos d'un peintre genevois, Sep-
tième et huitième opuscule. *Genève, chez les principaux libraires*,
1835, br. in-8 de 37 pag., couv.
   Edition originale. Ces 7e et 8e opuscules parus en une seule brochure n'ont jamais été
   réimprimés.

951. Réflexions et menus propos d'un peintre genevois. Dixième
opuscule. Quatrième livre du traité du lavis à l'encre de Chine.
Genève, chez tous les libraires, 1839, br. in-8 de 56 pag., couv.
   Edition originale.
   Envoi autog. sur la couverture : « *à Madame Necker de Saussure ; hommage de
   l'auteur* ».

952. Réflexions et menus propos d'un peintre génevois (*sic*) ou Essai
sur le beau dans les arts, par R. Topffer, précédés d'une notice sur
la vie et les ouvrages de l'auteur par Albert Aubert. *Paris, J.-J.
Dubochet, Lechevalier et Cie*, 1848. 2 vol. in-12, demi-rel., dos et
coins de mar. rouge, dos ornés, fil. sur les plats, tête dor., non
rog., couv. (*Dupré*).
   Edition originale, avec les couvertures.

953. Réflexions et menus propos d'un peintre genevois (*sic*) ou Essai
sur le beau dans les arts, par R. Topffer, précédés d'une notice sur
la vie et les ouvrages de l'auteur, par Albert Aubert. *Paris, J.-J.
Dubochet, Lechevalier et Cie*, 1848. 2 vol. in-12, br.
   Edition originale, avec les couvertures. — Mouillures.

954. Réflexions et menus propos d'un peintre genevois (*sic*) ou Essai
sur le beau dans les arts, par R. Topffer, précédés d'une notice sur
la vie et les ouvrages de l'auteur, par Albert Aubert. *Paris, V.
Lecou*, 1853, in-12, br., couv.

955. Harangues politiques de Démosthène. Recueil contenant les trois
Olynthiennes, les quatre Philippiques, les Discours sur la paix et
sur la Chersonèse. Publié avec une introduction, des commentaires
et une carte de la Grèce, par R. Topffer. *Genève, A. Cherbuliez*,
1824, in-8, demi-rel., v. f. (*Rel. de l'époque*).
   Edition originale.

956. Deux mots sur quelques tableaux exposés au Musée Rath en 1832.
Genève, chez les principaux libraires, 1832, br. in-8 de 26 pag.
   Edition originale, parue sans couverture.
   Cet opuscule n'a jamais été réimprimé in-extenso.

957. Essais d'autographie par R. T. *S. l. n. d. (Genève, Schmidt,
1842)*; album in-8 obl., comprenant 12 caricatures et 12 paysages
(ens. 24 pl.), couv. illust.
   Edition originale des **Paysages** et Menues folies.

958. Essais d'autographie par R. T. *S. l. n. d.*; album in-8 obl., contenant 12 paysages et une couv. illust.

> Edition originale des Paysages. (Autographié chez Schmidt à Genève et se trouve chez Wenel, Ledouble et Cherbuliez, 1842).

959. Souvenirs de Lavey. 1843 (par R. Topffer). *S. l. n. d.*, in-8 obl. de 12 pages chiff., br.. couv. illust.

> Edition originale.
> Texte et dessins autographiés.

960. Souvenirs de Lavey (1843). [*Librairie A. Jullien. — Thury, Baumgartner et Cie. — Genève*, 1906, in-8 obl., texte et dessins autographiés, br., couv. illust.

> Réimpression tirée à 200 exemplaires sur papier vélin (n° 106).

961. Caricatures et Paysages inédits de Rod. Topffer, reproduits par l'héliogravure. *Paris, Fischbacher*, 1884, in-fol. de 27 planches, en portefeuille.

> L'un des 150 exemplaires tirés sur papier de Chine volant. numérotés et signés par l'éditeur, imprimé au nom de M. Paul Mirabaud.

962. Caricatures par Adam Topffer. *Impr. Lith. Schmidt à Genève, se trouve chez Wessel, Grand'rue, à Genève, s. d.* Album in-4 obl., br., couv. illust.

> Edition originale.
> 8 planches lithographiques.
> On y a ajouté un Essai de la planche 8.

963. Vingt-cinq dessins de Topffer, reproduits par l'héliogravure. tirés des volumes de MM. Blondel et Mirabaud, ont le portrait sur Chine avant lettre.

> On y joint un lot de planches dépareillées de la même suite pour le même ouvrage.

964. Portrait de Rodolphe Topffer. d'après un portrait de Massot appartenant à Mlles Topffer. Héliogravure Dujardin sur Hollande.

> Environ 30 exemplaires.

965. Epreuves de la couverture du Voyage à Gênes. 1834. et autres albums de Topffer. avec quelques croquis dans les marges.

966. Soixante-Cinq dessins. sépias. aquarelles. lavis. etc., etc.. de R. et A. Topffer. réunis par Paul Mirabaud et reproduits par l'héliogravure. *Paris, Dujardin, Héliograveur. — Eudes, Imprimeur*, 1886, in-4. en feuilles, dans un carton illust.

> Tiré à 100 exemplaires numérotés (n° 42).
> L'un des 20 sur **papier de Chine.**

967. Soixante-Cinq Dessins. sépias. aquarelles. lavis. etc.. etc., de R. et A. Topffer. réunis par Paul Mirabaud ,et reproduits par l'héliogravure. *Paris, Dujardin, Héliograveur. — Eudes, Imprimeur*, 1886, in-4. en feuilles, dans un carton illust.

> Tiré à 100 exemplaires numérotés (n° 74).
> L'un des 30 sur **Chine contrecollé.**

968. Soixante-Cinq Dessins. sépias. aquarelles. lavis. etc.. etc. de R. et A. Topffer, réunis par Paul Mirabaud et reproduits par l'hélio-

gravure. *Paris, Dujardin, Héliograveur. — Eudes, Imprimeur,*
1886, in-4 en feuilles, dans un carton illust.

Tiré à 100 exemplaires numérotés (n° 11).
L'un des 15 sur papier de Hollande.

969. Soixante-Cinq Dessins, sépias, aquarelles, lavis, etc., etc., de
R. et A. Topffer, réunis par Paul Mirabaud et reproduits par l'héliogravure. *Paris, Dujardin, Héliograveur. — Eudes, Imprimeur,*
1886, in-4, en feuilles, dans un carton illust.

Tiré à 100 exemplaires numérotés.
Exemplaire tiré sur papier de Hollande fin.

970. Soixante Cinq Dessins, sépias, aquarelles, lavis, etc., etc., de
R. et A. Topffer, réunis par Paul Mirabaud et reproduits par l'héliogravure. *Paris, Dujardin, Héliograveur. — Eudes Imprimeur,*
1886, in-4, en feuilles, dans un carton illust.

Tiré à 100 exemplaires numérotés (n° 76).
L'un des 10 sur papier teinté.

971. Soixante-Cinq Dessins, sépias, aquarelles, lavis, etc., etc., de
R. et A. Topffer, réunis par Paul Mirabaud et reproduits par l'héliogravure. *Paris, Dujardin, Héliograveur. — Eudes, Imprimeur,*
1886, in-4, en feuilles, dans un carton illust.

Tiré à 100 exemplaires numérotés (n° 95).
L'un des 15 sur papier blanc.

972. Suite de 42 gravures pour illustrer : Nouvelles Genevoises et
Voyages en zigzag de R. Topffer, in-4, en feuilles.

Epreuves tirées en sanguine sur papier de Hollande.

---

973. Gaberel. Essai sur le caractère artistique et littéraire des œuvres
de R. Toepffer (*sic*). *Genève, Imprimerie Ch. Gruaz,* 1846, br.
in-8 de 34 pag., couv.

Cet opuscule, paru sans nom d'auteur est du pasteur Gaberel.

974. Gaullieur (Eusèbe H.). Rodolphe Topffer. (Essai biographique).
S. l. n. d., in-8 de 84 pag. br.

Cette Notice parut dans « *Etrennes helvétiennes* », 1856.

975. La Vie et les Œuvres de Topffer, d'après des documents inédits,
suivies de fragments de littérature et de critique inédits ou incon-
nus, par l'abbé Relave, *Paris, Hachette et Cie,* 1886, in-12, br.

Edition originale, avec la couverture.

976. Ueber die Feder Zeichnungen, von Topfer. *S. l. n. d.,* in-32 de
22 pp., non-rel.

977. Rodolphe Töpffer, l'écrivain, l'artiste et l'homme, par Auguste
Blondel, avec la collaboration de Paul Mirabaud. Ouvrage illustré
de 25 photogravures, et suivi d'une Bibliographie complète. *Paris,
Hachette et Cie,* 1886, gr. in-8, en feuilles.

L'un des exemplaires tirés sur grand **papier de Hollande**.

978. Rodolphe Töpffer, l'écrivain, l'artiste et l'homme, par Auguste
Blondel, avec la collaboration de Paul Mirabaud. Ouvrage illustré

de 25 photogravures, et suivi d'une Bibliographie complète. *Paris, Hachette et Cie*, 1886, gr. in-8, br., couv.

979. Bibliographie des OEuvres de Rodolphe Topffer, par Paul Mirabaud, avec une Introduction par A. Parran. Extrait de « Rodolphe Topffer », l'écrivain, l'artiste et l'homme, par A Blondel et P. Mirabaud. *Paris, Hachette et Cie*, 1887, in-4, portr., br. couv.

L'un des exemplaires numérotés sur **papier du Japon** (no 4).

980. Bibliographie des OEuvres de Rodolphe Topffer, par Paul Mirabaud, avec une Introduction par A. Parran. Extrait de « Rodolphe Topffer », l'écrivain, l'artiste et l'homme, par A. Blondel et P. Mirabaud. *Paris, Hachette et Cie*, 1887, gr. in-8, portr., br., couv.

L'un des exemplaires numérotés sur grand **papier de Hollande** (no 15).

981. Bibliographie des OEuvres de Rodolphe Topffer, par Paul Mirabaud, avec une Introduction par A. Parran. Extrait de « Rodolphe Topffer », l'écrivain, l'artiste et l'homme, par A. Blondel et P. Mirabaud. *Paris, Hachette et Cie*, 1887, gr. in-8, portr., br. couv.

L'un des exemplaires numérotés sur **papier de Hollande** (no 61).

982. Bibliographie des OEuvres de Rodolphe Topffer, par Paul Mirabaud, avec une Introduction par A. Parran. Extrait de « Rodolphe Topffer », l'écrivain, l'artiste et l'homme, par A. Blondel et P. Mirabaud. *Paris, Hachette et Cie*, 1887, in-4, portr., br., couv.

L'un des exemplaires numérotés sur papier vergé (no 9).

---

983. Cours de Physique amusante (*Impr. Pilet et Cougnard, Editeurs, s. d.*), Album pet. in-4 obl., br.

23 pages chiffrées, 43 dessins avec légendes. — Manque le verso de la couverture.

984. Histoire de Culoche, de Leruque et de Pamphagus, par un admirateur fervent de leurs faits et gestes. *Genève*, 1861. Album in-8 obl., br., couv. illust.

23 planches représentant 66 dessins avec légendes.

985. Histoire de Monsieur Robinson. *S. l. n. d.*, Album in-8 obl., br., couv. illust.

34 planches représentant 100 dessins avec légendes.

986. Histoire de M. de Vertpré et de sa ménagère aussi. *Paris, Aubert, s. d.* Album pet. in-8 obl., br.

47 planches représentant 92 dessins avec légendes.

987. Histoire de Monos et Girin. *S. l. n. d.* Album pet. in-4 obl., br., couv.

22 pages chiffrées, 62 dessins avec légendes.

988. Supplément à l'Isographie des Hommes célèbres, dressé par Charavay, 1880, in-4, br.

Contenant fac-similé d'autographes de R. Topffer.

989. **MORRIS** (**William**). Œuvres (en prose et en vers) de
William Morris et autres auteurs, éditées, imprimées ou
réimprimées par ou sous la direction de **William Morris**,
à la *Kelmscott Press.* réunion de 77 volumes in-folio, in-4,
in-8 et in-16, fig. hors-texte et dans le texte, lettres ornées
sur bois, ornements ; cartonnés, non rognés, dans le cart.
de l'édit.

Remarquable réunion d'œuvres sorties de l'imprimerie de William Morris, la *Kelmscott Press.* Ces œuvres sont, dit Jean Lahor, « parmi les plus admirables dont s'honore la typographie ». Elles sont décorées par des bois de Burne-Jones ou de W. Crane, et de types, lettres initiales, ornements et bordures de pages par William Morris, qui, en outre, a créé son encre et son papier.

1. Story of the Glittering Plain (The). Which has been also called the land of Living men or the Acre of the Undying. Written by William Morris [*Printed by William Morris at the Kelmscott Press. 1891. — Sold by Reeves and Turner ; London*], pet. in-8. cart. vél. blanc. non rog.

2. Poems by the Way ; written by William Morris. [*Sold by Reeves and Turner, London. — written by William Morris, and printed by him at the Kelmscott Press. 1891*]. pet. in-8 carré, cart. vél. blanc. non rog.

3. Blunt (W.-S.). The Love-Lyrics and Songs of Proteus by Wilfrid Seawen Blunt, with the Love-Sonnets of Proteus by the same author know reprinted in their full text with many sonnets omitted from the earlier editions. *London. 1892.* [*Printed by William Morris, at the Kelmscott Press. — Sold by Reeves and Turner ; London*]. pet. in-8 carré. cart. vél. blanc. non rog.

4. Ruskin (John). The nature of Gothic a Chapter of the Stones of Venice. [*Printed by William Morris at the Kelmscott Press. — Published by George Allen. London* (1892]. pet. in-8 carré, cart. vél. blanc. non rog.

5. Defence of Guenevere (The). and other poems : by William Morris. [*Written and printed by William Morris, at the Kelmscott Press, 1892. — Sold by Reeves and Turner, London*]. pet. in-8 carré. cart. vél. blanc. non rog.

6. Dream of John Ball (A.) and a king's Lesson. by William Morris. [(*Written and) printed by William Morris, at the Kelmscott Press. — Sold by Reeves and Turner, London, 1892*]. pet. in-8 carré. cart. velin blanc. non rog.

7. Golden Legend (The) of Master William Caxton. [*Sold by Bernard Quaritch : London. — Edited by Frederick F. Ellis and printed by William Morris at the Kelmscott Press, 1892*]. 3 vol. in-4. cart.. non rog.

8. Recuyell (The) of the historyes of Troye. [*Corrected for the press by H. Halliday Sparling, and printed by me William Morris at the Kelmscott Press, 1892. — Sold by Bernard Quaritch. 15. Piccadilly*]. 3 tom. en 2 vol. pet. in-fol.. cart. vél. blanc. non rog.

9. Mackail (J.-W.). Biblia Innocentium : Being the story of God's chosen people before the coming of our lord Jesus-Christ upon earth ; written a new for children by J.-W. Mackail, some time fellow of Balliol College, Oxford. [*Printed by William Morris, at the Kelmscott Press, 1892*]. pet. in-8 carré, cart. vél. blanc, non rog.

10. News from Nowhere or an Epoch of Rest ; being some chapters from a Utopian romance, by William Morris. [*Sold by Reeves and Turner, 196, Strand, London. — Printed by William Morris, at the Kelmscott Press, 1892*]. pet. in-8 carré, cart. vélin blanc, non rog.

11. Caxton (William). The History of Reynard the Foxe [*Reprinted by William Morris, at the Kelmscott Press ; corrected for the press by Henry Halliday Sparling, 1892. — Sold by Bernard Quaritch ; London*]. pet. in-fol., cart. vél. blanc, non rog.

12. Shakespeare. The Poems of William Shakespeare. Printed after the original copies of Venus and Adonis, 1593 ; the Rape of Lucrece, 1594 ; Sonnets, 1609 ; The Lover's Complaint. [*Sold by Reeves and Turner, 196, Strand. — Edited by Frederick S. Ellis, and printed by William Morris at the Kelmscott Press, 1893*]. pet. in-8 carré, cart. vél. blanc, non rog.

13. Order (The) of Chivalry (suivi de) : The Ordination of Knighthood [*Printed by William Morris at the Kelmscott Press, 1893*]. pet. in-8 carré, cart. vél. blanc, non rog.

14. Cavendish (George). The Life of Thomas Wolsey, cardinal archbishop of York. [*Transcribed by F. S. Ellis ; and printed by William Morris, at the Kelmscott Press, 1893. — Sold by Reeves and Turner, 196, Strand*]. pet. in-8 carré, cart. vél. blanc, non rog.

15. History of Godefrey of Boloyne (The) and of the Conquest of Jherusalem [*Corrected for the press by H. Halliday Sparling, and printed by William Morris, at the Kelmscott Press, 1893. — Sold by William Morris*]. pet. in-fol., cart. vél. blanc, non rog.

16. More (Thomas). Utopia written by Sir Thomas More. [*Sold by Reeves and Turner, 196, Strand. — Now revised by F. S. Ellis and printed again by William Morris at the Kelmscott Press, 1893*]. pet. in-8 carré, cart. vél. blanc, non rog.

17. Tennyson, Maud ; A Monodrama, by Alfred Lord Teynnyson. [*Published by Macmillan and Co ; Bedford Street, Strand. — Printed by William Morris, at the Kelmscott Press, 1893*]. pet. in-8, cart. vél. blanc, non rog., étui.

18. Meinhold. Sidonia the Sorceress ; by William Meinhold, translated by Francesca Speranza Lady Wilde. [*Reprinted (and Sold) by William Morris, at the Kelmscott Press, 1893*. pet. in-fol. cart. vél. blanc, non rog.

19. Gothic Architecture : a lecture for the Arts and Crafts Exhibition society ; by William Morris. [*Sold (and printed) by William Morris, Kelmscott Press, 1893*]. in-16, cart., non rog.

20. Rossetti (Dante Gabriel). Ballads and narrative Poems [*Published by Ellis and Elvey, 29 New Bond Street, 1893*], pet., in-8 carré, cart, vél. blanc, non rog.

21. Tale of King Florus (The) and the fair Jehane. [*Printed (and sold) by William Morris, at the Kelmscott Press, 1893*], in-16, cart., non rog.

22. Glittering Plain (The Story of the) which has been also called the Land of Living Men or the Acre of the Undying ; written by William Morris. [*Printed (and sold by William Morris) at the Kelmscott Press, 1894*], in-4, cart. vél. blanc, non rog.

23. Rossetti (Dante Gabriel). Sonnets and lyrical poems [*Sold by Ellis and Elvey, 29, New Bond Street, W. — Printed by William Morris at the Kelmscott Press, 1894*], pet. in-8 carré, cart. vél. blanc, non rog.

24. Keats (John). The Poems of John Keats. [*Sold by William Morris at the Kelmscott Press. — Overseen after the text foregoing editions by F.-S. Ellis ; and printed by me William Morris, 1894*], pet. in-8 carré, cart. vél. blanc, non rog.

25. Friendship (Of the) of Amis and Amile. [*Printed (and sold) William Morris, at the Kelmscott Press, 1894*], in-16, cart., non rog.

26. Swinburne. Atalanta in Calydon : a tragedy ; by Algernon Charles Swinburne. [*Printed (and sold) by William Morris, at the Kelmscott Press, 1894*], in-4, cart. vél. blanc, non rog.

27. Wood (The) Beyond the world by William Morris. [*Sold by William Morris, at the Kelmscott Press, 1894*], pet. in-8 carré, cart. vél. blanc, non rog.

28. Tale of the Emperor Constans (The), and of Over Sea. [*Sold (and printed) by William Morris, at the Kelmscott Press, 1894*], in-16, cart., non rog.

29. Book (The) of Wisdom and Lies [*Sold by Bernard Quaritch, 15, Piccadilly, W. — Printed by William Morris at the Kelmscott Press, 1894*], pet. in-8 carré, cart. vél. blanc, non rog.

30. Psalmi Penitentiales. [*Now transcribed and edited by F.-S. Ellis ; printed by William Morris, at the Kelmscott Press, 1894*], pet. in-8 carré, cart., non rog.

31. Epistola de Contemptu Mundi di frate Hieronymo da Ferrara dellordine de frati predic. la quale manda ad Elena Buonaccorsi sua madre per consolarla della morte del fratello, suo zio. [*Impresso in Londra per Guglielmo Morris alla Stamperia Kelmscott*]. plaquette pet. in-8 carré, cart., non rog.

32. Shelley. The Poetical Works of Percy Busshe Shelley. [*Overseen by F.-S. Ellis — Sold by William Morris, at the Kelmscott Press, 1895*], 3 vol. pet. in-8 carré, cart. vél. blanc., non rog.

33. Tale of Beowulf (The). [*Printed (and sold) by William Morris at the Kelmscott Press, 1895*], in-4, cart. vél. blanc, non rog.

34. Syr Percyvelle of Gales [*Overseen by F.-S. Ellis, after the édition printed by J.-O. Halliwell. — Printed by William Morris, at the Kelmscott Press*, 1895], pet. in-8 carré, cart., non rog.

35. Life and Death of Jason (The); a poem; by William Morris. [*Written, printed (and sold) by William Morris, at the Kelmscott Press*, 1895]. in-4, cart. vél., non rog.

36. Child Christopher and Goldiling the fair; by William Morris. [*Sold (and printed) by William Morris, at the Kelmscott Press.* 1895]. 2 vol. in-16. cart., non rog.

37. Rossetti (Dante Gabriel). Hand and Soul. [*Reprinted by William Morris, at the Kelmscott Press.* 1895. — *Sold by Way and Williams ; Chicago*]. in-16, cart. vél. blanc, non rog.

38. Herrick (Robert). Poems chosen out of the works of Robert Herrick. [*Edited by F.-S. Ellis. — Sold by William Morris at the Kelmscott Press.* 1895]. pet. in-8 carré, cart. vél. blanc, non rog.

39. Coleridge. Poems chosen out of the works of Samuel Taylor Coleridge. [*Sold by William Morris. — Edited by F.-S. Ellis, and printed by William Morris at the Kelmscott Press.* 1896], pet. in-8 carré, cart. vél. blanc, non rog.

40. Morris (William). The Well at the World's End. [*Written, printed, and Sold by William Morris, at the Kelmscott Press. — With four pictures designed by Sir Edward Burne-Jones.* 1896]. pet. in-fol., cart. vél. blanc, non rog.

41. Chaucer (Geoffrey). The Works of Geoffrey Chaucer. [*Edited by F.-S. Ellis : ornamented with pictures designed by Sir Edward Burne-Jones, and engraved on wood by M. H. Hooper. Printed by William Morris, at the Kelmscott Press.* 1896]. gr. in-fol., cart., non rog.

42. Laudes Beatae Mariae Virginis [*Printed (and sold) by William Morris, at the Kelmscott Press.* 1896], in-4. lettres ornées en coul., cart., non rog.

43. Floure and the Leafe (The), and the Boke of Cupide, god of Love, or the Cuckow and the Nightingale [*Edited by F.-S. Ellis : and printed by William Morris at the Kelmscott Press.* 1896]. in-8, cart., non rog.

44. Shepheardes Calender (The) : conteyning twelve aeglogues, proportionable to the twelve monethes. [*Printed at the Kelmscott Press. — Sold by the Trustees of the late William Morris at the Kelmscott Press,* 1896]. pet. in-4, fig., cart., non rog.

45. Morris (William). The Earthly Paradise. [*Printed by William Morris, at the Kelmscott Press,* 1896-1897], 8 vol. pet. in-8 carré, cart. vél. blanc, non rog.

46. Sire Degrevaunt. [*Edited by F.-S. Ellis : and printed (and sold) by William Morris, at the Kelmscott Press,* 1896], pet. in-8 carré, cart., non rog.

47. Syr Ysambrace. [*Sold by the Trustees of the late William Morris at the Kelmscott Press. — Edited by F.-S. Ellis. — Printed at the Kelmscott Press, 1897*]. pet. in-8 carré. cart.. non rog.

48. Morris (William). Love is Enough, or the Freeing of Pharamond : a morality. [*Written, printed, and sold by William Morris at the Kelmscott Press : with two pictures designed by Sir Edward Burne-Jones, and engraved on wood by M. H. Hooper. 1897*], pet. in-fol., cart. vél. blanc. non rog.

49. Morris (William). The Water of the Wondrous isles. [*Written : printed, and sold, by William Morris, at the Kelmscott Press. 1897*]. pet. in-fol.. cart., non rog. carton.

50. Some German Woodcuts of the Fifteenth century. [*Prepared by Walker and Boutall under the direction of the late William Morris. Now edited by S.-C. Cockerel, and printed (and sold . by William Morris) at the Kelmscott Press, 1897*]. in-4. fig.. cart.. non rog.

51. Sundering Flood (The) written by William Morris. [*Sold by the Trustees of the late William Morris at the Kelmscott Press, 1897*]. pet. in-8 carré, carte. cart.. non rog.

52. Morris (William). The Story of Sigurd ; the Volsung and the Fall of the Niblungs. [*Printed (and sold) by William Morris, at the Kelmscott Press, 1898*]. in-folio. cart. vél. blanc. non rog.

53. Note (A.) by William Morris on his Aims in Founding the Kelmscott Press. Together with a Short Description of the Press by S.-C. Cockerell. and an annotated List of the Books printed thereat. [*Sold by the Trustees of the Late William Morris at the Kelmscott Press. 1898*]. pet. in-8 carré, cart., non rog,

54. Homère. The Odyssey of Homer done into english verse by William Morris [*Reprinted at the Chiswick Press with the Golden type designed by William Morris, for the Kelmscott Press, 1901. — Published by Longmans, Green and Co. of London, New-York and Bombay*]. pet. in-fol.. cart.. non rog.

55. Magnusson and Morris. The Story of Grettir the Strong : translated from the icelandic by Eirikr Magnusson and William Morris. [*Reprinted at the Chiswick Press with the Golden type designed by William Morris for the Kelmscott Press, 1901. — Published by Longmans, Green and Co : of London, New-York and Bombay*]. pet. in-fol.. cart., non rog.. carton.

56. Magnusson and Morris. Volsunga Saga : The Story of the Volsungs and Niblungs. with certain Songs from the Elder Edda. Translated from the icelandic by Eirikr Magnusson and William Morris. — Three Northern Love Stories and other Tales. Translated from the icelandic by Eirikr Magnusson and William Morris. [*Reprinted at the Chiswick Press with the Golden type designed by William Morris for the Kelmscott Press. 1901. — Published by Longmans. Green and Co, of London, New-York and Bombay*]. pet. in-fol.. cart., non rog.. carton.

57. Morris (William). The Roots of de Mountains. [*Reprinted at the Chiswick Press with the Golden type designed by William Morris for the Kelmscott Press. 1901.— Published by Longmans, Green and Co, of London, New-York and Bombay*], pet. in-fol., cart.. non rog., carton.

58. Morris (William). A Tale of the House of the Wolfings and All the Kindreds of the Mark; written in prose and in verse by William Morris. [*Printed at the Chiswick Press with the Golden type designed by William Morris for the Kelmscott Press, 1901. — Published by Longmans, Green and Co, of London, New-York and Bombay*], petit in-fol., cart.. non rog., carton.

59. Morris (William). Architecture. industry, and wealth : collected papers by William Morris. [*Printed at the Chiswick Press with the Golden type designed by William Morris for the Kelmscott Press, 1902. — Published by Longmans, Green and Co, of London, New-York and Bombay*], pet. in-fol.. cart.. non rog., carton.

60. Morris (William). Hopes and fears for art; five lectures delivered in Birmingham. London and Nottingham. — Signs of Change ; seven lectures delivered on various occasions by William Morris. [*Reprinted at the Chiswick Press with the Golden type designed by William Morris for the Kelmscott Press ; 1902. — Published by Longmans, Green and Co ; of London, New-York and Bombay*] ; pet. in-fol.. cart. non rog.

61. Virgile. The Aeneids of Virgil done into english verse by William Morris. [*Reprinted at the Chiswick Press with the Golden type designed by William Morris for the Kelmscott Press; 1902. — Published by Longmans, Green and Co, of London, New-York and Bombay*] ; pet. in-fol.. cart.. non rog.

62. Aeschylus. Oresteia. (I. Aganemn.. II. Choeph.. III. Eumen. — Texte grec seul). [*Text prepared by Robert Proctor. — Published by Emery Walker, Sydney Carlyle Cockerell and Alfred William Pollard; and sold for them by the printers Ch. Whittingham and Co ; London ; 1904*] ; in-4. cart.. non rog.

63 Froissart. Chronicles. Plaquettes de 2 pages in-fol.. cart.. non rog.

64. Art of William Morris (The) ; a record by Aymer Vallance. With reproductions from designs and Fabrics printed in the Colours of the originals. Examples of the type and ornaments used at the Kelmscott Press ; and many other illustrations ; also a classified bibliography by Temple Scott. *Printed at the Chiswick Press and published by George Bell and Sons : London ; 1897*, in-fol.. très nombr. pl. en coul. hors-texte. portrait. cart.. tête dor., non rog.

65. Lahor (Jean). W. Morris et le mouvement nouveau de l'art décoratif. Conférence faite à Genève en l'Aula de l'Université le 13 janvier 1897. *Genève, Ch. Eggimann et Cie, 1897*. in-12. portrait, fig.. et fac-sim.. br.. couv.

ORDRE DES VACATIONS

Première Vacation. — **Mercredi 16 Juin 1909.**

Numéros . . . . 1 à 275

Deuxième Vacation. — **Jeudi 17 Juin.**

Numéros . . . . 276 à 561

Troisième Vacation. — **Vendredi 18 Juin.**

Numéros . . . . 562 à 877

Quatrième Vacation. — **Samedi 19 Juin.**

Œuvres de Töpffer . . . . 878 à 988
Editions de W. Morris 989

Arras. — Imp. Schoutheer Frères, rue des Trois-Visages. 59.